Clóvis Bulcão

Padre Antônio Vieira

UM ESBOÇO BIOGRÁFICO

JOSÉ OLYMPIO
EDITORA

Reservam-se os direitos desta edição à
EDITORA JOSÉ OLYMPIO LTDA.
Rua Argentina, 171 – 1º andar – São Cristóvão
20921-380 – Rio de Janeiro, RJ – República Federativa do Brasil
Tel.: (21) 2585-2060 Fax: (21) 2585-2086
Printed in Brazil / Impresso no Brasil

Atendemos pelo Reembolso Postal

ISBN 978-85-03-01000-9

Capa: VICTOR BURTON
Ilustração de capa: PADRE ANTÔNIO VIEIRA. Óleo sobre tela, século XVII, autor desconhecido. Casa Cadaval, Muge, Portugal

CIP-Brasil. Catalogação-na-fonte
Sindicato Nacional dos Editores de Livros, RJ.

B951p

Bulcão, Clóvis, 1959-
Padre Antônio Vieira: um esboço biográfico / Clóvis Bulcão. – Rio de Janeiro: José Olympio, 2008.

Inclui bibliografia
ISBN 978-85-03-01000-9

1. Vieira, Antônio, 1608-1697. 2. Jesuítas – Portugal – Biografia. 3. Escritores portugueses – Biografia. 4. Inquisição – Portugal. 5. Brasil – História – Período colonial, 1500-1822. 6. Portugal – História – Século XVII. I. Título.

CDD – 922.2469
CDU – 929:262.146(469)

08-3333

Nenhuma coisa tanto desejam os homens,
como distinguir-se e extremar-se dos outros:
O melhor e mais fácil modo para um homem
se distinguir é o se fazer bom.

Antônio Vieira

Sumário

Introdução: Quem conhece Antônio Vieira? 9

Salvador no século XVII 19
Sebastianismo, milenarismo e as ações de Vieira 35
Portugal restaurado 51
Os planos 65
O quadro internacional 79
O milenarismo na Europa e no Novo Mundo 85
O plano de ação 99
A reação 115
No Maranhão 123
A queda 143
A *História do futuro* 153
O retorno 167
Em Roma 173
Cristina, a rainha sem cetro 181
A construção de um império 195
A pátria amada 205
Bahia, Brasil 217
A vida em Salvador 225
Com o prestígio em queda 233
Com o prestígio em alta 241
Os últimos anos 251
A obra 259
Final 267

Cronologia 273
Bibliografia 277
Índice onomástico 285

Introdução

Quem conhece Antônio Vieira?

No nascimento somos filhos de nossos pais, na ressurreição seremos filhos de nossas obras.[1]

Embora tenha arrastado multidões de fiéis no Brasil, na Europa e na África, tenha dialogado com reis, rainhas, filósofos, escrito diversos sermões, construído igrejas e catequizado milhares de índios, o padre jesuíta Antônio Vieira Ravasco não é muito conhecido em nossa história. Ainda que haja no país ruas, praças, colégios, instituições, espaços culturais, cátedras, centros universitários e monumentos com seu nome, poucos são os que saberiam dizer quem foi Antônio Vieira. Aqueles que já ouviram falar no nome, em geral, desconhecem sua obra política, sua biografia, sua produção intelectual ou mesmo qualquer informação a seu respeito. Nascido em 1608, em Lisboa, Vieira veio para o Brasil ainda criança. Só após o fim da União Ibérica, em 1640, quando retornou a Portugal e imediatamente pôs-se a viajar pela Europa em missões diplomáticas, Antônio Vieira teve seu valor reconhecido. Servia ao rei dom João IV, seu amigo e admirador, acabando por se notabilizar mais como português do que um simples "padre mazombo desse cantinho da América", como ele mesmo dizia.

Como se pode explicar que alguém tão reverenciado em seu tempo ocupe uma posição tão pálida na história do Brasil? Há várias respostas

[1]Vieira, Antônio. "Sermão da Primeira Dominga do Advento", in *Sermões*, vol. 1, p. 41.

possíveis a essa pergunta. Uma delas talvez seja a própria maneira como aprendemos sobre nosso passado na escola, onde normalmente temos o primeiro contato com os estudos em história. Em se tratando do século XVII, concentramos nosso olhar na produção açucareira e no início da colonização.

Uma segunda resposta possível seria o maior espaço ocupado por dois outros jesuítas: Manuel da Nóbrega e José de Anchieta. O primeiro participou da fundação das cidades de Salvador, São Paulo e Rio de Janeiro. Português da região do Douro, desenvolveu um sistema de catequese dos índios que daria aos padres da Companhia de Jesus uma posição de destaque na colonização do Novo Mundo. Quanto a Anchieta, espanhol de Tenerife — cuja imagem mais conhecida remete à sua figura escrevendo poemas nas areias de uma praia —, publicou dois livros importantes: *De gestis Mendi de Saa* [Os feitos de Mem de Sá] e *Arte de gramática da língua mais usada na costa do Brasil* (primeira gramática em tupi-guarani). Foi também pioneiro no uso da poesia e do teatro como método de evangelização dos nativos.

O estudo da obra de Antônio Vieira acabou restrito ao universo acadêmico — ainda assim, de forma fragmentada. O jesuíta, que viveu por todo o século XVII, morreu em Salvador em 1697, destacou-se por seus escritos, pela defesa dos índios, pela ação política e por suas originais interpretações bíblicas. Seu legado é tão polêmico quanto foi sua vida, o que certamente dificulta ainda mais a popularização de sua obra.

Outra razão que poderíamos apontar para o desconhecimento da vida e obra de Antônio Vieira está na "apropriação" que dele fizeram os estudiosos de literatura e de filosofia, mantendo-o na redoma acadêmica — com linguagem própria e pouco acessível ao público. Mesmo entre os pesquisadores não há consenso. Para alguns, Vieira é um dos maiores nomes do Barroco brasileiro. Entretanto, Sílvio Romero, na *História da literatura brasileira*, afirma que "Vieira é uma espécie de tribuno de roupeta que se ilude e ilude aos outros com as próprias palavras".

A referência à retórica procede: com uma linguagem bastante rebuscada, os textos barrocos exigem do leitor moderno. Caracterizado pela dualidade entre o homem e Deus, entre o terreno e o celestial, o pecado e o perdão, o Barroco é o primeiro estilo da produção literária brasileira. Nosso jesuíta faz largo uso de expressões latinas e repetições de idéias por metáforas.

Não podemos nos esquecer de sua principal obra, os *Sermões*. Apesar de muitos dos textos serem de fundo patriótico e recheados de apologias ao império português, e, sobretudo, ao amigo e rei de Portugal, dom João IV, a maior parte refere-se aos escritos religiosos. Toda a obra de Vieira, seus planos e sua visão política do mundo baseavam-se na Bíblia — em verdade, a vida européia no século XVII girava em torno dos textos sagrados. Para tentarmos compreender como se pensava naquela época, podemos tomar como exemplo um dos maiores cientistas do mesmo século, Johannes Kepler, que iniciou suas atividades acadêmicas como teólogo.

Kepler, ao entrar em contato com as idéias de Copérnico sobre o heliocentrismo, apaixonou-se pelo tema. Logo que terminou os estudos, foi contratado como professor de matemática pela Universidade de Graz (Áustria). Correspondeu-se com Galileu e desenvolveu uma fórmula matemática para o uso da maior invenção do astrônomo italiano, o telescópio. Nesse tempo, quando era pouco nítida a divisão entre a astronomia e a astrologia, Kepler foi convidado a trabalhar na Corte do imperador Rodolfo II como matemático e astrólogo, mas sua atividade misturava uma gama de saberes, como medicina e alquimia.

Kepler era protestante, e em suas obras são encontradas influências bíblicas, — mas a admiração pela "perigosa" idéia de que o Sol era o centro do mundo, e não a Terra, como ditava a Igreja católica, rendeu-lhe problemas. Ele era membro da Corte e cientista de prestígio; as atenções de seus desafetos e, conseqüentemente, do Santo Ofício desviaram-se, então, para sua mãe, que vivia na cidade de Leonberg, na

Alemanha, onde seis mulheres já haviam sido levadas à morte. Denunciada por bruxaria, devido a seus conhecimentos sobre ervas, ungüento e remédios naturais, Katarina Kepler foi condenada, após anos de processo, pelo Santo Ofício.

Antônio Vieira era leitor de Kepler, e mais tarde se tornaria alvo da Inquisição. Uma das idéias mais presentes no seu pensamento foi o desenvolvimento de um plano para o império português, dominar o mundo. Nesse projeto caberia ao Brasil ser a nova sede da Corte lusitana. Essa idéia — a construção do Quinto Império — era baseada tanto em fatos objetivos como em interpretações bíblicas.

Vieira foi pioneiro por perceber que a dominação econômica só seria possível se, ao mesmo tempo, houvesse uma preponderância da cultura. No século XVII, o império português estava disseminado por quase todo o mundo, sem contar as riquezas de judeus de origem portuguesa, expulsos do reino em 1496, que estavam espalhados pela Europa (indo, na maior parte, para a Holanda e a França) e pelo Novo Mundo (México, Venezuela, Argentina, Peru), mas seguiam fiéis à cultura lusitana. Vieira sonhava em repatriar essas riquezas.

Muito antes de Sigmund Freud e Teodoro Hertz, Antônio Vieira via no futuro da humanidade a convivência natural e pacífica entre cristãos e judeus. Foi a primeira pessoa da história moderna a usar o conceito de "Nação Hebréia", engajamento que acabou lhe rendendo, além de diversos problemas, a alcunha de Judas do Brasil. A proteção de cristãos-novos e judeus que falavam português, com suas enormes riquezas, fazia parte de seus planos de dominação.

No início do século XVII, a província da Bahia já era um caldeirão étnico e multicultural. Mas os livros didáticos de história em geral dedicam, no máximo, poucas linhas à forte presença de cristãos-novos nessa parte do Novo Mundo, ou à sua importância na formação da sociedade brasileira. A Bahia era uma terra de certa tranqüilidade para os que fugiam dos rigores do Santo Ofício. A presença dessas pessoas no

Brasil marcou nosso idioma e a forma de falar de algumas regiões nordestinas. São muitas as expressões traduzidas do hebraico que circulam ainda hoje, como "passar a mão na cabeça" e "lamber os beiços", por exemplo. Em alguns estados nordestinos, o falar das pessoas ficou marcado por uma maneira espanholada, em palavras como "ocho", "arriba", "mucho", heranças de marranos espanhóis[2] que vieram nos tempos da União Ibérica.

Quando Vieira foi morar em Portugal, em 1641, tornou-se muito popular. As igrejas onde pregava ficavam lotadas, e as pessoas deliravam com seus sermões. Em sua passagem pela Europa, esteve com os principais nomes de seu tempo: dom João IV de Portugal, Mazarino, a regente Ana de França (mãe de Luís XIV), o papa Clemente X, a rainha Cristina da Suécia e, provavelmente, com Descartes.

Com mais de 60 anos, foi morar em Roma, onde inicialmente pregava apenas na pequena igreja de Santo Antônio dos Portugueses. Lá foi obrigado a estudar italiano pelo Geral dos jesuítas. Em poucos meses, Vieira superlotava as igrejas, havendo mesmo a necessidade da convocação de forças da ordem para controlar a multidão, que incluía pessoas importantes do Vaticano.

Ao fim do século XVII, os jesuítas haviam construído um verdadeiro império na América do Sul. Suas missões se estendiam desde a cidade de Córdoba, na Argentina, até o noroeste do Rio Grande do Sul. Ao longo do século seguinte, foram, pouco a pouco, se transformando em um problema para o rei de Portugal. Primeiro surgiram as guerras contra essas missões, pela definição da fronteira luso-espanhola no Novo Mundo; depois, quando do terremoto de Lisboa, em 1755, com o velho jesuíta Malagrida incitando a população contra a autoridade do rei, os padres da Companhia de Jesus caíram definitivamente em desgraça. Talvez seja essa mais uma das explicações para o ocaso de Vieira.

---

[2]Designação pejorativa dada na Espanha aos judeus convertidos, suspeitos de conservarem fiéis ao judaísmo.

Muitos intelectuais brasileiros fazem restrições ao jesuíta, como o pesquisador e diplomata pernambucano Evaldo Cabral de Mello. A maior crítica ao padre foi em relação à sua posição sobre a presença holandesa no Brasil. Vieira defendia que Portugal abrisse mão do atual Nordeste para a Holanda e concentrasse seus esforços na guerra de Restauração contra os espanhóis. Cabral de Mello foi taxativo:

> Vieira exagerou a importância da atuação que teve. Sobretudo quando não conseguiu vender a idéia da entrega do Nordeste aos holandeses, ele começou a tirar o corpo fora e dizer que não era tão responsável assim, que a idéia tinha sido do rei, e que ele tinha sido apenas um executor, quando se vê que antes dessa negociação ele já tinha essa idéia, de que a solução do problema era entregar o Nordeste. Mas ele enfrentou a oposição dos valentões, os portugueses que não aceitavam a entrega do Nordeste.[3]

Ele não seria o único. O escritor e jornalista maranhense João Francisco Lisboa deixou inacabado o livro *A vida do padre Antônio Vieira.* Morreu em pleno trabalho de pesquisa, em Portugal, em 1863, e a publicação só foi lançada muitos anos mais tarde. Em sua obra, João Francisco Lisboa não se furta em momento algum de externar comentários desfavoráveis ao jesuíta, em geral taxando-o de vaidoso e pretensioso.

Até então, a única biografia sobre Vieira, escrita pelo padre jesuíta André de Barros em 1746, 40 anos após sua morte, era bastante parcial. A principal preocupação desse biógrafo era exaltar de forma apaixonada a vida do biografado. No entanto, alguns detalhes apontam para a falta de seriedade desse trabalho, intitulado: *A vida apostólica do padre Antônio Vieira, da Companhia de Jesus, chamado por antomásia o Grande: aclamado no mundo por príncipes dos grandes evangélicos, pregador incom-*

---

[3]Berthol, Rachel. Caderno Prosa e Verso, in *O Globo*, 20/9/2003.

parável dos augustos reis de Portugal, varão esclarecido em virtudes, e letras divinas, e humanas; restaurador das missões do Maranhão e Pará.

Além das duas biografias citadas, podemos incluir: a do religioso Ernest Carel, que lançou em 1880, na França, o livro *Vieira — sa vie et ses oeuvres* [Vieira — sua vida e suas obras], cujo maior mérito foi divulgar a vida do biografado para o público de língua francesa. E o português Ernani Cidade lançou, pela Agência Nacional das Colônias, em meados do século XX, uma biografia com algumas novas informações sobre a vida de Vieira. Curiosamente, seu trabalho é muito mais rico em detalhes que o de André de Barros no que concerne à juventude do personagem.

Em 1956, era lançada no Brasil a obra *Aspectos do padre Antônio Vieira*, pelo jornalista, acadêmico, professor, pensador, ensaísta e conferencista mineiro Ivan Lins. O relato é sobriamente favorável ao biografado. Lins foi original ao analisar os "estrangeirismos" de Vieira, ou seja, as influências lingüísticas do italiano e do francês na forma de escrever, como *cervello*, em lugar de cérebro, ou *congé*, para dizer que estava saindo ou se despedindo.

Esses trabalhos, sem exceção, foram escritos numa época em que a visão de história era muito diferente da atual. A simples narração dos fatos da vida de uma pessoa, pouco importando quem fosse, sem a preocupação de análise e da conjuntura, as causas e as conseqüências das ações e das propostas, torna a leitura, por vezes, não apenas pouco agradável, mas também pouco esclarecedora. No caso específico de Vieira, usar a linha do tempo como fio condutor é demonstrar conhecimento insuficiente da obra. Um bom exemplo é a estrutura do seu mais ambicioso projeto, a construção do Quinto Império. Ao longo de sua vida, Vieira foi reformulando conceitos e revendo posições. É simplesmente impossível entender a ação vieirista se não se estiver ambientado ao contexto histórico.

Afinal, talvez não seja justo insistir que Antônio Vieira seja totalmente desconhecido. Nos mercados editoriais brasileiro e português circulam algumas edições de os *Sermões*. É possível adquirir coletâneas de suas cartas e de alguns sermões publicados separados, como o "Sermão do Mandato" e o "Sermão do Bom Ladrão". A *História do futuro* é um livro facilmente encontrado. Da mesma forma, é impossível deixar de mencionar o surpreendente sucesso da coletânea organizada recentemente por Alcir Pécora dos *Sermões*. A compreensão dos textos de Vieira fica bem mais fácil quando se conhece não só sua trajetória. Em geral, seus sermões são divididos em duas categorias: os patrióticos e os religiosos. Ainda que acompanhados de explicações, são difíceis de entender. Para Antônio Vieira, como acontecia em seu tempo, esses dois mundos não se distinguiam. Citemos, como exemplo, a Restauração Portuguesa, com o fim da União Ibérica, em 1640, que na interpretação do jesuíta era algo previsto nas Sagradas Escrituras, embora fosse um ato político.

A proposta deste livro não é apresentar uma nova biografia de Antônio Vieira, mas tentar entender e explicar os planos que Vieira desenvolveu para o futuro do Brasil, acompanhando-o pela Europa ao longo de suas arriscadas negociações para pôr em prática suas idéias para conquistar o mundo.

Os que se aventuram pelo universo vieirista percebem que muitos autores tentam se "esquivar" de sua proposta de construção do que acreditava ser o último dos impérios, o Quinto Império. Parece causar embaraço a mistura das profecias de Bandarra, um simplório sapateiro português do século XVI, com as interpretações do personagem bíblico Daniel sobre um pesadelo de Nabucodonosor, utilizada como ponto de partida de um projeto que levaria os portugueses à conquista do mundo. Mas Vieira não era o único a fazer esse tipo de ilação. Na mesma época, na Espanha, se pensava o mesmo; no México, não havia nenhuma dúvida de que algo estava em curso; e na Inglaterra, o lorde protetor Oliver Cromwell acreditava igualmente que os ingleses eram o povo eleito.

Apesar das questões contextuais e da dificuldade inerente ao texto barroco, entender Antônio Vieira não é uma tarefa difícil, afinal, era um padre que pregava nas igrejas, falava para o povo. Se ao longo dos últimos séculos seu trabalho perdeu contato com o grande público, foi porque seus admiradores não souberam divulgá-lo.

Se for verdade que é no passado que devemos compreender o presente e antever o futuro, certamente restará deste estudo uma nostalgia do tempo em que no Brasil havia um projeto político para nos inserir num plano de destaque no mundo.

Salvador no século XVII

O que não pode pagar Portugal, pagá-lo-á o Brasil.[4]

Entender o século XVII, como já vimos, requer imaginação e é tão ou mais importante quanto conhecer os dados biográficos do nosso personagem. O mesmo podemos dizer sobre a cidade onde Antônio Vieira foi criado, onde estudou e passou a maior parte da vida. Viajar até Salvador com uma distância de quase 400 anos é algo surpreendente. Salvador nos tempos coloniais era a capital do Brasil, mas de um país muito diferente. Não fazia parte da jurisdição brasileira a atual região Norte, o Grão-Pará e o Maranhão, que estavam organizados como se fossem outra colônia. Além disso, a integração entre as demais províncias era bem menos articulada, tanto do ponto de vista administrativo quanto do econômico. Nesse tempo, nem todas as atuais regiões que compõem hoje o nosso território estavam sob o controle de Portugal.

Podemos apontar a chegada do governador-geral, Tomé de Souza, como o marco do início da história da cidade de Salvador. Na manhã do dia 29 de março de 1549, uma sexta-feira, entrava na baía de Todos os Santos a frota de seis barcos com aproximadamente 500 homens. Estima-se que os passageiros fossem o governador, um pro-

---

[4]Vieira, Antônio. "Sermão da Terceira Dominga Post Epiphaniam", op. cit., vol. 2, p. 113.

vedor-mor da Fazenda, um ouvidor-geral, um capitão-mor, seis jesuítas (os primeiros dessa ordem no Novo Mundo), uma quantidade excessiva de funcionários públicos, cerca de 50 trabalhadores especializados, como médicos, boticários, barbeiros etc., pouco mais de 130 soldados, uns 70 homens do ramo da construção civil e algumas dezenas de degredados.

O plano inicial foi escolher o local para erguer uma cidade. No recôncavo já existia um povoado, a Vila do Pereira, que se localizava muito perto da barra, ou seja, da entrada da baía, local considerado muito vulnerável. Assim, ficou decidido que o ideal seria levantar a nova aglomeração urbana em área mais protegida. A questão estratégica acabou sendo decisiva: optou-se pela colina mais alta, de aproximadamente 80 metros, que, além de estar perto do mar, tinha no cume uma parte plana.

Logo que foi erguida, a cidade de Salvador se transformou no braço político, fiscal e religioso do reino no Brasil. Estavam ali, além do governador-geral, as maiores autoridades da colônia. O ouvidor-mor detinha os poderes de justiça independentes, podendo até decidir sentenças de morte. A cobrança de impostos e demais tributos, que até então era realizada pelos donatários das capitanias hereditárias, passou a ser exercida pelo provedor-mor da Fazenda. Para abrigar esse aparato foram construídos o Palácio do Governo, a Câmara dos Vereadores, a cadeia, o pelourinho e uma sé muito simples. Tudo foi cercado por uma muralha, no melhor estilo medieval, com a proteção de dois baluartes e pontes levadiças que fechavam as duas únicas entradas da cidade, ambas bem vigiadas.

A capital se desenvolveu em duas partes: a sede do poder e a cidade baixa, que abrigava o porto e a alfândega. A ligação entre as duas se fazia pela entrada ao sul, a porta de Santa Luzia. A outra, na extremidade norte da muralha, a porta de Santa Catarina, era menos usada. Foi nessa região da cidade que se instalou Manuel da Nóbrega, o Geral dos jesuítas, com os demais padres da companhia.

A opção não se deu única e exclusivamente por motivos geográficos. Nóbrega não demorou a perceber que o clero regular era perigosamente subserviente à nobreza local, sobretudo ao íntimo contato entre seus componentes e as mulheres índias escravizadas. Segundo Gilberto Freyre,

> (...) os jesuítas sentiram, desde o início, nos senhores de engenho, seus grandes e terríveis rivais. Os outros clérigos e até mesmo frades acomodaram-se, gordos e moles, às funções de capelães, de padres-mestres, de tios-padres, de padrinhos de meninos; à confortável situação de pessoas da família, de gerente de casa, de aliados e aderentes ao sistema patriarcal.[5]

Sendo assim, os jesuítas se afastaram desse estilo de vida e foram viver ao norte da cidade.

As rivalidades entre eles e a elite agrária colonial tinham como ponto de discórdia a escravização dos índios. Também foi esse o motivo de ficarem mais próximos à porta de Santa Catarina, de onde podiam sair mais facilmente em direção às aldeias dos tupinambás.

Curiosamente, foi Manuel da Nóbrega quem cobrou de Lisboa a vinda de um bispo para o Brasil. Os jesuítas não tardaram a concluir que a Cristandade na colônia vivia longe dos mandamentos de Deus, e acreditavam que a presença de uma autoridade eclesiástica na cidade poderia mudar o comportamento do clero regular. Assim, desmembrou-se a diocese da Madeira e foi criado o bispado brasileiro. O primeiro bispo, Pero Fernandes Sardinha, quando chegou a Salvador, foi hóspede dos jesuítas por duas semanas, tempo suficiente para que entrassem em conflito. O bispo pôs o trabalho de seus anfitriões em xeque: desautorizou o Geral da companhia, proibiu as flagelações públicas e, o

[5]Freyre, Gilberto. *Casa grande & senzala*, p. 260.

que mais os desagradou, não permitiu que os padres continuassem a pregar em tupi aos índios. O alvo principal da discórdia era a catequese dos indígenas.

Analisemos, inicialmente, as críticas religiosas feitas aos jesuítas. Foi o padre Manuel da Nóbrega quem idealizou um sistema muito eficiente para catequizar os índios, com base numa espécie de miscigenação de culturas: adaptando as práticas religiosas, a visão de mundo, o estilo de vida e mesmo as línguas. No fim do processo restava a dominação católica e a destruição da cultura indígena. Os jesuítas na Bahia passaram a educar meninos órfãos vindos do reino junto com os jovens índios; falavam em tupi; buscavam equivalências entre as palavras (tupã, que significa trovão, a divindade suprema dos nativos, virou Deus) e usavam instrumentos e músicas indígenas como meios de conquista.

Com o passar do tempo e o desenvolvimento da atividade canavieira aliado ao tráfico de escravos, a cidade de Salvador foi crescendo e prosperando. Tanto o poder real como o eclesiástico se locupletaram com esse verdadeiro desenvolvimento açucareiro. De acordo com o pesquisador Jorge Caldeira,

> (...) a Coroa portuguesa conseguia acentuar, no Brasil, a concentração das decisões monetárias relevantes em torno da capital, com apenas duas ramificações importantes: São Paulo/Rio de Janeiro, eixo do comércio de abastecimento e obtenção de prata, e Recife, centro açucareiro. Desse modo, entende-se que um grupo relativamente pequeno — governador-geral, provedor da Fazenda, juízes da Relação da Bahia (substitutos do ouvidor a partir de 1611) e bispo de Salvador — conseguia controlar e manter a fidelidade de um vasto território que, já no início do século XVII, ia do Rio Grande do Norte ao Rio Grande do Sul, e do litoral ao Mato Grosso, ainda com lucro.[6]

[6]Caldeira, Jorge. *A nação mercantilista*, p. 113.

Também segundo Caldeira, essa era a "região de maior desempenho econômico no mundo ocidental. Sua eficiência estava justamente relacionada à capacidade de integrar elementos de culturas e origens completamente díspares num todo que funcionava apesar dessas diferenças".

Mesmo assim, até a metade do século XVII, o Brasil era uma colônia secundária no império português. Apenas pequenos comerciantes se interessavam em estabelecer negócios no país. Os principais burgueses só tinham olhos para o comércio com o Oriente. Porém o Brasil era próspero e, com tanta riqueza em jogo, os jesuítas passaram a se indispor também com os colonos. Sempre no epicentro da questão estavam a catequese e a escravização dos índios. Como se dava essa relação com os indígenas? Para não caírem no trabalho escravo, eles tinham que obrigatoriamente viver numa aldeia em torno de uma igreja. Como primeira mudança, deixavam de ser nômades; depois, trocavam a oca pela residência unifamiliar e abandonavam a poligamia; aceitavam o casamento, imposto pelos padres, dos jovens com meninas de outras tribos (a mistura levava ao abandono da própria língua em prol da língua geral); trocavam os rituais nativos pelas missas e procissões; e por fim, desistiam da função guerreira: os homens não mais lutavam e passaram a executar o trabalho feito tradicionalmente pelas mulheres, ou seja, a roça. Esses índios livres eram alugados aos colonos pelos padres, e o dinheiro auferido ia para a Companhia de Jesus. Por outro lado, os colonos não podiam ter *escravos da terra*, em outras palavras, índios. Nem sempre eles aceitaram tal imposição com boa vontade.

No início do século XVII, Portugal já vivia sob o comando espanhol, e o rei Felipe II reafirmou a proibição da escravização indígena. Em Salvador, a reação foi imediata. Reunidos na Câmara, membros da elite protestaram em frente aos prédios da administração pública. Não satisfeitos, encaminharam-se para o colégio da Companhia e ameaçaram os padres de morte. A mesma insatisfação foi manifestada no Rio de Janeiro e na Paraíba.

Na Bahia desse tempo, fins do século XVI e início do XVII, havia, ainda, a forte presença de cristãos-novos (judeus convertidos ao catolicismo). Entender esse tema é voltar um pouco mais na história de Portugal e da Espanha.

A história da perseguição aos judeus na Península Ibérica coincide com a Reconquista, ou seja, com o fim da expulsão dos árabes da Espanha. No ano de 1478, os espanhóis estabeleceram o Tribunal do Santo Ofício da Inquisição. Começava assim o que alguns autores chamam de diáspora sefardita (termo aplicado aos judeus expulsos da Península Ibérica). Poucos anos mais tarde, em 1492, considerados "diferentes" na conduta e no caráter, os judeus foram obrigados a deixar a Espanha. A comunidade espanhola judaica migrou em diversas direções: Portugal, Holanda, norte da África, Turquia e outros destinos. Foi nesse momento que a presença de judeus em terras lusitanas passou a constituir um problema. A entrada de um grande número desses "estrangeiros" (algumas fontes falam em 20 mil famílias), como eram chamados, desagradou aos portugueses. Nem toda a sociedade se sentiu incomodada com a presença dos novos habitantes, pois muitos dos recém-chegados eram ricos e trouxeram certo "frescor" econômico para a região. A comunidade judaica portuguesa já comandava o "capital financeiro".

Pressionado pelos espanhóis, o rei dom Manuel acabou também adotando, em 1496, as mesmas medidas que seus vizinhos: ou os judeus se convertiam em cristãos-novos ou deveriam abandonar o reino. Juntamente com essa pressão, instaurou-se, assim como acontecera na Espanha, a Inquisição.

Ainda assim, aqueles que se convertiam continuavam a ser alvo de perseguição, sendo muitas vezes vistos como "diferentes" e "filhos da maldição". Apesar do clima desfavorável, o Estado português garantiu a permanência do maior número possível de cristãos-novos no reino com a adoção de algumas medidas: concedeu prazo de 10 meses para que os judeus partissem (na Espanha o tempo fora de apenas quatro meses); converteu à força todas as crianças judias com menos de 14 anos e as entregou a famílias cristãs e garantiu aos novos cristãos que não teriam qualquer problema com a Inquisição por um prazo de 20 anos. Dom Manuel ainda tentou diminuir a fuga dos hebreus e de suas riquezas abrindo um único porto como saída.

A nova dispersão de judeus foi fundamental para entendermos os planos de Vieira. Ainda que sofressem hostilidades, que existissem judiarias (bairros exclusivos de judeus), e o preconceito lingüístico (do qual o uso da palavra "judiar" é um bom exemplo), além de outras manifestações, a integração foi bem marcante.

A política de conversões foi um sucesso, tanto que os judeus e mesmo os cristãos-novos que partiram do reino levaram consigo a cultura portuguesa. Pelos quatro cantos do mundo as palavras "judeu" e "português" passaram a ser sinônimas. Esses judeus e seus descendentes usaram a língua portuguesa até o século XIX e incorporaram muito da culinária lusitana. Essa nova diáspora obedeceu a dois movimentos: um, no Velho Mundo, e o outro, seguindo a expansão ultramarina, sendo mais expressivas, as massas que migravam para Amsterdã e Buenos Aires. Na capital da Holanda foi erguida, no século XVII, a maior sinagoga da Europa. Seu nome: Grande Esnoga (sinagoga, em português arcaico) Portuguesa de Amsterdã.

No entanto, a simples conversão de judeu para cristão-novo não foi suficiente para acabar com os preconceitos e o anti-semitismo. A forma de funcionamento da Inquisição também favorecia esse clima. Denúncias podiam ser feitas por cartas anônimas, o julgamento da idoneidade da acusação não obedecia a critérios claramente estabelecidos. Uma vez detida, a pessoa se via totalmente sem comunicação com o mundo exterior. O advogado era escolhido pelo Santo Ofício. Quando o preso não colaborava durante o interrogatório, era submetido a tortura. As vítimas que falassem durante a tortura "provavam" ser culpadas; se nada falassem, "estavam assumindo" a culpa. Todo o processo acontecia na presença do representante do bispo, de um cirurgião-médico, do inquisidor e de um notário. Esses servidores eram chamados de "familiares", recebiam pagamento por dia de serviço e não pagavam impostos. O Tribunal da Inquisição era mantido com os bens confiscados dos réus; seu mecanismo estimulava as denúncias e, sobretudo, garantia as condenações.

Na segunda metade do século XVI, os cristãos-novos iniciaram um crescente movimento de imigração. Eram, em geral, homens nascidos muito tempo depois dos primeiros processos de conversão. Na Bahia, ao contrário do que aconteceu em outras cidades, eles foram se miscigenando com a população local e se integrando plenamente. Uma característica facilitou a integração: a cor da pele. Ser branco no Brasil colônia era uma vantagem, ainda que a legislação comparasse os cristãos-novos aos negros. Ao enriquecer, atingiam quase a mesma condição de fidalgo, ganhando força política e social. Além do mais, os outros brancos muitas vezes estavam de passagem pelo Brasil — funcionários públicos, fidalgos e "cristãos-velhos" que, no fundo, só pensavam em enriquecer e retornar ao reino.

Na próspera economia colonial existiam duas atividades de destaque: ser latifundiário ou estar ligado ao comércio internacional. Nesses dois pilares, os cristãos-novos encontraram entrada para a integração na sociedade baiana. Eram senhores de engenhos, empresários, grandes homens de negócios, pequenos comerciantes. Mas agiram também em outros setores menos lucrativos: desbravadores do sertão, mestres de açúcar, lavradores, mecânicos, soldados etc.

Porém eles, aqui, também tiveram problemas com a Inquisição. A Bahia recebeu os Visitadores e Comissários do Santo Ofício da Inquisição. As antigas acusações de que eram judeus e de que prejudicavam os cristãos geraram conseqüências — algumas pessoas morreram, e outras tiveram que fugir. Da mesma maneira, entre os anos 1624 e 1635, quando o bispado ficou vago, a comunidade de cristãos-novos viveu em paz.

É nessa Salvador que, em 1615, desembarcou a família Vieira. A família — o pai, Cristóvão Vieira Ravasco, a mãe, dona Maria de Azevedo, o irmão Bernardo e as quatro irmãs — vinha de Lisboa. Antônio Vieira nascera em 6 de fevereiro de 1608, na rua dos Cônegos, perto da Sé, na capital do reino. Não se sabe ao certo qual a profissão de Cristóvão, mas é provável que exercesse alguma função no setor público, talvez secretário do Estado. Segundo André de Barros, "Cristóvão era fidalgo da família de S.M."

Antônio era, então, uma criança de sete anos. Seu destino na Bahia foi o Colégio dos Padres Jesuítas. Os poucos registros que temos sobre essa etapa de sua vida nos revelam um fervoroso devoto da imagem de Nossa Senhora da Fé, ou das Maravilhas, da Catedral da Bahia. Nos primeiros tempos foi um aluno apenas mediano; ainda que se dedicasse com afinco, não conseguia um bom rendimento.

Não existem imagens de Antônio Vieira desse período (a estampa do livro de André de Barros é do século XVIII). Algumas fontes afirmam que o sotaque era típico da colônia do Brasil, reconhecível por todos que o ouviram. No entanto, não fica claro qual era a cor de sua pele. Nenhum de seus biógrafos o conheceu e nada mencionavam sobre o tema, talvez no intuito de "embranquecê-lo". O mais provável é que fosse mulato-claro. A avó materna seria mulata e serviçal na casa dos condes de Unhão. Já André de Barros afirma que nada se sabe sobre a ascendência de sua mãe.

Existem suspeitas, bem fundamentadas, de que fosse de família de cristãos-novos. De acordo com o escritor Arnaldo Niskier, "o sobrenome Vieira, independentemente de que região seja de Portugal, não é de genealogia cristã." Niskier fortalece a hipótese com a enumeração de alguns familiares: a "irmã Leonarda, casada com Simão Álvares de Lapenha, com quem teve filhos; Maria de Azevedo casou com Jerônimo Sodré Pereira; Catarina Ravasco de Azevedo, com Rui de Carvalho Pinheiro; e Inácia de Azevedo, com Fernão Vaz Costa — todos de sangue semita."[7]

Um dos episódios mais conhecidos dessa passagem da vida de nosso personagem se deu em pleno ato de reza contrita diante da imagem de sua devoção: de repente ele sentiu um forte estalo, como uma dor aguda na cabeça. A primeira reação foi achar que estava morrendo. André de Barros conta que logo após o estalo "partiu para a classe, reconhecendo em si uma aptidão mui nova, disse ao mestre, que queria argumentar com qualquer dos condiscípulos: saíram com eles os melhores, e todos com assombro do mestre, que reconheceu grande novidade."[8] Se é fato ou lenda, ninguém sabe.

O famoso "estalo do Vieira" seria um ponto de transformação em sua vida. De aluno medíocre, o menino passou a um dos estudantes mais capazes. Desapareceram os problemas de falta de memória que tanto o atormentavam. Com o sucesso acadêmico veio a vontade de entrar para a Companhia de Jesus. No entanto, não eram esses os planos da sua família.

Numa tarde de março de 1623, ouvindo o padre Manuel do Carmo, Vieira sentiu uma grande vocação para a vida religiosa. No mês seguinte, aos 15 anos, na noite de 5 de maio, fugiu de casa e foi procurar abrigo entre os jesuítas. Foi recebido com grande entusiasmo, afinal o talento do jovem era motivo de respeito entre os colegas e de admiração de seus mestres. Dois anos mais tarde, professou e fez votos secretos de se dedicar à catequese de índios e negros. Não perdeu tempo e iniciou o estudo de algumas línguas nativas do Brasil. A opção acabou lhe rendendo críticas de seus superiores que haviam projetado um futuro bem diferente

---

[7]Niskier, Arnaldo. *Padre Antônio Vieira e os judeus*, p. 62.
[8]Idem.

para tão brilhante aluno. Aos 17 anos já dominava com fluência as duas línguas do Brasil (o tupi antigo e o quiriri) e a de Angola.

Em 9 de maio de 1624, navios da Companhia das Índias Ocidentais atacaram de madrugada a cidade de Salvador. O jovem Antônio Vieira descreveu na *Annua da província do Brasil* (relatório anual sobre as atividades na Companhia de Jesus no Brasil) o desembarque de 1.700 soldados holandeses, ingleses, islandeses, escoceses, galeses e poloneses, que haviam cruzado o oceano em 24 navios de "alto bordo", armados com mais de 500 canhões e 1.600 marinheiros. No dia seguinte, a cidade foi abandonada pela população e foi rendida pelas tropas do lendário Piet Heyn. Os holandeses ocuparam a cidade ao longo dos 12 meses seguintes.

Logo após a invasão, Vieira transferiu-se para Pernambuco e se tornou mestre de retórica no Colégio de Olinda. Sempre fora o mais destacado discípulo em filosofia e teologia. Redigia dissertações e tratados sobre os mais diferentes temas, comentava com requinte os livros mais complexos, fazia intervenções admiráveis. Antes dos 19 anos escreveu comentários sobre as tragédias de Sêneca, a Metamorfose de Ovídio e outros sobre Josué e os Cânticos de Salomão.

O ano de 1633 foi bastante fértil para Vieira: escreveu duas peças oratórias nas quais explicitou pela primeira vez que acreditava que pátria e religião eram irmãs. Nelas defendeu as idéias de que era importante rever e "corrigir abusos da coisa pública, estimular o patriotismo" e "defender os índios". No mesmo ano, antes mesmo de se ordenar padre, proferiu seus primeiros sermões.

Pouco se sabe sobre seu cotidiano. Vieira tinha o hábito de acordar cedo para rezar, conforme revela no "Sermão Ressurreição de Cristo Senhor Nosso" — que "quem mais ama, mais madruga" — e, no mesmo texto, citando santo Agostinho: "torpe coisa é, e verdadeiramente vergonhosa para um cristão, se o primeiro raio de sol o achar na cama, e não prostrado aos pés de Cristo seu criador e redentor".

Quando todos imaginaram Antônio Vieira estudando teologia na Europa, ele tornou público seu voto de dedicar a vida à catequese. "Das palmas e das trombetas nenhum caso faço, porque tudo é vento e fumo", escreveu muitos anos mais tarde. Resta a pergunta: como entender tal opção? Lembremos que estamos em pleno século XVII, uma verdadeira encruzilhada entre o mundo medieval e os tempos modernos, uma época em que muitas das explicações sobre os diversos assuntos ainda passavam pela Bíblia. Por suas convicções, não podemos deixar de levantar a suspeita de que Antônio Vieira talvez fosse um leitor da literatura listada no Index, o rol de livros proibidos pela Inquisição.

Vieira, como muitos pensadores do século XVII, tinha predileção por alguns profetas. Em sua obra destacam-se Isaías e Daniel. Essas leituras eram usadas como base de sustentação do pensamento das pessoas que acreditavam no "Império dos mil anos". Em um de seus escritos, cita a seguinte passagem de Isaías (24,15): "Eles aclamam a majestade do Senhor. Do lado do mar, exultam. Glorificam o Senhor no Oriente, o nome do Senhor, Deus de Israel, nas ilhas do mar. Das extremidades da terra ouvimos cantar: Honra ao justo." Em outra passagem das Sagradas Escrituras, é citado o salmo 64 (9-10) em que Davi diz a Deus: "Nos confins do mundo, teus pródigos causam espanto; fazes gritar as legiões do levante e do poente."

E quem são as pessoas "do lado do mar", "nas ilhas do mar", nos "confins do mundo", na "extremidade do mundo"? Existe uma mistura, no mínimo, intrigante entre os índios do Novo Mundo e as profecias da Bíblia. Vieira não foi o único autor de sua época que via nos ameríndios e na catequese uma das evidências da realização de diversas profecias. Assim podemos entender como um brilhante padre aceitou e dedicou-se a catequizar os pródigos dos confins do mundo.

Dez anos depois de ter professado e com cinco anos de intensa conversão dos gentios, em 13 de dezembro de 1635, Vieira rezou sua primeira missa oficial. Mas antes mesmo já freqüentava púlpitos das igrejas de Nossa Senhora da Conceição da Praia e do próprio Colégio dos Jesuítas na Bahia. Com o dom da palavra, Antônio Vieira foi aos poucos se tornando um padre bastante conhecido e admirado na região.

Não é factível acreditar que uma pessoa do porte de Vieira não freqüentasse os melhores círculos intelectuais de Salvador. As fontes, é verdade, são escassas. As pistas podem ser recolhidas no livro *História da vida privada no Brasil*, no texto de Luiz Carlos Villalta, segundo o qual as poucas escolas eram ligadas às ordens religiosas. Mesmo assim, a educação escolar não era para todos, pois os pardos não eram aceitos nem pelos jesuítas. E, tão grave quanto, a instrução era subordinada à civilidade das aparências, constituindo um ornamento a ser ostentado pelos indivíduos socialmente privilegiados.

> Para a imensa população negra escrava, educar-se significava assimilar-se, passar de *boçal* — isto é, de um estado de trânsito limitado à própria cultura, sem ter domínio da língua portuguesa, sendo capaz apenas de comunicar-se primariamente com outrem.[9]

Quando abordamos a circulação de livros, a situação não é muito diferente. Ainda segundo a *História da vida privada no Brasil*, no levantamento realizado por Alcântara Machado, em aproximadamente 450 inventários paulistas realizados entre os anos de 1578 e 1700, só foram encontrados 55 títulos. Nada consta sobre a Bahia do século XVII.

Pouco se sabe também sobre as relações pessoais de Antônio Vieira. Seu melhor amigo foi o padre José Soares. Outro íntimo foi o médico Manoel Mendes Monforte, formado em Coimbra. Sem precisar quando a amizade começou, a historiadora Anita Novinsky revela que eles também eram ligados "por ideais comuns, ambos faziam parte de uma seita milenarista que existia na Bahia, com tintas messiânicas".

[9]Souza, Laura de Melo (org.). *História da vida privada no Brasil*, p. 342.

Esta amizade nos leva a retomar duas questões: cristãos-novos e Inquisição. O sobrenome Mendes Monforte, de acordo com o arquivo de Bevis Marks da *The Spanish and Portuguese Congregation of London*, é o de um converso, ou seja, cristão-novo. E quanto à "seita milenarista com tintas messiânicas", deveria ser secreta, pois seus adeptos eram alvo da Inquisição. Livros como *Expositio in Apocalypsim*, de Joaquim de Fiore, um abade da Ordem de Cister, falecido em 1202, embasavam as curiosas interpretações de Vieira e de seus companheiros da seita; tais obras constavam dos livros proibidos. E, mesmo não existindo Inquisição instalada no Brasil, o clima político na capital era de intolerância. Até o fim da União Ibérica, em 1640, estava baseada na cidade de Salvador uma tropa estrangeira, conhecida por "terço napolitano".

O Império espanhol no século XVII se estendia por quase todas as partes do mundo. Na Bahia os "napolitanos" eram comandados pelo sargento-mor Giovanni Vicenzo Sanfelice, o conde de Banholo ou Bagnuoli.

A vida de Vieira mudou completamente quando, nos primeiros dias de 1641, chegou ao Brasil uma notícia de grande impacto: o duque de Bragança, dom João, liderara um exército e derrotara os vizinhos espanhóis, dando fim à União Ibérica. Em 27 de fevereiro do mesmo ano, acompanhado de Fernando Mascarenhas (filho do vice-rei espanhol, o marquês de Montalvão) e do padre Simão de Vasconcelos, Vieira, após hesitar, embarcou rumo a Lisboa. O objetivo era levar o apoio ao novo rei e à nova ordem institucional portuguesa.

Essa, no entanto, acabaria não sendo a única missão de Vieira no reino. Fazia parte de seus planos pôr em prática um projeto que alçaria Portugal e Brasil à liderança do mundo. Esse plano não foi idéia apenas de Vieira, mas é provável que tenha sido gerado em uma dessas seitas messiânicas secretas. Também é possível que uma parcela significativa de cristãos-novos tenha participado de sua concepção. Podemos creditar ao aspecto secreto do movimento milenarista e às possíveis preocupações com a segurança de seus membros a total ausência de documentos que comprovem quaisquer informações. Entretanto, não parece ser totalmente impossível que esses grupos tivessem ramificações fora do Brasil, uma vez que alguns cristãos-novos da Bahia mantinham ligações com outros países por meio do comércio internacional.

A deliberação de viagem não foi tomada por impulso, Vieira refletiu muito antes de ter certeza da decisão. Assim, no verão de 1641, partiu para Lisboa, sabendo quão difícil seria a empreitada.

Sebastianismo, milenarismo e as ações de Vieira

> (...) e não há coisa que assim faça unir aos homens entre si, e juntar os grandes com os pequenos, como o perigo e o temor; na Arca de Noé estava o leão com o cordeiro, o lobo com a ovelha, e não se faziam mal, todos cabiam em um tão pequeno lugar, (...) se sustentavam do mesmo alimento, porque era tempo de dilúvio; e em tão grande temor e necessidade não só esquecem as paixões, mas ainda as mesmas naturezas parecem que se mudam.[10]

Na história de Portugal raros episódios carregam tanta dramaticidade como o período que vai de 1580 a 1640, a chamada União Ibérica. O drama começou antes, quando dom Sebastião desapareceu sem deixar vestígio, em plena batalha de Alcácer-Quibir. O corpo do jovem rei não foi visto por nenhum dos poucos sobreviventes da aventura em solo africano, e ele nunca foi dado como morto. O misterioso desaparecimento abriu uma ferida na alma da sociedade luso-brasileira. Quando o rei voltaria? Como voltaria? Voltaria? Certamente seria para trazer a redenção da nação. Da dúvida sobre a morte do rei nascia a crença messiânica que um dia alguém viria salvar o povo português.

---

[10]Vieira, Antônio. "Comento ou Homilia sobre o Evangelho da Segunda-feira da Primeira Semana da Quaresma", op. cit., vol. 2, p. 271.

A história pessoal de dom Sebastião já é, por si só, marcada por pequenas tragédias. O pai morreu duas semanas antes do seu nascimento. Tal fato reforçou o desejo de que nascesse um príncipe que garantisse a continuação da segunda dinastia portuguesa (Avis-Beja), daí a alcunha "o Desejado". Existem muitas lendas sobre as características físicas do menino: teria nascido com polidactilismo (seis dedos nas mãos), os braços desproporcionalmente longos, surdo. Os sucessivos casamentos dentro de sua família podem ter alguma relação com tais deficiências. Suas bisavós e seus bisavôs eram descendentes do mesmo rei, dom João I.

Enquanto o rapaz não atingia a idade adequada para dirigir os destinos do reino — 14 anos —, Portugal foi regido por sua avó, dona Catarina de Áustria, que, além de ser tida como uma mulher fútil, era filha de dona Joana, que tinha problemas mentais. Apesar das adversidades, esse foi um período de glória para Portugal: conquistou Macau, na atual China, em 1557; Damão, na atual Índia, em 1559; expulsou os franceses do Rio de Janeiro, em 1560.

Sob a responsabilidade dos jesuítas espanhóis Luís da Câmara, Amador Rebelo e Gaspar Maurício, dom Sebastião recebeu uma educação religiosa, tornando-se um católico fervoroso. Acreditava que fora designado por Deus para realizar grandes feitos. Alguns autores acrescentam que o jovem Sebastião era muito mimado e teimoso.

Corria, ainda, o boato de que o rei não manifestava atração por mulheres. Só uma vez, ainda criança, ao ver o retrato da jovem princesa Marguerite de Valois, teria abraçado o quadro e exclamado: "Minha rainha, minha rainha!" Comenta-se que essa teria sido a única vez que o jovem rei demonstrara algum interesse por uma mulher. O casamento com a francesa, entretanto, não foi acertado, e ela acabou por se tornar a rainha Margot da França. Os comentários velados ganharam força quando dom Sebastião atingiu a idade adulta e não contraiu núpcias.

Como são pouquíssimas as imagens desse jovem monarca, usemos o relato de João Batista Venturino, de 1571.

> [O rei] trazia uma capa de pano preto, e o capuz com botões de diamantes, rubis e pérolas, saio com abotoaduras também de diamantes e as faldas até o joelho, calças vermelhas com poucos tufos e quase lisas, barrete chato de veludo, carregando para a testa quase até o sobreolho, e adornado, de cordovão preto, que lhe subiam até os joelhos. A espada, cinto, estribo e esporas eram dourados e a sela do cavalo de veludo preto recamada de ouro e pérolas; na cabeça trazia o cavalo pendentes de pedras preciosas e ouro [sic].[11]

A hipótese de que era teimoso parece ter algum fundamento. Seu tio, o rei Felipe II da Espanha, tentou convencê-lo a não declarar guerra, no Marrocos, contra os mouros. Não obstante seus conselhos, comprometeu-se a mandar uma esquadra, promessa que acabaria não cumprindo. Os infiéis representavam um perigo tanto para as possessões portuguesas no norte da África como para o comércio com as Índias, pois atacavam os barcos que se aproximavam da costa lusitana. Assim, partiu o jovem rei em cruzada à frente de seu exército em janeiro de 1578. Desembarcaram em Tanger e caminharam a pé até o local da batalha. As tropas do sultão Ahmed Mohammed, de Fez, estavam descansadas e conheciam o terreno. Às vésperas da batalha, os generais portugueses aconselharam o rei Desejado de que a tropa deveria descansar antes do ataque. Além da exaustão e da falta de alimentos, fazia muito calor. Não foram escutados! Sebastião tinha então 24 anos. O resultado não podia ser pior: aproximadamente 15 mil homens mortos, alguns sobreviventes e um desaparecido!

[11]França, Eduardo D'Oliveira. *Portugal na época da Restauração*, p. 95.

A notícia da catástrofe chegou a Lisboa em agosto de 1578, abalando profundamente o reino. O rei desaparecera, quase toda a nobreza morrera, e uma enorme dívida fora contraída para pagar os milionários resgates dos poucos sobreviventes, todos nobres. Como não tinha descendentes, o herdeiro natural do trono era seu tio-avô, o octogenário dom Henrique, cardeal de Évora. Como ficaria a sucessão dos reis portugueses? Era tão desesperadora a situação, que o novo rei chegou a pedir licença ao papa para casar-se com uma menina de 13 anos. Valia tudo na busca de herdeiros que garantissem a linhagem dos Avis-Beja.

O velho monarca morreu antes da chegada da resposta, deixando o povo órfão, e a nação, em dúvidas sobre o futuro. Um forte sentimento tomou conta da população: dom Sebastião voltaria. Não fora visto caindo em combate, ninguém vira seu cadáver. Estava aberta a longa e aflita temporada de espera pela volta de dom Sebastião. Começava aí o Sebastianismo.

Quem não perdeu tempo esperando foi o rei Felipe II da Espanha. Em 1581, mandou enterrar um corpo qualquer no Mosteiro dos Jerônimos, em Lisboa, como sendo o de dom Sebastião. Com esse gesto decretou o fim da espera, declarou-se novo soberano e promoveu a união das Coroas, dando início à União Ibérica.

É nesse momento que surge um curioso personagem, Gonçalo Anes, o Bandarra, o sapateiro de Trancoso. Pelo que se sabe, era dono de uma assombrosa memória e recitava de cor muitas partes da Bíblia. Sabia ler e escrever. Aparentemente, não era descendente de cristãos-novos. Andava acompanhado de João Gomes de Grã, também de Trancoso.

Aos poucos, Bandarra foi se transformando numa "celebridade" em Portugal. Entre 1530 e 1546, antes mesmo dos eventos trágicos de Alcácer-Quibir, criou trovas, cujas estrofes rimadas anunciavam o aparecimento próximo de um salvador, desconhecido, que ele chamava de "o Encoberto". Seria um rei que destruiria o império turco (no século XVI a frota turca dominava boa parte do mar Mediterrâneo) e uniria cristãos e judeus na construção de um novo império. As trovas eram compostas de 159 quadras, 16 na introdução, e as restantes divididas em três sonhos. No primeiro sonho (estrofes 17-93), o ambiente é campestre e os personagens são o pastor-mor e o Encoberto. No segundo sonho (estrofes 94-108), há a derrota dos turcos no Levante e a aliança entre o Encoberto e o papa. No terceiro (as últimas estrofes), descreve-se o aparecimento das dez tribos de Israel.

Crenças messiânicas sempre existiram; a originalidade do trabalho de Bandarra foi juntar diversos elementos que unificam a sociedade judaico-cristã de Portugal em plena transição medieval. A idéia do Encoberto já habitava no imaginário europeu; desde 1520, na Espanha eram divulgados textos atribuídos a santo Isidoro, em que se lê: "El Encubierto verna en Espanha caugado en cavallo..." Com uma forte influência do Antigo Testamento, as trovas bandarristas podem ter aglutinado a simpatia dos cristãos-novos. Sem contar os diversos elementos tipicamente medievais como "cavalos marianos" (seriam marinhos?), grifas e outros. Em tempos de patriotismo ferido, as frases excêntricas, as rimas com choques de idéias e, sobretudo, as profecias conquistaram os portugueses.

O primeiro editor das trovas do Bandarra teria sido um vizinho de Trancoso, Heitor Lopes, um humilde tosador e converso. As demais edições foram copiadas e se espalharam pelo reino, até que um exemplar caiu nas mãos de Afonso Medina, desembargador da Mesa da Consciência. O autor foi imediatamente preso pela Inquisição e acusado de judaísmo. Bandarra reconheceu seus erros junto ao Tribunal e foi proibido de escrever, ler e divulgar qualquer texto baseado nas Sagradas Escrituras. A Santa Inquisição também proibiu a reprodução de suas trovas. Mesmo com todo esse aparato repressivo, os inquisidores não tiveram forças para impedir a bem-sucedida difusão oral.

Entre 1584 e 1585, multidões de camponeses e aldeões portugueses se reuniam em gigantescas manifestações em memória do rei dom

Sebastião. Segundo as previsões, ele voltaria como o Encoberto e construiria o império milenar. A idéia de construção de um império de mil anos, movimento conhecido como milenarismo, é baseada no livro bíblico de Daniel. Mas, por conta da condenação e proibição dada pelo papa Alexandre VII a Bandarra, aliada à corrupção das trovas causadas pelas reproduções, muitos passaram a chamá-lo de falso profeta.

Um dos maiores pesquisadores desse tema é o francês Jean Delumeau, que afirma: o "milenarismo pode ser entendido como a espera de um reino deste mundo, reino que seria, ou será, uma espécie de paraíso terrestre reencontrado". A espera não é exclusiva de uma religião, estando presente no judaísmo, no cristianismo, no islã, no budismo e até mesmo entre os índios guaranis. Ainda segundo o autor, as manifestações ocorrem, em geral, nos grupos sociais em crise. Assim, o messianismo é uma espera, mas uma espera de caráter terrestre.

De todos os profetas, o que mais sensibilizou os milenaristas é Daniel. Nesse caso, é preciso remontar minimamente à história do povo de Israel. Em 586 a.C. o imperador da Babilônia, Nabucodonosor, conquistou Israel e levou o povo escravizado. Nessa época, os hebreus estavam divididos em dois reinos: ao norte, Reino de Israel ou Reino das Dez Tribos; e ao sul, o Reino de Judá ou Reino das Duas Tribos. Foi durante o exílio que Daniel fez a profecia que antecipava a construção de um império de paz.

Um dia, Nabucodonosor teve um sonho que deixou seu espírito ansioso. Mandou chamar magos, feiticeiros, encantadores e os caldeus para que o decifrassem. Como ninguém foi capaz de fazê-lo, o rei mandou matar todos os sábios da Babilônia. Ao perceber que também seria morto, Daniel rezou e foi atendido por Deus. Durante uma visão noturna, o sonho lhe foi revelado.

Beltshasar, como era chamado Daniel entre os babilônicos, foi procurar Nabucodonosor. O profeta começou narrando o tal sonho. "Tu, ó rei, tinhas a visão de uma grande estátua. Essa estátua era muito grande, e seu esplendor extraordinário (...) tinha a cabeça de ouro puro, o peito e os braços de prata, o ventre e as coxas, de bronze, as pernas, de ferro, os pés, em partes de ferro e em partes de cerâmica."

E continuou:

> Tu, ó rei, rei dos reis; tu, a quem o Deus do céu deu a realeza, o poder, a força e a glória; tu, em cuja mão ele pôs os homens, os animais selvagens e os pássaros do céu, em qualquer lugar que habitem, e a quem deu soberania sobre todos eles: a cabeça de ouro és tu. Depois de ti surgirá outro reino, inferior a ti; depois, um outro reino, um terceiro, de bronze, que dominará toda a terra. Depois virá um quarto reino, duro como o ferro; do mesmo modo como o ferro pulveriza e quebra tudo, como o ferro que tritura, ele pulverizará e triturará todos estes. Tu viste os pés e os dedos, em parte de cerâmica de oleiro e em parte de ferro: será um reino dividido, e terá em si a solidez de ferro, como viste o ferro misturado com a cerâmica de argila. Quanto aos dedos dos pés, em parte de ferro e em parte de cerâmica: por uma parte o reino será forte, por outra, frágil. Viste o ferro misturado com a cerâmica: é por meio da semente humana que serão misturados e não aderirão um ao outro, assim como o ferro não se mistura com a cerâmica. Ora nos dias desses reis, o Deus do céu suscitará um reino que jamais será destruído e cuja realeza não será deixada a outro povo. Ele pulverizará e aniquilará todos os reinos, e subsistirá para sempre.[12]

"O sonho é certo, e sua interpretação, digna de fé", garantiu o rei Nabucodonosor. E Daniel foi premiado com uma oblação e perfumes.

Passado um tempo, Daniel teve uma nova visão, em que quatro ventos turbilhonavam o Grande Mar e dele saíam quatro animais monstruosos. O primeiro era como um leão alado. O segundo era semelhante a um urso. O terceiro, como um leopardo, e o quarto era "assustador,

---

[12]Bíblia, p. 1.367.

terrificante, extremamente vigoroso", diferente de todos os outros que o precederam. Eis que nesse ambiente de terror um tribunal foi instalado. Nosso profeta, então, aproximou-se de uma das pessoas que lá estavam e perguntou o que havia de certo a respeito de tudo aquilo. Os quatro animais representavam quatro reis. Curioso com o significado do quarto e último animal, Daniel foi informado que representava um reino diferente que ainda viria e que seria maligno. Aquele tribunal faria cessar seus poderes e iniciaria um momento de realeza eterna.

No outono de 539 a.C., o povo de Israel pôde, após aproximadamente 50 anos, retornar do exílio. No entanto, os hebreus retornaram bastante modificados. Nem todos voltaram. Nunca mais se soube de dez das 12 tribos, que simplesmente haviam se perdido. Estava aberta a longa e aflita espera pelo reencontro de parcela do povo eleito.

Grosso modo, é possível estabelecer um paralelo entre a busca cristã do Santo Graal e a busca judaica das tribos perdidas. Ainda hoje elas são procuradas nos locais mais díspares do planeta, como na China, no Afeganistão e, surpreendentemente, em muitas partes do Novo Mundo. Logo, a espera de cunho religioso se mantém viva. Segundo algumas interpretações, a vinda do Messias só se dará quando elas forem encontradas.

O nascimento do milenarismo é baseado nas profecias que prometem um mundo feliz e cheio de alegrias. São da época do começo do cristianismo os escritos "Explicação das palavras do Senhor", do bispo de Hierápolis, Pápio, que se perderam, no início do século II, e são citados 200 anos mais tarde por Eusébio de Cesaréia. Tratam do aparecimento do reino terrestre de Cristo, que se daria um milênio após a ressurreição dos corpos. Não por coincidência, Pápio foi ouvinte de são João. Ora, o Apocalipse, palavra que vem do grego *apokalyptein* e significa "tirar o véu", fala dos mil anos e dos sacerdotes que após a ressurreição reinarão com Deus e com Cristo durante um milênio. Ainda nos primórdios do cristianismo, temos Justino, morto em Roma em meados do século II de nossa era, que também fez previsões desse cunho.

O milenarismo cristão e o judaísmo começaram muito cedo a andar juntos. No início do século IV, o bispo da Eusébia, Metódio de Olímpia, também morto pelos romanos, comparou o milênio à festa dos Tabernáculos — chamada em hebraico de Sucot — durante a qual muitos cristãos acreditam que Jesus nasceu. Um século mais tarde, o asceta Comodiano, nascido em Gaza, mas que morava na França, vislumbrou a derrota dos romanos e de todos os ímpios para os godos. O fim de Roma seria substituído pelo império de Cristo junto com as dez tribos perdidas de Israel.

Essas idéias não eram compartilhadas por toda a Cristandade. Um dos mais brilhantes pensadores do cristianismo, santo Agostinho, discordava da interpretação sobre os mil anos anunciados no Apocalipse, defendendo um período de duração indeterminada em vez de um tempo cronológico concreto.

A espera do império da redenção, ao longo da história, em alguns momentos pareceu estar perto de se realizar. Isso aconteceu quando o imperador germânico, Frederico II, recuperou para a Cristandade Jerusalém, Belém e Nazaré. Fez-se rei de Jerusalém e enfrentou a corrupção da Santa Sé. Morreu prematuramente, em 1250, sem no entanto abalar a fé dos milenaristas. Assim, como já havia ocorrido com seu avô Frederico Barba-Ruiva, sua morte foi cercada de mistérios. Muito tempo depois, já no século XIV, o monge João de Winterthur (Suíça) profetizou a volta de Frederico do reino dos mortos. Mesmo a profecia não sendo realizada, houve quem continuasse aguardando sua volta.

Entre os séculos XIV e XVII, existiam duas correntes no movimento milenarista: a dos que acreditavam que o Apocalipse estava próximo (Lutero pensava assim) e a majoritária, segundo a qual o reino da felicidade já estava chegando. Antônio Vieira afirmava que essa passagem não se daria de forma tranqüila. Havia algo em comum entre as correntes: o novo tempo seria "anunciado" por algum tipo de aviso e seguido de algum tipo de convulsão.

Vieira era um grande admirador das trovas de Bandarra. Quando a notícia do fim da União Ibérica chegou ao Brasil, ficou claro, aos olhos do nosso personagem e de seus amigos, que o profeta não era um falsário.

Aos olhos de Vieira, algumas passagens do trabalho de Bandarra eram mais significativas:

> Depois da embaixada
> declarada
> antes que se cerrem quarenta
> erguer-se-á grande tormenta[13]

Seria esse prenúncio da rebelião realizada em Évora, capital do Alentejo, em 1637?

A Restauração de Portugal aconteceu no dia 1º de dezembro de 1640. Portanto, os "quarenta" não estavam terminados, bem ao gosto dos milenaristas portugueses.

Segue o sonho bandarrista:

> saia, saia esse infante
> bem andante
> o seu nome é João.[14]

Não é demais lembrar que as trovas foram criadas quase 100 anos antes da Restauração. Nesse tempo, dom João, o duque de Bragança, nem era nascido, nem mesmo sua família fazia parte da linhagem sucessória.

---

[13]Azevedo, J. Lúcio de (coord.). *A evolução do sebastianismo*, p. 41.
[14]Ibidem, p. 43.

Outra passagem que empolgava o nosso padre:

> todos terão um amor,
> assim gentios pagãos
> como judeus e cristãos
> sem jamais haver error [sic]
> servirão a um só senhor
> Jesus Cristo que nomeio
> todos crerão que já veio
> o ungido salvador.[15]

Antônio Vieira, que já acreditava realmente na união entre cristãos e judeus, não poderia deixar de reforçar que essa união aconteceria com a vitória de um só senhor, Jesus Cristo.

Seria muito pouco achar que Vieira fosse se lançar numa aventura tomando por base apenas simples trovas. A Restauração portuguesa, realizada em moldes bem parecidos com os preconizados pelo "profeta", serviu apenas como o tal sinal que esperava.

O pensamento vieirista era baseado em uma original interpretação bíblica. Ao longo de seus sermões é possível remontar sua interpretação do sonho de Nabucodonosor revelado por Daniel. A grande estátua significaria a sucessão dos impérios do mundo, e os diferentes metais que a compunham, as mudanças que os impérios haviam de ter em diferentes tempos e em diferentes nações. Ainda segundo Vieira, a cabeça de ouro significava o primeiro de todos os impérios, o dos assírios, no qual reinou Nabucodonosor. A prata, o segundo metal, seria interpretada como o império dos persas; o bronze, terceiro metal, seria o império grego; e o ferro, que é o quarto metal, significaria o império romano.

Antônio Vieira tinha também sua interpretação sobre a segunda visão de Daniel, descrita na Bíblia. As quatro grandes bestas significa-

[15] Ibidem, p. 50.

vam quatro reinos ou quatro impérios, que sucessivamente o mundo já conhecera. Depois havia de seguir outro quinto reino ou império, que Daniel chamou de "Reino dos Santos do Altíssimo", e que não teria mudança nem variedade, o qual haveria de durar para sempre. Aos olhos do nosso padre, essa monarquia (ou império) estava ainda para ser construída.

Pensava Vieira que Daniel, na sua interpretação,

> (...) se acomodara com grande propriedade à figura do enigma que declarara. No sonho de Nabucodonosor, Deus representara todos os quatro impérios, não como quatro corpos ou quatro indivíduos, senão como um só corpo ou um só indivíduo. Por isso, vira o rei não quatro estátuas senão uma só; e assim como dos quatro corpos dos quatro impérios se formara um só corpo, assim das quatro durações dos quatro impérios se haveria de compor uma só duração.[16]

Quando esse império de uma só duração aconteceria? Vieira estava convencido de que a duração da estátua dos impérios era composta de diferentes idades. A primeira idade, no tempo dos assírios, fora a idade do ouro; a segunda, da prata, a dos persas; a terceira, do bronze, a dos gregos; e por fim, a de ferro, a dos romanos. A quinta idade nasceria ainda durante a decadência de Roma, representada pelo ferro e o barro, ou seja, o "Quinto Império".

Ora, se havia um império por vir, quem seria seu imperador? Quem estaria à frente desse novo mundo, como preconizavam os profetas, onde todos teriam amor: gentios, pagãos, judeus e cristãos? O ungido salvador nomeado por Cristo seria qual senhor?

Para entendermos a resposta de Antônio Vieira para tantas perguntas, vejamos suas opiniões sobre os impérios do passado descritas na *História do futuro*. Sobre os assírios, disse Vieira:

---

[16]Vieira, Antônio. *História do futuro*, p. 265.

Nabuco tinha como exórdio: Nabucodonosor, rei de todos os povos, gente e línguas, que habitam em todo mundo (...) mas se fossem lançados os compassos às terras que obedeciam a Nabucodonosor, só seria achada uma boa parte da Ásia então conhecida; da África, pouco; da Europa, menos; e do resto do mundo, nada. Ainda segundo o nosso personagem, bastaram três retalhos de terra para a soberba de Nabuco revestir o título de seu império com o nome tão estrondoso, de todo o mundo. Tão grande era a significação dos nomes, e tanto menos o que significavam.[17]

Sobre o segundo império, o dos persas, divagou Vieira:

> Diz o texto sagrado, no primeiro capítulo da História de Éster, que esse se estendia da Índia até a Etiópia, obedecendo àquela coroa de 127 províncias. Esta era a demarcação das terras e estes os limites do império, mas os títulos não tinham limites. Assim, consta um decreto de Dario, que se refere no capítulo sexto de Daniel, por estas pomposas palavras, semelhantes em tudo às de Nabuco: a todos os povos, a todas as nações e à gente de todas as línguas que habitam a face da terra, paz e prosperidade. De maneira que os reis persas, por serem senhores de 127 províncias, passaram provisões e decretos a todo mundo.[18]

Irônico, Vieira concluiu: "tão pouco se proporcionava a geografia dos títulos com a medida dos Impérios".

Sobre o último império, questionava Vieira:

> Que direi do império romano? Mandou César Augusto matricular ou alistar seu império, e dizia o édito: aliste-se o Mundo! Mas se examinarmos este mundo romano até onde se estendia, acharemos que pelo Oriente se fechava com o rio Tigre, pelo Ocidente, com o mar

[17]Ibidem, p. 64.
[18]Ibidem, p. 66.

de Cadis [sic], pelo meio-dia, com o Nilo, e pelo setentrião, com o Danúbio e o Reno. Sem o Mogor, a China, o Tártaro, o Turco e outros domínios bárbaros do nosso tempo, que com a mesma majestade de títulos se chamavam de Imperadores do Mundo, seguindo uma antiga arrogância, em que o mundo sempre andou atado aos títulos da monarquia.[19]

Em que reino, então, se poderia dar a construção do Quinto Império? Encontramos uma parte dessa resposta no sermão do nosso padre, proferido na Capela Real, em Lisboa, no ano de 1669:

> Portugal quanto ao reino, é parte de uma parte da terra na Europa: mas Portugal quanto a monarquia, é um composto de todas as quatro partes da terra, na Europa, na África, na América (...) portugueses na Europa, portugueses na África, portugueses na Ásia, portugueses na América: em todas as quatro partes do mundo, com portos, fortalezas, com cidades, com províncias, com reinos, e com tantas nações e reis tributários. Houve algum filho de Noé, houve alguma nação outra nas idades, por belicosa e numerosa que fosse, e celebrada nas trombetas da fama, que se dilatasse e se estendesse tanto por todas as quatro partes da terra? Nenhuma.
>
> E assim como o romano se chama romano, porque é de Roma; e o grego, porque é de Grécia; e o alemão, porque é de Alemanha, assim o português se chama Mundanus, porque é de todo o mundo, e se chama Orbis, porque é de toda redondeza da Terra. E como a Terra é sinônimo de Portugal, e os portugueses são parte dominadores, parte habitadores de toda a Terra.[20]

Vieira acreditava que a expansão ultramarina era uma espécie de segunda e nova criação do mundo. Na primeira criação, Deus fizera tudo

---

[19]Ibidem, p. 65.
[20]Vieira, Antônio. "Sermão Gratulatório e Panegírico", op. cit., vol. 15, p. 8.

por si só, sem ajuda ou concurso de outras causas: nesta segunda criação, tomaria por instrumento os portugueses, quase que pela mesma ordem, e pelas mesmas circunstâncias. E assim o criador teria apontado em direção a África, Ásia e a América.

Antônio Vieira não tinha dúvidas de que Portugal era a nação eleita pelo todo-poderoso para ser a vanguarda do Quinto Império previsto na Bíblia — mas quem seria seu senhor? Gostava de dizer o nosso religioso que o tempo é o mais claro intérprete do futuro. A resposta parece ser óbvia.

A frase bíblica está presente em um dos seus sermões: "Se não suceder o que o profeta disse, tende-o por falso, e se suceder o que disser, tende-o como verdadeiro e mandado por mim." Bandarra, considerado iluminado por Vieira, previra a tormenta que, na interpretação vieirista, havia acontecido três anos antes, no levante de Évora, quando os espanhóis inauguraram uma nova política fiscal. A revolta popular tivera como alvo a documentação que tratava da arrecadação tributária e que acabou queimada. A ira popular fora de tal ordem, que o Estado não reagiu prontamente, o que acabou dando força ao movimento, espalhando-o por várias cidades, como Porto, Setúbal, Vila Real, Viana do Castelo, Faro e Albufeira. Os espanhóis tiveram que mobilizar um enorme aparato repressivo para dar um basta na situação.

Logo, Bandarra acertara mais uma vez! E mais: o profeta também havia previsto que o novo rei seria de uma casa de Infantes, que haveria de ter por nome dom João, e que havia de ser feliz e bem andante. Não havia dúvidas, dom João reatava a sucessão dos reis naturais de Portugal e estava destinado a ser o senhor desse novo império, profeticamente anunciado desde a origem dos tempos.

Se tudo já não fosse suficiente para que Vieira achasse que as esperanças de Restauração estavam bem fundadas, no dia 1° de dezembro de 1640 desprendeu-se o braço da imagem de Cristo na Igreja de

Santo Antônio, perto da Catedral de Lisboa. A informação chegou ao Brasil e também deve ter ajudado na decisão de Vieira de partir para Portugal e lutar pela construção do Quinto Império. Era mais um sinal de que ele e seus companheiros de viagem não navegavam ao incerto. Entusiasmado, afirmou: "Estaremos lutando com o braço Dele a nosso favor."

Portugal restaurado

Por uma omissão perde-se um aviso, por um aviso perde-se uma ocasião, por uma ocasião perde-se um negócio, por um negócio perde-se um reino. (...) As omissões são os mais perigosos de todos os pecados. (...) A omissão é um pecado que se faz não fazendo.[21]

Em 1641, quando chegou ao reino, aos 33 anos, Vieira não era mais um jovem padre, tendo já percorrido algumas partes do Brasil, precisamente Bahia e Pernambuco. Era apenas um jesuíta, não vinha de uma família influente, não tinha parentes nobres, nem no Brasil nem em Portugal, pouco contato com poder e nenhum amigo em cargo importante.

Os eventos do dia em que chegou a Portugal, no porto de Peniche, ao norte de Lisboa, em 28 de abril de 1641, indicam que se tratava de um ilustre desconhecido. Um dos companheiros de viagem era Fernando, filho do vice-rei espanhol em Salvador. Diferentemente do pai, que apoiava a Restauração, sua mãe e seus irmãos, que moravam em Portugal, haviam rompido com o novo rei e retornado para a Espanha. A família foi então considerada traidora. Ao saber que no barco em que Vieira viajava se encontrava também um membro de uma família traidora, o povo local tratou de fazer justiça com as próprias mãos. Todos foram

[21]Vieira, Antônio. "Sermão da Sexagésima", op. cit., vol. 1, p. 54.

vítimas da violência popular. Fernando foi ferido e preso. Vieira e o padre Simão foram salvos pela interferência do conde de Athouguia. Esse episódio foi assim registrado por Vieira em seu diário: "(...) chegamos ao Peninche, onde quiseram me matar, e me prenderam."

Dois dias depois, Antônio Vieira rumou para Lisboa. Mesmo na Corte, não poderia esperar tratamento muito melhor. Quem vinha das colônias era recebido com preconceito. No Brasil não havia uma verdadeira nobreza, e mesmo os fidalgos não possuíam tradição. Ocupando as mais variadas atividades sociais, nunca seriam considerados verdadeiros nobres, com passado aristocrático.

A capital de Portugal era então uma cidade que iniciava um tímido processo de recuperação política e social. Durante a União Ibérica, sob o domínio espanhol, a nobreza lusitana abandonara a antiga capital, sendo substituída por Madri, que passara a ser o centro do poder. "Solo Madri es corte", dizia um ditado espanhol. Sem a presença de uma Corte, a capital foi lentamente se decompondo numa simples província.

Lisboa, conforme Eduardo França, foi se transformando numa cidade burguesa, com a função primordial de empório do comércio ultramarino. Os nobres acabaram por se refugiar em suas herdades e castelos, como nos velhos tempos medievais. Esse quadro começou a se transformar com a Restauração.

A presença dos espanhóis nunca fora bem aceita pelos portugueses. Ao morrer, o velho dom Henrique, tio-avô de dom Sebastião, deixara em testamento como se daria sua sucessão. O rei de Espanha ignorou o documento, invadiu Portugal e pela força das armas estendeu a jurisdição de seu poder. A violenta tirania espanhola se fez presente ao longo dos 60 anos de ocupação.

Talvez o maior de todos os tiranos tenha sido Felipe IV, o último rei espanhol. Nunca hesitou em carregar na cobrança de impostos. No foco do problema, a política centralizadora do conde-duque de Olivares, que, imitando o modelo implementado na França pelo cardeal Richelieu, adotou uma política de redução dos foros e privilégios que gozavam algumas parcelas da sociedade portuguesa. A mão pesada de Madri e a clara vontade de transformar Portugal numa mera província causou grandes insatisfações.

Não era a primeira vez que os portugueses se levantavam contra o despotismo de Castela. Já no início do século XVII, em 1610, um piloto de um barco lusitano fora condenado à forca, provocando em reação um grande tumulto nas ruas de Lisboa. Em seguida, a tributação ilegal sobre pescadores causara rebeliões espontâneas e generalizadas no reino. Em 1628, houve novo motim incitado pelos velhos problemas em relação ao avassalador apetite fiscal dos espanhóis. Por muito pouco não mataram um alto funcionário espanhol. Em 1634, outra vez o clima tenso reinava em Lisboa, por motivos agora de ordem política. Em Évora, em 1637, ocorreu uma rebelião popular antiespanhola que contou com a simpatia de jesuítas e alguns poucos fidalgos. Tudo acabou num terrível banho de sangue.

O golpe final veio no dia 1° de dezembro de 1640. A Restauração foi feita com uma única morte, porém muito significativa. O odiado secretário de Estado, Miguel de Vasconcelos e Britto, famoso pelas crueldades em suas torturas e pelo requinte de suas maldades — muitas estimuladas pelo conde-duque de Olivares, o condutor do governo espanhol em Portugal —, foi ferido com um tiro e jogado pela janela do Paço. A massa enfurecida tratou de reduzir o cadáver a um farrapo sangrento.

Enquanto nas ruas o povo comemorava o fim do período espanhol, formava-se um governo provisório que contava até mesmo com membros claramente pró-castelhanos, como o arcebispo de Braga, dom Sebastião de Matos Noronha, que só mudou de idéia quando se deu conta do tamanho da ira popular. Nesse exato momento, dom João, duque de Bragança, não estava em Lisboa, nem muito menos no comando dos acontecimentos. Encontrava-se em Vila Viçosa. Quando a notícia chegou a sua residência, estava assistindo à missa.

A Casa de Bragança desde cedo se tornara uma das mais poderosas de Portugal. Quando fora criada, em 1442, dom Afonso, seu primeiro duque, soube se aproveitar de sua estreita amizade com o então rei dom Afonso V. O ducado de Vila Viçosa foi beneficiado com a União Ibérica — não um benefício governamental, mas geográfico, porque o local se encontrava bem perto da estrada real que ligava Lisboa a Madri. Era comum, desde os tempos de dom Teodósio, avô de dom João, e um dos poucos sobreviventes da desastrosa campanha de Alcácer-Quibir, que nobres e fidalgos gozassem da hospitalidade do ducado. A família vivia com grande requinte e luxo. Especula-se que este tenha sido um dos motivos do prestígio dos Bragança na primeira metade do século XVII.

Em uma visita do rei de Espanha, Felipe III, a Lisboa, dom Teodósio foi visitá-lo. Para grande espanto do monarca visitante, o séquito do duque de Bragança era composto de dois estribeiros, um trombeta, 24 moços de câmara, 24 de estrebarias, outros de cavalariças, 100 alabardeiros, 24 fidalgos comendadores e seus criados, criados nobres e de foro, lacaios com libréias, 300 cavaleiros e homens nobres, dos quais 40 da Ordem de Cristo, fazendo um total aproximado de umas 600 pessoas.

É bem verdade que esse ambiente luxuoso não deixava de ser uma espécie de herança dos dias de glória do Paço da Ribeira, em Lisboa. Vila Viçosa era o principal palco para as manifestações artísticas de Portugal, principalmente a música, paixão dos Bragança desde sempre. Amantes das artes, apadrinharam uma extensa lista de artistas dos mais variados matizes, calígrafos, arquitetos, poetas, historiadores, eclesiásticos.

Enquanto setores empobrecidos da Corte portuguesa mendigavam em Madri pequenos ou grandes favores, os Bragança nunca tiveram de se curvar aos espanhóis. Para manter essa política, o duque dom Teodósio II, pai do futuro rei, mantinha um estilo de vida discreto.

A notícia da Restauração tirou a nobreza lusitana de uma longa e frustrada letargia. Os gloriosos anos de expansão ultramarina e conquistas, tão festejados por Camões em *Os Lusíadas*, tinham-se tornado passado. A fase áurea dos feitos pessoais e extraordinários só continuava a existir na memória de alguns velhos fidalgos. Restara à nobreza durante a União Ibérica três opções: render-se aos espanhóis, ingressar na carreira militar ou arriscar-se nas colônias.

Talvez caiba a pergunta: não seriam as guerras a verdadeira razão de ser da nobreza? Não seria o caso de se resistir ao poderio da Espanha? Mesmo sendo a vida militar um motivo de honra para qualquer membro da nobreza, em Portugal faltavam grandes nomes no que tange a liderança e estratégia bélica. O reino nunca fora dotado de excepcionais generais ou de espetaculares comandantes de Exército. Sem contar que, ao longo da dominação espanhola, os principais cargos nunca eram entregues aos lusitanos, o que agravava ainda mais a defasagem na arte da guerra entre os portugueses e os demais reinos da Europa.

Além disso, ingressar nas fileiras do Exército espanhol não significava necessariamente a rendição econômica. Apesar de rico e gigantesco, o império espanhol vivia uma crônica crise financeira, e os atrasos dos soldos, assim como as trapaças dos funcionários públicos, eram bem comuns. Logo, as glórias das guerras que, num passado não muito longínquo, atraíram multidões de jovens nobres, após a unificação dos reinos não entusiasmavam mais. Havia até mesmo um certo desprezo. Ninguém mais lembrava os tempos em que a nobreza alimentava sua honra e fama nas grandes batalhas.

E a carreira nas colônias? Também já não eram as mesmas. Uma vez conquistadas, o que acontecera praticamente com a geração anterior à União Ibérica, não havia nada de fidalgo a se fazer nessas insalubres e afastadas possessões. Administrar a coisa pública e gerenciar questões econômicas não eram a verdadeira razão de ser da nobreza.

Frustrados, os nobres de Portugal foram se deixando contaminar com as promessas messiânicas e sebastianistas de Bandarra. O passado grandioso voltaria, assim como viria alguém que os reconduziria aos dias de glória — retomariam seu papel de classe atuante e empreendedora, a era dos feitos heróicos seria recuperada, principalmente, com o retorno das cruzadas dos séculos anteriores. Segundo o historiador Eduardo França,

> (...) o sebastianismo foi o derivativo de uma geração traumatizada, incapaz de ação, melancólica e pessimista, quando não sentiu mais poder contar com o próprio valor. Uma rendição ao fatalismo. Ao mesmo tempo uma reverência ao passado — panóplia de heróis e virtudes. Do passado viria a salvação, porque, no presente amargo, do qual todos fugiam, nada havia a esperar (...) O sebastianismo é uma mística de homens tristes que descrêem de suas próprias forças.[22]

Se por um lado os portugueses ficaram paralisados pelo sebastianismo, por outro, foi ele que alimentou os acontecimentos em 1640.

Foi nesse ambiente que o duque de Bragança foi aclamado novo rei de Portugal, sob o nome de dom João IV. Ele não liderara os acontecimentos de dezembro de 1640 nem estava em Lisboa nessa ocasião. Até isso contribuiu para seu prestígio pessoal. Sua surpreendente chegada à capital foi tida como milagrosa. Como vivia afastado em Vila Viçosa e não era uma pessoa muito conhecida, seu aparecimento repentino só reforçou o misticismo sebastianista. E assim, cinco dias após a Restauração, seu nome foi apontado como digno de ser coroado como novo rei. Apesar de uma copiosa chuva, a população de Lisboa saiu às ruas para aclamar seu novo monarca no Paço da Ribeira.

Ao longo de toda a União Ibérica, Portugal fora dilapidado, deixando o reino em situação econômica calamitosa, mas a aclamação do novo rei foi marcada pelo luxo. No Terreiro do Paço foi construída uma ampla tribuna ricamente decorada de seda e veludo carmesim. O próprio

[22]França, Eduardo D'Oliveira. Op. cit., p. 242.

rei não foi econômico: vestiu um traje de rico pardo bordado a ouro, com botões de rebrilhante pedraria; pendia-lhe do pescoço a jóia da Ordem de Cristo num círculo de diamante. A espada era dourada; as mangas de tela branca, bordadas de ouro e prata, traziam uma opa de brocado de prata, roçagante. À visão do novo monarca atarracado, provavelmente gordo, louro, olhos azuis, barbicha e cabelos lisos — com todo esse fausto, o povo delirou.

O sebastianismo messiânico de Bandarra não era uma exclusividade da nobreza, mas estava difundido em todo o reino e em todas as classes sociais. Cristãos, cristãos-velhos, cristãos-novos, todos tinham sido impregnados pelas trovas que ao longo do tempo foram se misturando a passagens da Bíblia.

Um exemplo de como esse estado de espírito tomou conta dos portugueses é o pedido que a fidalga dona Maria de Lencastre, feita camareira por dom João IV, fez ao rei: que ele restituísse o trono a dom Sebastião assim que esse retornasse.

E entre os burgueses de Portugal? Como já vimos, a capital ao longo da União Ibérica se transformara num empório do comércio colonial. O endereço mais rico e belo da cidade de Lisboa, e quiçá de todo o mundo daquela época, era a rua Nova. De acordo com cronistas do século XVI, era povoada de nobres edifícios. Ali estavam estabelecidos os mais ricos burgueses e comerciantes, quase todos cristãos-novos, eram pessoas sem o passado aristocrático, mas letradas e com dinheiro. Nos tempos de dominação espanhola, continuaram sendo discriminadas, por não serem nobres. Aproximaram-se da Corte madrilenha tendo em vista os benefícios que a vastidão do império espanhol poderia proporcionar-lhes, assim como um local para eventuais fugas das perseguições religiosas. Aparentemente eram sebastianistas, e alguns setores apoiaram a Restauração.

A bem da verdade, muitos preferiam a dominação de Castela. Ainda nos tempos de dom Sebastião, ocorreu uma verdadeira extorsão na comunidade, que teve de colaborar com 250 mil cruzados da malsucedida campanha da África. Além disso, a Inquisição portuguesa sempre fora mais virulenta. E a entrada de Portugal em tão vasto império abria a possibilidade de novos negócios.

Nos últimos anos da União Ibérica, no entanto, a situação da Inquisição mudara muito. Entre 1633 e 1640, foram realizados milhares de prisões e quase 70 pessoas foram condenadas à morte. Aos poucos, os espanhóis iam perdendo a simpatia da burguesia. Então, a comunidade se virou em direção aos ricos judeus de Amsterdã. Logo, alguns comerciantes de peso apoiaram o movimento restaurador. O nome de maior destaque era o de Duarte da Silva, que financiou e colaborou de forma decisiva com o reinado de dom João IV. Outro nome de destaque foi Manuel Fernandes Vila Real, ex-cônsul na França e que escreveu um livro defendendo os direitos da dinastia dos Bragança.

Os intelectuais de Portugal eram, na verdade, um segmento social ligado ao saber jurídico, vacilando entre o apoio ao novo monarca e a Espanha. Muitos não apoiaram a Restauração e participaram de atos de sabotagem, como os desembargadores Paulo e Sebastião de Carvalho; o funcionário Luís Abreu de Freitas; o escrivão da Câmara do Rei, Antônio Correia; o guarda-mor da Torre do Tombo, Cristóvão Cogominho, entre outros.

Esse segmento social só colaborou com o novo governo quando a fase inicial de dúvidas passou. Dom João sabia que não poderia governar sem esse apoio, e assim que as hesitações cessaram, foram cooptados e aderiram.

As trovas de Bandarra, o sebastianismo e a Restauração nunca contaram com o apoio da Santa Inquisição.

Em Portugal, a Inquisição era um poder totalmente independente, com receita própria e liberdade para nomear funcionários. Era uma espécie de terceiro poder, e em determinadas ocasiões estava acima do Estado. Os poderes do inquisidor-geral eram conferidos pela Santa Sé, mas designados pelo rei, cabendo apenas ao Santo Padre confirmá-los.

Uma vez nomeado e confirmado, estava livre dos poderes do rei. No reino existiam três tribunais inquisitoriais: Évora, Coimbra e Lisboa (este com legislação sobre Brasil, África, Índia e Goa). Cada um desses tribunais tinha um corpo burocrático próprio: notários, oficiais de vigilância, promotores, advogados, meirinhos etc. Isso tudo sem contar com os familiares, que poderiam faturar até 500 réis quando estavam a serviço da instituição, ainda com benesses fiscais. A função deles era muito mais de caráter político do que policial. Alguns historiadores creditam a eles o apoio popular dado ao Santo Ofício. Como cristãos e cristãos-novos estavam permanentemente sob sua vigilância e passíveis de prisão sob qualquer pretexto, o medo se verificou uma ótima moeda de troca.

Em 1640, a Inquisição publicou algumas alterações em seu regimento, arrogando aos inquisidores poderes que eram da competência do rei. O Santo Ofício decretou que os filhos e os netos dos réus condenados não poderiam exercer cargos públicos ou usar insígnias de qualquer dignidade civil, militar ou eclesiástica.

Para agravar as relações entre o rei e o inquisidor-geral, Francisco de Castro, em 28 de dezembro de 1640, dom João IV determinou que os cristãos-novos fossem tratados como naturais e proibiu todo tipo de opressão e perseguição. Após a Restauração, em algumas regiões do reino ocorreram tumultos contra esse setor da sociedade. Também havia a preocupação de que o capital desses ricos homens de negócios fossem expatriados, principalmente em direção a Madri. Para a Inquisição, que vivia a extorquir dinheiro, perseguir e condenar cristãos-novos, a lei representava uma ameaça mortal.

A resposta veio logo no ano seguinte. Francisco de Castro envolveu-se em uma conspiração contra o rei. Foi preso mas não perdeu o cargo, pois dom João não tinha competência jurídica para fazê-lo. Assim que foi solto, recuperou seus poderes inquisitoriais. Esse episódio exemplifica bem o motivo para alguns historiadores considerarem esse reinado um divisor de águas oficial entre os dois poderes.

Também não pode passar despercebida a posição da Companhia de Jesus diante dos acontecimentos de 1640. Fora o próprio fundador da Ordem, Inácio de Loyola, que, em 1555, mostrara todo o interesse em nomear um dos seus para o mais alto cargo da Inquisição. Os jesuítas portugueses sempre foram contra os conversos. Os padres da Companhia exerciam cargos inquisitoriais, especialmente o de censor de livros, e participavam dos autos-de-fé (quando os réus do Santo Ofício eram queimados em praça pública) no papel de confessores dos condenados.

O primeiro problema entre a Inquisição e a Companhia aconteceu em Portugal por um motivo fútil. Em 1642, na feira popular da cidade de Évora, a mesma cesta de maçãs foi disputada por um estudante da universidade dos jesuítas e um criado de um deputado do Santo Ofício. O inspetor, nomeado pelos padres para arbitrar a questão, decidiu a favor do estudante. Por isso foi preso, condenado a degredo e privado do ofício para o resto da vida. Os jesuítas ficaram escandalizados e censuraram, de forma bem discreta, a decisão dos inquisidores. Mas os comentários vazaram, e, em revanche, o Santo Ofício afixou editais afirmando que algumas pessoas tinham se esquecido das obrigações e perdido o respeito pelo Tribunal. Curiosamente, o rei tomou partido da Inquisição, mas os padres recorreram ao papa. Apesar de tudo, a Companhia se afastou da Inquisição e se aproximou do rei.

É nesse contexto confuso que chega o padre Antônio Vieira, em meio às peças desse intricado e complexo jogo social que se movia de maneira tensa em um tabuleiro que lhe era totalmente desconhecido. Relembremos que ele chegara a Lisboa em fins de abril de 1641 e, no mesmo dia, conseguira ser recebido na Corte. Estava ali na condição de representante do governo colonial e para hipotecar solidariedade ao novo rei. Não se sabe ao certo o que Vieira fez nos primeiros meses na capital portuguesa, talvez tenha pregado com sucesso. Notícias sobre ele só reaparecem no dia 1° de janeiro de 1642, nove meses após sua chegada.

A presença de um padre jesuíta rezando a primeira missa na Capela Real é bem representativa, em se tratando da nova postura dos jesuítas portugueses. No entanto, as fontes se calam sobre os motivos que levaram o nosso personagem ao mais importante púlpito português. Teria Vieira em poucos meses seduzido seus pares no reino? Talvez. Mas a força de seu primeiro sermão, intitulado "Sermão dos Bons Anos", alçou-o à condição de Conselheiro e, em seguida, amigo do rei.

A prédica, dividida em oito partes e marcada com um conteúdo bem patriótico, pode ser resumida na seguinte passagem: "Os bons anos não os dá quem os deseja, senão quem os assegura." Na segunda parte, o nacionalismo de Vieira transborda:

> Que Portugal, presidiado de infantaria em tantos castelos, em tantas fortalezas, sem se arrancar uma espada, sem se disparar um arcabuz, conseguisse em uma hora sua liberdade! Era empresa esta tão dificultosa, representava-se tão impossível ao discurso humano, que ainda agora parece que é sonho e ilusão.[23]

Sempre baseando suas opiniões em passagens da Bíblia, Vieira nos revela:

> Não podia el-rei dom Sebastião ser o libertador de Portugal, porque o libertador prometido havia de ser um rei não esperado (...) Da mesma maneira se deu princípio à redenção e restauração de Portugal em tais dias e em tal ano, no celebradíssimo de 40, porque esse era o tempo oportuno decretado por Deus; e não antes, e nem depois como os homens quiseram (...) Parece que os decretos do go-

[23]Vieira, Antônio. "Sermão dos Bons Anos", op. cit., vol. 1, p. 319.

> verno de Portugal, e decretos da Providência Divina correm parelhas (quanto pode ser) na sua e na nossa Redenção.
>
> (...) Grande simpatia tem a mão de Deus com o nome João. Bem o mostrou o Senhor na feliz Aclamação de Sua Majestade, que Deus nos guarde, como há de guardar muitos anos; pois os ecos do nome de João, despregou da cruz o braço o mesmo Cristo, assegurando-nos, que assim como a mão de Deus estivera com o primeiro João da Judéia, assim estava e havia de estar sempre com o quarto de Portugal (...)
>
> (...) Grande ânimo, valentes soldados, grande confiança, valorosos portugueses, que assim como vencestes felizmente estes inimigos, assim haveis de vencer todos os demais; que, como são vitórias dadas por Deus, este pouco sangue, que derramastes em fé de seu poderoso braço, é prognóstico certíssimo do muito que haveis de derramar vencedores: não digo sangue de católicos que espero em Deus que se hão de apaixonar muito cedo os nossos competidores, e que vosso valor e em seu desengano, hão de estudar a verdade de nossa justiça; mas sangue de hereges na Europa, sangue de mouros na África, sangue de gentio na Ásia e na América, vencendo e sujeitando todas as partes do mundo a um só império, para toda uma coroa (...) assim o prometem as esperanças.[24]

O patriotismo exacerbado de Vieira soou como música aos ouvidos da nova Corte. Segundo André de Barros, bastou esse sermão para que dom João proibisse Vieira de retornar ao Brasil. Além de glorificar o rei, apontava de forma profética que o melhor ainda estava por vir. E a reação da sociedade foi imediata. De acordo com a publicação *Ano histórico*, lançada em Lisboa em 1744, os sermões de Vieira passaram a atrair verdadeiras multidões: "Por maior que fosse o templo em que pregava o romper da manhã, concorria toda a nobreza de um e outro sexo; con-

[24]Ibidem, p. 338-339.

corriam os sujeitos mais graves de todas as religiões; concorria o mais seleto, e o mais luzido do povo."

Sobre a fama meteórica de Vieira, um relato parecido é feito por André de Barros:

> Antes de repontar o dia começou a ocupar-se o largo terreiro adjacente ao Colégio. Via-se das janelas a multidão e prevendo-se as conseqüências dela, celebraram-se as Missas a portas fechadas. Mas, logo que se abriram e entrou a imensa turba, tomando o amplíssimo espaço, impedindo só o respeito e não subirem também aos altares. Chegadas as horas de sair a missa solene para o altar-mor, como era grande a multidão de gente, foi dificultoso o passarem com decência os celebrantes não sendo menor depois a dificuldade para chegar ao púlpito o esperado orador.[25]

Outro autor, José Seabra da Silva, acrescenta:

> Dentro de pouco tempo a fama dos sermões de Antônio Vieira encheu de admiração a Corte e o reino; nas igrejas, onde ele pregava, era preciso que os ouvintes se antecipassem muitas horas para acharem lugar; e a opinião do mesmo Antônio Vieira subiu em triunfo, entre aclamações, ao palácio do rei dom João IV, até entrar no santuário do seu recatado gabinete (...)[26]

Nesse pequeno espaço de tempo Vieira passou a gozar da intimidade dos reais corredores do Paço, em conferências diárias com o rei e os ministros e assistindo a todas as juntas de negócios importantes. Junto à família do rei, a situação era bem parecida: tinha acesso ao príncipe herdeiro e à rainha.

---

[25]Vieira, Antônio. Introdução, op. cit., vol. 1, p. XLII.
[26]Lisboa, João F. *A vida do padre Antônio Vieira*, p. 24.

Com o tempo, Vieira começou a ser vítima de invejas e intrigas. Boatos corriam, fofocas eram engendradas, tudo para minar suas relações com o rei. Talvez a mais forte dessas artimanhas tenha sido a informação de que el-rei pretendia, por intermédio dele, modificar as regras da Companhia de Jesus.

Instalado no epicentro do poder, Antônio Vieira, apesar de ter reunido num curto espaço de tempo uma vasta coleção de inimigos, poderia, enfim, articular e colocar seus planos de conquista do mundo pelos lusitanos em marcha. O jesuíta dizia que o religioso deveria ser como um relógio: com um braço mostrar o tempo, e com o outro, as ações.

Os planos

(...) a verdadeira fidalguia é ação.[27]

Até aqui vimos que o pensamento do padre Antônio Vieira era baseado em elementos pouco concretos. As profecias de Bandarra, parte importante na ideologia vieirista, não eram unanimidade. Mesmo admitindo que houvesse uma coincidência entre suas trovas e os desfechos que conduziram aos acontecimentos de 1640, elas não apontavam claramente para a dominação portuguesa, e muito menos luso-brasileira do mundo. O mesmo se pode dizer das originais interpretações de Vieira sobre a Bíblia e, em especial, sobre as revelações de Daniel.

Não só aos olhos do leitor do século XXI tais interpretações de grandeza, de extraordinárias conquistas, podem ser questionadas. Nem seus principais adeptos do século XVII tinham clareza de que Portugal e o rei dom João seriam alçados à vanguarda do mundo. Apesar da forma rápida como ocorrera a Restauração, os problemas com a Espanha continuaram por muitos e muitos anos. Os espanhóis não reconheceram o movimento do dia 1° de dezembro de 1640, tampouco a aclamação de um novo monarca. Logo, empunharam armas e tentaram, até com apoio interno lusitano, retomar o controle.

Não esqueçamos que nessa época o império ultramarino português estava despedaçado. Após a fracassada tentativa de ocupação de Salva-

[27]Vieira, Antônio. "Sermão da Terceira Dominga do Advento", op. cit., vol. 1, p. 211.

dor, os holandeses haviam conquistado Pernambuco e expandido os limites de sua dominação para quase todo o atual Nordeste do Brasil, de Sergipe ao Maranhão. Além disso, aproveitaram importantes fontes de fornecimento de escravos africanos dos portugueses, em especial São Jorge da Mina, São Tomé, Benguela e Luanda. Esses primeiros anos de Restauração correspondem, no Brasil, à presença do conde Maurício de Nassau, o mais brilhante dirigente que governou essa parte das Américas durante a presença holandesa.

As questões internacionais e mesmo as dificuldades de dom João no campo interno diminuíam em muito a credibilidade do sonho das gigantescas conquistas preconizadas pelo padre. Lembremos, como exemplo, os problemas com a Inquisição. O rei não era o único poder em seu próprio reino! A burguesia portuguesa, em sua maior parte cristãos-novos, estava dividida em relação ao novo governo; mesmo a nobreza portuguesa também estava dividida. Ao longo da União Ibérica, nos tempos menos promissores, alguns setores da nobreza, os chamados "familiares" do Santo Ofício, se alinharam à Inquisição, muitas vezes para sobreviver. Viviam do recebimento de soldos pelas delações e prisões.

A união teve um reflexo nefasto na vida de Portugal. Segundo alguns autores, essa foi a forma encontrada pela decadente nobreza de colocar as mãos em parte dos lucros auferidos pelos burgueses com o comércio ultramarino. Com as delações e a conseqüente condenação dos réus, além do seqüestro de seus bens, encontrou-se uma forma de transferência de riqueza de um setor para outro da sociedade. Como para a nobreza o comércio não era uma atividade digna, o jeito foi se associar aos inquisidores e dividir com eles os lucros do butim.

A aliança entre nobreza e Inquisição, conforme alguns autores, foi responsável pela inexistência de uma mentalidade burguesa entre os nobres. Enquanto em outros reinos a nobreza ia se aburguesando, em Portugal ela se tornou parasitária.

A percepção econômica de Vieira é fruto única e exclusivamente de suas observações do mundo. A proposta de construção do Quinto Império nos mostra que tinha um olhar muito atento. O plano que levaria os lusitanos ao comando do mundo seria construído da seguinte maneira: 1) a criação de uma companhia de comércio, nos mesmos moldes das companhias holandesas; 2) os investidores dessa companhia não poderiam ter seus bens confiscados pelo Santo Ofício, com a conseqüente diminuição drástica dos poderes inquisitoriais; 3) caminhos seriam abertos para que os capitais de judeus-portugueses e de cristãos-novos fossem repatriados; 4) como a comunidade de judeus-portugueses já estava espalhada pelo mundo, o comércio internacional seria automaticamente dominado por Portugal — o uso do português, que já era a língua do comércio internacional, só facilitaria esses planos de conquista; 5) o país atrairia comerciantes de países neutros e inimigos da Espanha, como França, Gênova, Suécia, Dinamarca e Veneza; 6) quando a engrenagem estivesse em funcionamento, o rei seguiria para o Brasil.

Esse seria o Império previsto por Daniel em tempos bíblicos. Cristãos, judeus, gentios, africanos, asiáticos viveriam sob o mando do rei dom João e de seus descendentes em clima de harmonia e paz. No fim dos dias, todos acabariam se convertendo, e haveria uma dominação pela língua portuguesa. Em sermão, Vieira defendeu a idéia de que, em qualquer parte do mundo, os portugueses já estavam em sua pátria. E mais, no prefácio do "Sermão de Xavier Acordado", lembrou que: "(...) todas as nações do Oriente de qualquer cor que sejam, falam a língua portuguesa, mas cada uma a seu modo, como no Brasil os de Angola e os de terra". Só assim seria erguido o Quinto Império. Vieira tinha por certo que esse tempo seria diferente de todos os outros tempos e não poderia ser instalado apenas por meio de guerras, mas com trabalho, perigos, opressões, tribulações, morte, sangue, destruição, assolação e todo o gênero de calamidade.

Vejamos até que ponto esse plano era baseado em algo concreto. Iniciemos pelas companhias de comércio. Como elas eram organizadas e qual era seu real poder econômico?

Quem responde é o pesquisador Jorge Caldeira:

> As companhias de comércio da Holanda, a Ocidental e a Oriental foram constituídas nos mesmos moldes, como instrumento da política de Estado, eram empresas comerciais — e também religiosas. Montadas com grandes capitais, parte de investidores particulares, parte do governo, receberam ainda conselhos de religiosos na redação de seus estatutos: após consulta ao clero protestante de Amsterdã, decidiu-se que a empresa não poderia negociar com escravos.[28]

A Companhia das Índias Ocidentais agia de forma violenta, como em 1624, em Salvador, quando se apropriou de 70 mil arrobas de açúcar, mas também saqueou igrejas, palácios e as casas dos colonos. Nem isso era garantia de resultados positivos. Dois anos mais tarde, Piet Heyn capturou a frota anual dos espanhóis, tornando-se uma lenda. Levou aos seus patrões na Holanda 85 toneladas de prata e 70 quilos de ouro. Essa enorme fortuna foi investida na invasão pernambucana. Após alguns anos no Brasil, e com resultados econômicos bem abaixo do esperado, a Companhia das Índias resolveu alterar os estatutos e entrar para o negócio de escravos, que eram vendidos a prazo com juros altíssimos de 4% ao mês. O resultado foi o calote generalizado e um prejuízo de 38% de seu capital, apenas no Brasil — fato ocorrido em 1644, último ano da administração de Maurício de Nassau.

A eficiente gerência de uma companhia de comércio era possível, mas certamente era bem mais complexa do que poderia imaginar o padre Antônio Vieira.

---

[28]Caldeira, Jorge. Op. cit., p. 131.

E qual era o verdadeiro poder geográfico que serviria de base para a construção do Quinto Império? Nisso, a década de 1640 é emblemática. O atual Nordeste brasileiro e algumas possessões africanas estavam nas mãos dos holandeses. Mas problemas também ocorriam em Goa, na Índia, que entre os anos de 1640 e 1645 sofreu um bloqueio naval holandês.

Podemos observar, no entanto, atividades portuguesas altamente lucrativas em diversas outras regiões, na África e no Oriente, sem contar o Brasil. O comércio entre as províncias africanas de Moçambique, Zambésia e Sofala com as de Damão, Baçaim, Diu e Goa, na Índia, era baseado no negócio de pérolas, têxteis, marfim, ouro em pó, ébano e escravos.

No golfo pérsico, o comércio português era bem sólido na feitoria de Bandar Kung e ocasionalmente estendia-se até Basra, no atual Iraque. Mantinham-se o monopólio da pimenta no Ceilão e também a presença lusitana na costa do Malabar, na baía de Bengala, nas Maldivas, em Macau (China), no Vietnã, no Camboja, em Timor e no Sião.

No Novo Mundo, a comunidade de cristãos-novos portugueses espalhara-se em diversas regiões ao longo da União Ibérica: na bacia do Prata, em Buenos Aires (os portugueses representavam 25% da população da cidade) e na Colônia do Sacramento (atualmente Uruguai), e ainda no Peru, México e Venezuela.

Em um de seus sermões, Vieira expõe que a dispersão portuguesa era fruto da vontade de Cristo:

> Quis Cristo que o preço da sepultura dos peregrinos fosse o esmalte das armas dos portugueses, para que entendêssemos que o brasão de nascer português era obrigação de morrer peregrino; nascer pequeno e morrer grande, e chegar a ser homem. Por isso dera Deus tão pouca terra para o nascimento, e tanta para a sepultura. Para nascer, pouca terra; para morrer, toda a terra; para nascer, Portugal; para morrer, o mundo.[29]

[29]Vieira, Antônio. "Sermão de Santo Antônio", op. cit., vol. 7, p. 72.

Mesmo lutando de forma heróica para manter esse gigantesco império, suas dimensões geográficas estavam à altura dos sonhos do padre.

Outro aspecto visionário de Vieira foi a análise que fez sobre os papéis de crédito. Em seus sermões entendemos que o herói não usaria mais a espada ou qualquer outra arma mas, sim, a razão. Tinha convicção de que se aproximava o dia em que as letras de câmbio passariam a ignorar completamente as fronteiras religiosas e militares. Defendia a idéia de que estava em curso uma "mistura de dinheiro menos cristão com o católico", e essa combinação suspeita era um remédio perigoso. Era "ameaçador contra os inimigos, pois as armas com que o mundo faz as maiores guerras aos homens são as riquezas". Antônio Vieira acreditava que, com o tempo, surgiria uma espécie de nova religião capaz de unir os homens, em uma inexorável fusão de fé entre católicos e judeus, acompanhada pelo próprio capital. Vieira torcia para que não fossem esquecidos a igreja, a sinagoga e o templo, pois temia a força desse herói moderno.

A análise econômica e política de Antônio Vieira, há quase 400 anos, é brilhantemente visionária. Ele percebeu que o mundo seria dominado pelo que hoje chamamos de capital financeiro, que ignorariam as fronteiras nacionais, religiosas e militares. Na seqüência, haveria um dia em que ninguém perguntaria qual era a religião dos detentores das riquezas. Vieira compreendeu que quem controlasse esse processo ocuparia uma posição estratégica, pois venceria economicamente seus adversários. Também entendeu que os capitais só seriam aplicados em praças confiáveis e vislumbrou que os homens caminhariam na direção de um mundo mais material. Todas essas previsões se realizaram e foram descritas por Antônio Vieira muito antes de qualquer outro pensador.

Antônio Vieira via a Inquisição como algo que espantava os capitais dos cristãos-novos portugueses que viviam espalhados pelo mundo. Acabar com a Inquisição era uma missão delicada. Vale lembrar que seu objetivo de neutralizá-la era meramente de ordem econômica. Não existe uma única linha em seus escritos atacando a razão de ser do Santo Ofício. A intenção era fazer de Portugal um reino lucrativo e seguro para os papéis de crédito.

Poderia a Inquisição ser destruída em sua base econômica? Quem teria coragem suficiente para enfrentar tal poder?

Eram considerados crimes da alçada do Santo Ofício: judaísmo, protestantismo e outras doutrinas heréticas; misticismo, feitiçaria, astrologia; leitura de livros proibidos; bigamia, práticas sexuais pelos sacerdotes a coberto da confissão, pederastia e desacato ou desrespeito ao tribunal. Esse extenso leque foi responsável pela criação de uma rede de denúncias, criação de organizações de falsas testemunhas e associações de delatores que chantageavam as pessoas. Os malfeitores podiam mentir usando nomes e locais de moradia inventados. Só assim para entendermos o quantitativo de 40 mil processos hoje guardados nos arquivos de Portugal.

As masmorras da Inquisição de Lisboa se encontravam nos subterrâneos do palácio do Rossio, sua sede. Os presos ficavam incomunicáveis em minúsculas celas, sem direito a ver a luz do sol. Nos interrogatórios, quando as respostas eram consideradas "diminutas", os presos recebiam as "tormentas", ou seja, eram torturados. Não sem antes jurar que nunca contariam nada do que escutaram e viram ao longo do processo. Mas tinham uma "preocupação" com a integridade física do réu — as tormentas nunca deixavam marcas de agressão física em seus corpos.

Desse requintado cardápio de maldades nada se compara aos espetáculos de execução dos condenados, os autos-de-fé. O capelão da feitoria britânica de Lisboa, Michael Geddes, presenciou e relatou a cerimônia:

> Quando um número bastante de presos é convicto de heresia, quer seja por confissão voluntária ou arrancada, quer seja pela prova de certas testemunhas, o inquisidor principal marca um dia para a saída do cárcere, e que é sempre num domingo. De manhã os presos são

todos trazidos a um grande pátio, onde lhe são postos os hábitos e se preparam para seguir na procissão, que começa a sair a Inquisição cerca das nove horas da manhã.

À frente vão os frades dominicanos, levando a bandeira da Inquisição, que tem de um lado o retrato do seu fundador Domingos e do outro uma cruz entre uma oliveira e uma espada com este moto: *Justitia et Misericordia*. A seguir aos dominicanos vêm os penitentes, alguns com sambenitos, outros sem eles, segundo a natureza dos seus crimes; trazem todos vestes negras sem mangas, estão descalços e empunham uma vela de cera. Vêm a seguir os penitentes que por pouco escaparam da morte, trazendo por cima da veste negra chamas pintadas com as pontas viradas para baixo, a significar que se salvaram, mas somente da pena última. Este hábito é chamado pelos portugueses de "fogo revolto", isto é, de chamas reviradas. Vêm a seguir os "negativos" e "relapsos", destinados a serem queimados, trazendo pintadas no hábito chamas de pontas para cima. Seguidamente os heresiarcas, que, além de chamas, trazem no hábito o seu próprio retrato do busto para cima, feito dois ou três dias antes, rodeados de cães, serpentes e diabos, todos de boca aberta. (...)

Os presos que vão ser queimados vão acompanhados, não só por um "familiar", como os outros, mas ainda por um jesuíta, que lhes está pregando que abjurem das suas heresias; mas se eles oferecem dizer alguma coisa em defesa das doutrinas pelas quais vão morrer são imediatamente amordaçados e não se lhes consente mais uma palavra.

(...) Logo que os presos estão na mão do magistrado civil são algemados, e isto perante os olhos dos inquisidores, e, depois de levados pela primeira vez aos cárceres seculares, são daí trazidos, no espaço de uma hora ou duas, perante o supremo funcionário da Justiça, sem nada conhecer dos seus crimes particulares ou das provas que contra ele havia, pergunta a cada um em que religião quer morrer. Se respondem que querem morrer na comunhão da religião romana, são por ele condenados a ser levados imediatamente ao lugar da execução, aí garrotados e em seguida reduzidos a cinzas. Mas se dizem que querem morrer na protestante ou em qualquer outra fé contrária à romana são sentenciados a ser levados imediatamente ao lugar da execução e aí queimados vivos.

No lugar da execução, que em Lisboa é na Ribeira, levantam-se tantos pelourinhos quanto os presos a queimar, com uma boa quantidade de lenha seca à volta. Os pelourinhos dos hereges "afirmativos", como lhe chamam os inquisidores, podem ter a altura de quatro jardas, e a meia jarda, a contar do topo, tem uma pequena tábua para o preso se sentar. São primeiramente garrotados os "relapsos" e os "negativos". Então os "afirmativos" sobem uma escada de mão, ladeados por dois jesuítas que durante todo o dia os acompanham; quando chegam à altura da mencionada tábua (ou assento) viramse para o povo e os jesuítas gastam cerca de um quarto de hora exortando-os a reconciliarem com a Igreja Romana. Se os "afirmativos" recusam fazê-lo, os jesuítas descem e o carrasco sobe e, depois de ter levado o condenado da escada para o assento, amarra-lhe o corpo ao pelourinho e deixa-o. Os jesuítas sobem outra vez, renovam a exortação e ao partirem dizem lhes receber as almas e levá-las com ele às chamas do fogo infernal assim que estejam fora de seus corpos.

Logo que os jesuítas acabam de descer as escadas levanta-se um grande clamor com o grito: "Façam a barba aos cães, façam a barba aos cães!" o que é feito arremetendo-lhes contra as faces tições acesos na ponta de grandes varas, e esta desumanidade prossegue geralmente até seus rostos ficarem carbonizados, e é acompanhada com tão grandes aclamações de alegria como nunca se ouvem em qualquer outra ocasião. Uma tourada ou uma farsa são consideradas divertimentos insípidos, comparados com esta maneira de tratar os hereges.

Assim, "feita a barba" aos "afirmativos", como eles dizem no seu júbilo, lança-se fogo à lenha que está no fundo do pelourinho. O preso amarrado a uma altura tal que a ponta da chama raramente sobe acima da tábua onde ele está sentado; e sucede estar vento — coisa a que esta cidade é muito exposta — raramente lhe sobe à altura dos joelhos. De modo que, mesmo com tempo sereno, os "afirmativos" morrem cerca de meia hora depois de acesa a lenha, e se o tempo está ventoso não morrem senão dentro de hora e meia ou duas horas, e são desta maneira realmente assados, e não mortos, pelas chamas. Mas conquanto, fora do Inferno, não haja talvez espetáculo mais lamentável do que este, acrescentado com gritos dos padecentes, durante tanto tempo quanto são capazes de falar — "misericórdia, por amor de Deus!", todavia é presenciado por gente de ambos os sexos e de todas as idades com tais transportes de alegria e satisfação como se não manifestam em outra ocasião alguma.

E para que o leitor não pense que esta alegria bárbara pode ser o resultado de uma crueldade natural que haja no temperamento do povo, e não do espírito da sua religião, fique certo de que todos os malfeitores públicos, exceto os hereges, em parte alguma são mais ternamente lamentados do que entre este mesmo povo, mesmo quando na maneira como são executados nada apareça de desumano ou cruel.[30]

Como qualquer evento público, o espetáculo dantesco também tinha um custo. As despesas começavam no dia da publicação dos autos, e então eram adquiridas grandes quantidades de compotas e especialidades variadas nas confeitarias e nos conventos vizinhos. Quem nos conta mais detalhes da contabilidade inquisitorial é Antônio José Saraiva:

Segundo o rol das despesas do auto-de-fé de 1646 em Lisboa, gastaram-se nesses acepipes 64.829 réis, isto é, mais do que custara os 87 metros de pano para os sambenitos (62.700 réis), mais do triplo do

[30]Saraiva, Antônio José. *A Inquisição portuguesa*, p. 73-77.

que custava nessa época alimentação de um preso durante um ano inteiro (20.000 réis). De notar que a alimentação dos presos incluía carne, para pôr à prova os jejuns rituais. A fabulosa quantidade e variedade de acepipes era destinada unicamente ao pessoal superior. Além de seis padres jesuítas que confessavam os "relaxados".[31]

A construção do Quinto Império pressupunha que Portugal passaria a ser uma praça comercial confiável para o "capital internacional". A estratégia principal era convencer os cristãos-novos de que o projeto era consistente e, num segundo momento, repatriar os capitais de judeus e de cristãos-novos, apesar de não existir entre os homens de negócio unanimidade em relação ao novo rei. A comunidade estava dividida. Mas alguns influentes burgueses se aproximaram de dom João IV.

Duarte da Silva, o principal cristão-novo da Restauração, cuja fortuna foi construída no ramo do açúcar, era amigo de Antônio Vieira desde os tempos de Brasil. Seus negócios se estendiam por diversas praças comerciais européias como Amsterdã, Londres, Hamburgo, Ruão (França), Antuérpia, Livorno, Roma e Veneza. Nunca se esquivou em ajudar os revoltosos de 1640. Mostrou muitas vezes grande generosidade financeira. Em ao menos duas oportunidades disponibilizou mais de 400 mil cruzados para equipar Portugal com material bélico. Em muitos momentos decisivos se dispôs a apoiar o rei em questões financeiras. Duarte da Silva seria uma das principais peças dos planos de construção do Quinto Império.

Também apoiavam a Restauração Manuel Fernandes Vila Real, André Henriques, emissário de dom João em Amsterdã, e Jerônimo Nunes da Costa, agente do rei na mesma cidade. Uma lista não muito significativa. O restante da comunidade seria tão contra a Restauração que teria oferecido mais de 1,3 milhão de cruzados aos revoltosos, a mesma

[31]Saraiva, Antônio José. *Inquisição e cristãos-novos*, p. 107.

conspiração de que tomara parte o inquisidor Francisco de Castro, contra o novo rei. É bem provável que os comerciantes de Portugal tivessem ainda grande interesse no comércio com o império espanhol. Um certo Pedro de Baeça chegou a espalhar o boato de que mais de 500 cristãos-novos estavam dispostos a financiar novas rebeliões.

A aproximação entre o rei e Duarte da Silva também pode ser entendida como uma prática bem característica das comunidades de cristãos-novos, que faziam de tudo para conquistar a boa vontade dos soberanos, prestando serviços e favores na busca da aceitação de suas reivindicações.

Sensível à necessidade de se aproximar desse importante segmento do reino, dom João deixou bem claro que contava com eles em seu processo de consolidação da Restauração. Com o objetivo de cobrir as despesas da inevitável guerra contra os espanhóis, foi obrigado a rever a cota de subsídios anuais que fora fixada pelas Cortes. Uma nova lei tributária foi criada, e a partir dela nobres e cristãos-novos foram equiparados. Cada fidalgo que não fosse reconhecidamente pobre, os homens de trato ou meneio grosso, os negociantes de sedas e panos e os donos das lojas de drogas da rua Nova pagariam a mesma soma de 320 réis.

Pois esse era o quadro político e social de Portugal em 1640. Cristãos-novos fazendo alianças com a Inquisição, a Inquisição perseguindo o rei por tratá-los de forma diferenciada, nobres contra cristãos-novos que também apoiavam o rei, em um quadro complexo.

Sobre as dificuldades de se reger tão complicado reino, Vieira divagou:

> E que é uma barca, senão uma república pequena? E que é uma monarquia senão uma barca grande? Nas experiências de uma se aprende a prática da outra. Saber deitar o leme a um e a outro bordo, e cerrá-lo de pancada, quando convém: saber vogar, quando se há de ir adiante, e sair, quando se há de dar volta, e suspender ou fincar o remo, quando se há de ter firme: saber esperar as marés e

> conhecer as conjunções, e observar o cariz do céu; saber temperar as velas conforme os ventos, largar a escolta, ou carregar a bolina, ferrar o pano na tempestade, e na bonança içar até os topes. Tão política como isto é a arte do pescador na mareação, e mais ainda na indústria da pesca. Saber tecer a malha, e segurar o nó; saber pesar o chumbo e a cortiça: saber cercar o mar para prover e sustentar a terra. Saber estovar o anzol, para que o peixe o não corte, e encobrir para que não veja: saber largar a sedela, ou tê-la em teso: saber aproveitar a isca e esperdiçar o engodo. Só um defeito reconheço no pescador para os lugares do lado, que é o exercício de puxar pra si.[32]

Não eram apenas os problemas domésticos que representavam grande empecilho aos sonhos vieiristas de conquista do mundo. Logo a conjuntura internacional não poderia ser relegada. O quadro europeu e mundial também não era animador.

[32]Vieira, Antônio. "Sermão da Terceira Quarta-feira da Quaresma", op. cit., vol. 3, p. 232.

O quadro internacional

Os pequenos querem ser grandes, os grandes
querem ser maiores, os maiores não sei,
nem eles sabem o que querem ser.[33]

Nos campos militar e diplomático, as maiores preocupações de Portugal após a Restauração, nos anos 1640, foram em relação à Espanha e a Holanda. Os vizinhos espanhóis não reconheceram o novo rei, e, além disso, havia a desconfortável situação de alguns setores da sociedade lusitana, que defendiam a volta de sua dominação. Os holandeses ocupavam nesse tempo boa parte do Brasil e fustigavam as colônias portuguesas de Goa e Ceilão, nas Índias Orientais. Tão complexo quanto o entendimento da estrutura política e social de Portugal era, aos olhos dos interesses da Corte de dom João, o quadro europeu. Holanda e Espanha eram arquiinimigas entre si, e as duas contra os portugueses. Não se pode esquecer de que ambas eram extremamente poderosas: a Espanha, dona de um gigantesco império, tendo inclusive sob seu domínio os Países Baixos; e a Holanda se tornaria, após o fim do jugo espanhol, uma das nações mais prósperas da Europa.

Alguns autores consideram o ano de 1640 o primeiro da história povoado de grandes conflitos de dimensão mundial. Holandeses, espa-

[33]Vieira, Antônio. "Sermão da Quinta Dominga da Quaresma", op. cit., vol. 4, p. 136.

nhóis e portugueses travaram combates em quase todas as regiões do planeta, sem contar as diversas lutas que se limitaram ao continente ou aos mares europeus.

O século XVII foi fortemente marcado pela Guerra dos Trinta Anos. Iniciada em 1618, envolveu quase toda a Europa. Quando foi assinada a Paz de Vestfália, em 1648, a correlação de forças do continente estava totalmente alterada. O conflito começou na Boêmia, atual República Checa, quando Fernando II de Habsburgo, com a ajuda militar e financeira dos espanhóis, dos católicos germânicos e do Papa, conseguiu derrotar os protestantes locais. A reação começou em maio, quando uma rebelião popular destruiu igrejas e matou dois ministros. O episódio ficou conhecido como "Defenestração de Praga". As repercussões em outras partes do velho continente foram imediatas.

Embora o início do conflito fosse religioso, com o correr do tempo a guerra foi tomando outras características. Antes da assinatura do tratado de paz havia combates em muitas regiões da Europa. Ao longo de seus 30 anos, a guerra teve basicamente quatro períodos distintos. Primeiro marcado pelas disputas religiosas concentradas geograficamente entre a Áustria, a Boêmia e a Baviera. A segunda fase foi marcada pela derrota da Dinamarca, e na terceira fase, a guerra se deslocou em direção ao norte da Europa, atingindo ainda a Polônia e a Rússia.

Na última parte, 1635 e 1648, o embate deu-se basicamente entre a França e os Habsburgo, ou seja, Áustria e Espanha. Quem se aproveitou da situação foram os Países Baixos, que lutavam desde 1568 contra a Espanha, que a dominava desde meados do século XVI. Um conflito, portanto, de 80 anos de duração.

Outra curiosidade: portugueses e holandeses eram, na Europa, inimigos da Espanha. Mas no Brasil, em razão da presença das tropas da Companhia de Comércio das Índias Ocidentais e na Ásia, motivados pelas disputas coloniais, holandeses e portugueses eram adversários.

Dom João adotou uma política de aproximação com os holandeses.

Reabriu os portos do reino à Holanda, em 21 de janeiro de 1641, liberou o comércio holandês em Portugal e, na seqüência, enviou um embaixador para renovar a antiga aliança.

Mas a maior preocupação portuguesa era participar do Congresso de Münster, que negociava o fim da Guerra dos Trinta Anos. Como ocupava uma posição central no conflito e nas conferências de paz, a Espanha conseguia impedir qualquer tipo de reivindicação. As demais nações européias não se sensibilizaram com os problemas de Portugal. Como agravante, os espanhóis ainda tinham como política oficial de Estado o isolamento lusitano.

Um dos maiores intelectuais de Portugal, o visconde de Santarém, publicou, em 1842, o livro *Quadro elementar das relações políticas de Portugal com as diversas potências do mundo*. Algumas passagens desse trabalho mostram bem as dificuldades que a diplomacia portuguesa enfrentou no sentido de encontrar um caminho pacífico juntos aos espanhóis.

> Vê-se que não foi possível vencer a menor coisa, quanto ao primeiro ponto, pois os plenipotenciários castelhanos ameaçavam abertamente que romperiam o congresso primeiro que em tal consentissem, ou lhes fariam em público alguma afronta, pois, el-rei, seu amo, estava resoluto em não tratar com eles nem fazer a paz com Portugal; tratava, todavia, a França, por meio dos seus embaixadores em Roma, Veneza e Holanda, de ver se obtinha que aqueles governos apoiassem a França no congresso no que dizia respeito a Portugal. E, ao mesmo tempo, o gabinete francês, por despacho de 5 de abril do mesmo ano de 1645, dirigido aos seus plenipotenciários em Münster, se decidiu a que os ditos plenipotenciários tratassem os nossos com todas as honras devidas ao caráter de embaixadores de que se acham investidos por el-rei de Portugal.[34]

[34]Domingues, Mário. *D. João IV*, p. 211.

A aliança entre Portugal, França e Holanda, concretizada em 1641, não era das mais consistentes. O motivo continuava sendo a dicotomia entre as relações na Europa e nas demais possessões lusitanas. Um pequeno episódio ilustra bem o grau de desconfiança. Em 26 de agosto de 1641, com o acordo ainda recente, uma esquadra trinacional faria um ataque ao inimigo: 26 navios franceses juntaram-se aos 13 barcos conseguidos com enorme sacrifício de Portugal para esperar os holandeses, que só apareceram quando a frota luso-francesa já tinha zarpado. Com atraso, os barcos liderados pelo almirante holandês Adriano Gysels lançaram-se atrás do restante da esquadra. Ao passar pelo cabo de Santa Maria, os holandeses encontraram uma esquadra espanhola. O resultado da batalha foi pouco claro e, na seqüência, o almirante holandês Gysels optou por retornar a Lisboa. Sua chegada coincidiu com a notícia de que os holandeses haviam acabado de se apoderar do Maranhão e de São Tomé. O clima no porto ficou, por motivos óbvios, muito tenso.

Para piorar a situação, Gysels procurou dom João e disse que ainda estava disposto a se encontrar com o restante da esquadra, pedindo que fosse guiado por barcos portugueses. Foi atendido, mas assim que se viu longe dos canhões que guarneciam o porto rumou de volta para casa. Poucos meses mais tarde, os portugueses enviaram um embaixador à Holanda e protestaram contra o comportamento holandês. As reclamações não surtiram o menor efeito.

O difícil quadro internacional e a ambígua relação de Portugal com os holandeses só serviam para acirrar os ânimos e dividir as opiniões no reino. Alguns setores da sociedade portuguesa defendiam a ruptura imediata com a Holanda. Achavam que a postura correta era de confronto. Antônio Vieira, conselheiro do rei, não compartilhava dessa idéia.

Só havia uma solução: a França. Em sermão pregado na Casa Professoral da Companhia, em 1642, no dia de São Roque, Vieira perguntava: "Quem melhor nos socorrerá que um francês?" Em carta datada de 25 de fevereiro de 1646, endereçada ao embaixador lusitano em Paris, o marquês de Niza, criticava a idéia de enfrentamento com os holandeses: "Muito estimo que haja sempre sido da opinião de V. Exª a paz com a Holanda, a qual está nos termos que V. Exª vê, porque a alguns valentões de Portugal lhes parece que eram poucos para inimigos os castelhanos."

Os "valentões" portugueses defendiam a idéia de que a Holanda deveria ser vista como inimiga e assim tratada. Na prática, o exército português teria que sustentar duas frentes de guerra. No caso pessoal de Vieira, a defesa de posição contrária a essa representava mais um motivo de desgaste. Principalmente quando ele passou a defender a entrega de Pernambuco aos inimigos. Os motivos da cessão eram basicamente dois: selar de forma inequívoca a paz com os holandeses e torcer para que a repressão aos insurgentes do Brasil diminuísse. O Conselho Real e a população portuguesa não reagiram nada bem a essa proposta de política externa, exigindo maior auxílio aos revoltosos brasileiros.

Vieira tinha enorme convicção de que, mais tarde, com as finanças arrumadas e com um quadro internacional mais favorável, seria fácil recuperar as regiões dominadas pelos holandeses. Durante muitos anos de guerras contra os invasores, nada tinha sido conquistado. Para ele, o mais importante era justamente reduzir as frentes de guerra enfrentadas (Pernambuco, Bahia — os holandeses nunca desistiram —, Goa, Ceilão, Malaca e China) e diminuir o número de inimigos, assim listados: castelhanos, holandeses, mouros e turcos.

Na concepção de Vieira, a mais perigosa conseqüência da guerra, e a que mais se devia recear nas batalhas, era a opinião. Na perda de uma batalha arrisca-se um exército; na perda de uma opinião arrisca-se um reino.

Não eram só o quadro político instável do reino e a possível reação da Inquisição que geravam a falta de confiança dos cristãos-novos Concomitantemente, havia esse complexo e desfavorável quadro internacional que colocava em risco os planos de construção do Quinto Império. Outro agravante: em outras partes da Europa, milenaristas faziam interpretações parecidas, com a convicção de que também poderiam construir o tão sonhado império de mil anos.

O milenarismo na Europa e no Novo Mundo

Cada um sonha como vive...[35]

Não foi apenas em Portugal e no Brasil que, ao longo do século XVII, o movimento milenarista tomou fôlego. Os maiores especialistas do assunto identificam os países ibéricos como os principais focos de disseminação, admitindo, no entanto, que o fenômeno se espalhou pelas Américas e pela Grã-Bretanha. O orgulho e o entusiasmo luso-espanhol pelas descobertas ultramarinas foi o ponto de partida para entendermos suas origens. A descoberta de novos mundos acalentava os sonhos de que, ao estender o cristianismo pelo planeta, os europeus estavam na vanguarda.

Mesmo não fazendo parte das explicações milenaristas, a descoberta das Américas não pode ser ignorada como contribuição no fortalecimento dos ideais dos que sonhavam com o império dos mil anos. A chegada dos europeus no nosso continente foi uma via de mão dupla. É fato que a entrada nas Américas foi mais fácil e por ela transitaram diversos elementos — cultura, dominação econômica, religiões, línguas.

Chocolate, batata, milho, tomate e outros gêneros alimentícios não faziam parte do cotidiano do velho mundo antes da chegada dos colo-

---

[35]Vieira, Antônio. "Sermão Xavier Dormindo", op. cit., vol. 13, p. 42.

nizadores. Esses alimentos garantem ainda hoje a subsistência de milhões de pessoas em todo o planeta. Exemplos como esses já seriam suficientemente fortes para mostrar como havia um movimento de vai-e-vem entre os dois mundos. Mesmo do ponto de vista cultural, houve uma clara influência dos ameríndios, e de seu estilo de vida, no pensamento europeu.

Ainda do ponto de vista da cultura, vale lembrar que alguns cronistas obtiveram sucesso literário após voltarem do Brasil. O alemão Hans Staden e, sobretudo, o francês Jean de Léry venderam milhares de livros descrevendo a vida dos índios brasileiros. Em *Viagem à terra do Brasil*, este autor chamava atenção para o estilo de vida despojado das tribos que viviam no entorno da baía de Guanabara.

Mais ou menos na mesma época, Michel de Montaigne defendia os selvagens em um dos seus ensaios. Dois séculos após as descobertas, a semente plantada pelos primeiros cronistas europeus brotava forte e vigorosa na obra de Jean-Jacques Rousseau, um dos pensadores mais importantes da cultura ocidental, sendo uma das peças-chave do pensamento iluminista. Assim nascia o conceito do "bom selvagem".

Um dos aspectos menos conhecidos dessa relação de trocas que se estabeleceu entre os dois mundos foi de cunho religioso. Logo que os primeiros relatos do Novo Mundo começaram a se espalhar pelo velho continente, um fato deixou os padres da Igreja romana em polvorosa. A Bíblia era bem clara em relação aos animais da Terra. Noé havia embarcado em sua arca um casal de cada espécie. Como então explicar que nas terras recém-descobertas havia animais desconhecidos? Qual seria a origem de pacas, tamanduás, capivaras, lhamas, alpacas, vicunhas e outros? Estaria a Bíblia errada?

E os povos das Américas? Como teriam passado para um local de tão difícil acesso? Responder às perguntas era urgente, a Bíblia estava em xeque. Pioneiros em muitas partes do Novo Mundo, os padres da Companhia de Jesus foram atrás das respostas. De fato, o jesuíta José

Acosta, formado pela Universidade de Salamanca, decidiu investigar a questão. Entre 1571 e 1588, Acosta viajou pelo Novo Mundo para desvendar o mistério da passagem dos índios e dos animais para a América. A solução foi dada no livro *História natural e moral das Índias*. No melhor estilo renascentista, Acosta foi procurar as respostas nos autores da Antigüidade greco-romana. Diferentemente dos demais cronistas, suas reflexões foram permeadas de erudição e de reinterpretações de textos clássicos, misturando questões geográficas, astronômicas e, como não podia deixar de ser, bíblicas.

Sobre a chegada dos índios ao Novo Mundo, o padre levantou várias possibilidades: teriam usado cavalos alados, teriam vindo em uma segunda arca de Noé ou mesmo voando com os anjos. Aos olhos do mundo moderno, a hipótese mais curiosa era de que poderiam ter vindo da Atlântida, o continente perdido. O próprio Acosta derrubou essa formulação preferindo acreditar que a terra desconhecida fosse, provavelmente, alguma alegoria de Platão (428/27-347 a.C.). Ainda hoje a tese defendida em seu livro é aceita como verdadeira: o homem americano teria trazido esses animais desconhecidos, atravessando em diferentes épocas uma estreita passagem entre a Ásia e o Novo Mundo. Mas a resposta, mesmo preservando o que havia dito a Bíblia, não respondia a todos os questionamentos que eram feitos em relação à origem de muitas tribos americanas.

Poderiam então os índios ser descendentes das tribos perdidas? Seria o Novo Mundo o destino das frotas do rei Salomão descritas na Bíblia como Ofir e Tarchich? Roberto Stéfano e Francisco Vatablo, dois grandes peritos em hebraico, escreveram convictos que a ilha de Espanhola, no Caribe, era Ofir. O padre José Acosta não tinha o mesmo pensamento, mas ao mesmo tempo não teve uma opinião clara sobre o tema. Não acreditava na presença das frotas do rei hebreu nas Américas, admitindo por outro lado que Ofir ficava longe do Peru. Além disso, achava que eram uma conjectura muito leviana as coincidências levantadas entre os judeus e os índios. Em sua apreciação, elas ficavam restritas às túnicas e ao hábito de andar descalços. Sentia falta da linguagem, das tradições, da escrita, das cerimônias e, sobretudo, da história. Mas, cauteloso, resolveu enumerar outras coincidências: ambos os povos eram medrosos, supersticiosos e mentirosos.

Quanto à origem dos ameríndios, ninguém sabe ao certo quando teriam surgido, nem quem teriam sido os primeiros homens, mas começaram a circular informações de que alguns povos das Américas poderiam ser descendentes das dez tribos perdidas descritas pela Bíblia.

Até então, o que se sabia sobre o destino da parte perdida do povo de Israel? A Torá fala na cidade de Meda; não confirma, no entanto, sua localização. Outras hipóteses são as montanhas do Cáucaso, entre o mar Cáspio e o mar Negro, em que se incluem as áreas da Armênia, Geórgia, Azerbaijão e Daguistão, de onde teriam alcançado o Afeganistão, o Paquistão, a Índia e até mesmo a China.

Os defensores da tese de que os índios seriam descendentes das tribos hebraicas preferiam outras fontes, como o Livro de Esdras, que menciona um lugar chamado Arsareth, na outra margem do Eufrates, definido como um local onde "nunca o gênero humano havia habitado". Na mesma linha, o historiador hebreu, Flávio Josefo, que viveu no primeiro século da era cristã, no livro *Guerras judaicas*, escreveu que as tais tribos teriam cruzado o "rio Maravilhoso", local também desconhecido. Vale dizer que na Antigüidade os nomes atribuídos aos acidentes geográficos não correspondem aos atuais e que o uso de certas expressões pelos autores do passado não obedecem aos critérios modernos. Lembremos que nem o mar Morto nem o da Galiléia são mares e sim lagos. Logo, o chamado "rio Maravilhoso" não é necessariamente um rio.

Tal tese, tendo ou não credibilidade, ganhou corpo e suscitou muitas publicações sobre o tema. A divulgação dessa idéia reforçava os sentimentos do iminente encontro com as tribos perdidas e a conseqüente chegada do Salvador que reinaria durante mil anos. Alguns curiosos relatos bem anacrônicos ilustram a questão.

O jesuíta Nichollas Delttsu, em 1587, em missão evangelizadora na atual Argentina, teria encontrado índios que se chamavam Moshê, David, Avraham, todos circuncidados da mesma maneira que seus ancestrais. Em 1571, o sábio espanhol Arias Montano publicou um mapamúndi defendendo a idéia de que os filhos de Jectan, bisnetos de Sem, filho de Noé, teriam povoado o Novo Mundo. Ofhis teria chegado ao noroeste da América, e Jobal seria o colonizador do Brasil. O dominicano Francisco de Lima, condenado em 1578 pela Inquisição, dizia-se descendente de Davi e que estabeleceria o milênio no Novo Mundo. Alguns anos mais tarde, em 1607, Gregório Garcia publicou *A origem dos índios do Novo Mundo*, demonstrando afinidades culturais, lingüísticas e intelectuais entre índios e judeus.

Talvez o trabalho mais importante seja *A piedra gloriosa*, escrita por Antônio de Montesinos, aliás Aron Levi, em 1655. O autor afirmava ter encontrado um índio que teria dito: "Eu sou hebreu da tribo de Levi, meu Deus é Adonay." Ainda segundo o livro, o Novo Mundo era da localidade bíblica de Ophir. Assim, escreveu que os índios do Equador reconheciam Abraão, Isaac e Jacó como seus ancestrais. Talvez o mais surpreendente seja o relato de um nativo na Colômbia, que o teria saudado da seguinte forma: "Semah Israel! A el Ohenv a Ehad!" (Escute Israel! O senhor nosso Deus é o único senhor!)

O padre dominicano Diego Duran, que viveu na América espanhola, escreveu que estava convencido de que os índios eram descendentes dos hebreus. E mais: muitas, quase todas, as tribos do Brasil falavam do dilúvio. Na Nicarágua, as mulheres menstruadas não podiam entrar no templo. Muitas interpretações de algumas figuras das ruínas maias afirmavam que alguns deuses eram representados de barba e bigode. Ainda no México, em algumas tribos, o sábado seria sagrado. Todos antigos costumes de Israel.

Um evento concreto ocorrido no Brasil teria grande repercussão entre os adeptos das idéias milenaristas. Antes mesmo da chegada dos holandeses a Pernambuco, acreditava-se que muitos judeus já vivessem na região. Alguns autores falam até em cinco mil pessoas. Em 1630, com a invasão das tropas da Companhia das Índias Ocidentais, a comunidade judaica, livre da Inquisição lusitana, saiu do anonimato. Seis anos mais tarde, era construída na cidade de Recife a primeira sinagoga das Américas.

Ora, as profecias bíblicas falavam da presença dos eleitos de Deus nas extremidades do mundo. A construção do templo hebreu Zur Israel, em Recife, em 1637, era a marca indelével de que estavam sendo realizadas. Quem acreditava na realização dessas profecias? Quando então o Messias chegaria?

O evento que mais conferiu credibilidade a essas questões — a possível origem hebréia das tribos do Novo Mundo, a instalação de judeus na extremidade do mundo e a chegada iminente do Salvador — foi o aparecimento de uma pessoa que se dizia o Messias: Sabatai Tsevi. Nasceu na cidade turca de Esmirna, em agosto de 1626, no dia 9 de mês hebraico de Av, coincidentemente num dia de *shabat* e data da destruição do Templo. Desde a juventude estudou a cabala e se diferenciou, pois era comum estar em estado de transe. Sobre ele corriam lendas de que de seu corpo exalava perfume ou que não era possível olhar-lhe o rosto, pois era como encarar o fogo; sua aparição causava incríveis manifestações nas pessoas, que não resistiam e se jogavam no chão. Escolheu 12 sábios para que representassem as tribos de Israel. Em viagem a Jerusalém foi recebido como o Salvador. Como havia a suposta confirmação de que, enfim, as tribos não estavam mais perdidas e o povo de Israel atingira a extremidade do mundo, a fama de Tsevi como sendo o profeta atraiu simpatia e aceitação de muitos setores da comunidade judaica na Europa e na Ásia.

Mais tarde, viu-se que Sabatai Tsevi não era o esperado Salvador — ele morreria convertido ao Islã —, mas durante um bom tempo sua pregação teve enorme efeito em judeus de todas as partes.

Além de Portugal, na vizinha Espanha o mito do "Encoberto" encontrava adeptos. Desde o século XIII, circulavam profecias que falavam em um "novo Davi", de monarquias universais. O sucesso da Espanha na conquista das Américas reforçava a idéia de que seriam os espanhóis o povo eleito.

O almirante Cristóvão Colombo foi um dos pioneiros nesse sentido. Em 1500, escreveu: "Deus fez de mim o mensageiro dos novos céus e da nova terra dos quais falou no Apocalipse de são João, após ter falado anteriormente pela boca de Isaías. E mostrou-me o lugar onde encontrá-lo."[36] Em sua quarta viagem ao Novo Mundo, em carta escrita na Jamaica aos reis católicos de Espanha, o almirante inaugurou a tese de que o construtor do império milenar seria espanhol: "Jerusalém e a montanha de Sião devem ser reconstruídas por mãos cristãs; e quanto àquele que deve fazê-lo, Deus o diz pela boca do profeta no décimo quarto salmo. O abade Joaquim — o mesmo que influenciava Vieira — diz que esse homem deve vir de Espanha."[37]

Mesmo que o abade Joaquim de Fiore nada tenha mencionado sobre a Espanha em qualquer passagem do texto, Colombo se esforçava apenas para manter vivo um velho pensamento castelhano que tivera início, na verdade, muitos anos antes.

O milenarismo na Espanha remonta ao século XIII, mais precisamente ao reino de Aragão, quando começaram a fazer sucesso os escritos de Arnauld de Villeneuve e do catalão Jean de Roquetaillade, responsáveis pelas primeiras profecias milenaristas que apontavam um rei local como o construtor do império universal.

Em outro escrito, provavelmente da primeira metade do século XV, de autoria de um "frade menor da ordem do Espírito Santo", Johan Alamany defendia, em *A vinda de Cristo*, a chegada de um *encubierto* para

[36]Delumeau, Jean. *Mil anos de felicidade*, p. 198.
[37]Ibidem, p. 199.

anunciar um imperador que faria o império dos mil anos. Da mesma época são as profecias milenaristas do franciscano Francesco Eximenis. Outro evento nesse sentido ocorreu em 1486, quando o chefe militar Rodrigo Ponce de Leon contou com a aquiescência da nobreza de Aragão para espalhar a idéia entre seus pares de Castela de que o rei Fernando de Aragão era o *encubierto*.

Os religiosos ibéricos que passaram para o Novo Mundo levavam essas idéias proféticas. Porém não podemos deixar de chamar a atenção de que havia na Europa uma imagem idílica desse novo mundo. O nome Brasil, por exemplo, existia no imaginário europeu havia muito tempo, como na lenda sobre uma terra atrás do mar Tenebroso (o atual oceano Atlântico) conhecida como Hy Brazil, que teria sido descoberta no ano de 565 pelo monge irlandês são Brandão. O historiador Robert Sothey, no livro *História do Brasil*, apresenta um tratado comercial italiano, datado de 1128, como sendo a mais velha referência ao nosso país.

Outros relatos de alguns importantes viajantes reforçaram a tese. O frei Bartolomeu de Las Casas fez algumas referências ao mundo novo como "verdadeiro paraíso". O próprio López de Gómara, espécie de historiador oficial das Índias, em meados do século XVI, defendia que as descobertas eram o maior acontecimento desde a criação. Esse olhar exageradamente bíblico e místico sobre o novo continente serviu como um vigoroso adubo para as idéias milenaristas.

Enquanto isso, no outro extremo do canal da Mancha, o milenarismo também encontrava solos bem férteis para seu desenvolvimento. Em moldes até parecidos com os de Portugal, a Inglaterra conheceu no mesmo período, após 1640, uma explosão milenarista, com a instalação de um novo governo visto por alguns setores sociais como salvador. O caso inglês era ainda mais radical do que qualquer outro. De acordo com o especialista nesse pensamento, Jean Delumeau, ali o surto foi espetacular, como jamais se vira antes no Ocidente.

Se nos países da Península Ibérica alguns autores portugueses e espanhóis escreveram ao longo dos séculos idéias proféticas, historiadores ingleses contabilizaram entre os anos de 1640 e 1653 mais de 110 religiosos publicando, cada um, no mínimo, três livros. Desse total, 78 escreveram sobre o tema. O assunto preferido desses autores passou a ser o anúncio do "reinado dos santos". Para entendermos melhor a questão, é preciso situar o quadro político da Inglaterra.

O absolutismo inglês fora construído com prejuízo para alguns setores da nobreza e, sobretudo, para a Igreja de Roma. Esse período da história inglesa é marcado pelo reinado de Henrique VIII e de sua filha Elisabete I. Com as rédeas do governo em suas mãos, o rei pôs em prática uma política que favorecia a nascente burguesia. Os benefícios vieram graças à centralização política, à unificação da moeda e às leis que se tornaram nacionais, permitindo que o Estado fosse administrado de forma mais eficiente. Não era na verdade uma aliança entre rei e burgueses, mas o capital comercial apoiou e foi beneficiado com o fim de diversos entraves de origem feudal. Com um quadro nacional favorável, a Inglaterra se lançou de forma competitiva no crescente comércio europeu.

Em franca expansão, a burguesia inglesa foi aos poucos requerendo maior participação nas decisões políticas do reino. A morte de Elisabete I marcou a entrada da dinastia Stuart na história. O primeiro rei da casa foi Jaime I, que não nutria nenhuma simpatia pela burguesia. Mas as relações se tornaram mais complicadas no reinado de Carlos I, seu filho. Pela imposição do Parlamento, o rei foi obrigado a obedecer a uma nova legislação que alterava impostos, prisões, julgamentos e limitava as convocações do Exército às vontades das decisões dos parlamentares.

Carlos I recusou-se a acatar tais decisões. No ano seguinte, o Parlamento retaliou e fez uma série de condenações ao rei. Nova rusga, nova decisão real, e o parlamento foi fechado. Ao longo desse período o clima tenso foi agravado pela política religiosa do monarca, que quis impor o anglicanismo a puritanos e presbiterianos escoceses. Havia também problemas na área tributária. Os rebeldes, que se negaram a pagar os novos impostos instituídos de forma autoritária, foram condenados pelos tribunais reais entre 1639 e 1640 — ano em que a grave situação financeira obrigou o rei a convocar o Parlamento. A nova legislatura durou apenas alguns dias, pois foi dissolvida ao negar-se a aumentar os impostos, como queria Carlos I. Ainda no mesmo ano, foi feita nova convocação, e ao longo de 18 meses de trabalhos acabou transformando totalmente a administração da Inglaterra. Ministros do rei foram perseguidos, o controle e a convocação do exército, assim como a política religiosa, passaram a ser matéria de competência do Parlamento, que no ano seguinte assim dividiu-se: de um lado, alguns líderes radicais que defendiam a desapropriação de algumas terras; de outro, a aristocracia unida aos burgueses, que acreditava que só a restauração do poder real poderia deter os radicalismos, e sobretudo dar um basta na agitação popular. Aproveitando-se da fragmentação política, Carlos I tentou recuperar o poder, opondo-se às medidas parlamentares. Assim começou a guerra entre o rei e o Parlamento, de um lado, Carlos I; do outro, Oliver Cromwell.

Foi nesse quadro tumultuado que trabalhos como os de Arthur Dent (a obra *Ruin of Rome* foi reeditada mais de dez vezes), do matemático John Napier (*A Plaine Discovery of the Whole Revelation of Saint John* ganhou mais de 20 edições, sem contar as traduções para o francês e o holandês), do presbiteriano Thomas Brightman (seu principal trabalho, *Revelations of the Apocalypse*, foi traduzido para o latim e o holandês) e do anglicano John Mede (*Clavis Apocalyptica* obteve no mínimo seis edições) tornaram as profecias de Daniel e do Apocalipse populares entre os ingleses.

Todos os autores identificavam o Anticristo com o papado e Roma como a Babilônia do Apocalipse, afirmando que os novos tempos seriam de duração eterna. Como Vieira, reinterpretavam o monstro do sonho de Nabucodonosor.

Com o início da guerra civil, em 1642, as idéias milenaristas foram popularizadas pelos panfletos e jornais. Um dos mais destacados defensores da Quinta Monarquia foi Oliver Cromwell, chefe do exército do Parlamento. Antes de se destacar como grande general do exército que comandava, era completamente desconhecido. Pouco se sabe sobre ele antes do início do conflito. As informações são em número reduzido, e há dúvidas sobre sua veracidade.

Entre os anos de 1620 e 1630, Oliver Cromwell esteve no continente europeu como soldado engajado na Guerra dos Trinta Anos. A informação pode ser verdadeira, pois Oliver era um excepcional chefe militar. Comandou durante a guerra civil inglesa um exército de camponeses e artesãos que se mostrou nos campos de batalha o mais bem treinado. Pagava os soldos em dia e era respeitado pelos seus liderados.

Por volta de 1636, Cromwell teria passado por uma experiência espiritual e se convencido de que Deus o havia escolhido como um dos eleitos, destinado à salvação eterna. O evento pode ter sido realmente muito marcante em sua vida. Na década anterior sabemos que Cromwell vivia com problemas de saúde. No fim dos anos de 1620, procurou em Londres o famoso médico dr. Theodore Mayerne, concluindo que o paciente sofria de *valde melancholicus,* ou seja, depressão. Também sofria de grandes fantasias e tinha certeza de que ia morrer subitamente. Acabou desenvolvendo uma hipocondria, empanturrando-se de profiláticas ameixas verdes.

Todos os males foram curados em sua conversão. Cromwell adotou, portanto, uma vida regrada longe do pecado, da embriaguez, da blasfêmia, da fornicação e de outros desvios.

Fundamental para o entendimento de sua visão milenarista, Cromwell se encontrou com o principal rabino (de origem portuguesa) de Amsterdã, Menasseh ben Israel, ao longo de sua estada no continente durante a Guerra dos Trinta Anos. Não havia comunidade judaica na Inglaterra, pois fora expulsa da ilha em fins do século XIII; mesmo assim, continuava presente na memória de muitos ingleses. Quem se opunha ao rei era taxado de "judaísmo", e os maiores opositores do rei eram os puritanos. Sem contar que havia a idéia defendida por John Foxe, no livro de 1563, *The Book of Martyrs*, de que os ingleses eram o povo eleito, conceito que permitia uma aproximação entre puritanos e hebreus.

Em 30 de janeiro de 1649, o rei foi decapitado e, na seqüência, o milenarista Oliver Cromwell se declarava Lorde Protetor da Grã-Bretanha. Na Inglaterra, as condições para a construção da Quinta Monarquia pareciam bem favoráveis.

Cromwell intensificou as negociações com o rabino Menasseh ben Israel. Por trás dessa transação estavam os mesmos interesses de Antônio Vieira: controlar a teia do comércio internacional dominado pelos capitais judaicos. Mas quem seria esse rabino que poderia servir de interlocutor dos judeus de Amsterdã?

O rabino nasceu na ilha da Madeira, em 1604, com o nome de Manuel Dias Soeiro. Vinha de família de conversos que, como muitas, acabou indo procurar refúgio na Holanda. Lá os Soeiro retomaram a antiga religião e o nome. Aos 18 anos virou predicador da sinagoga, logo se transformando no principal nome da grande Sinagoga portuguesa. Redigiu mais de 300 cartas a eruditos em toda a Europa e mais de 450 *predicaciones*. Autor de vários livros, dos quais podemos destacar *A esperanza de Israel*, ao longo de sua vida, Menasseh ben Israel se transformou em uma das mais respeitadas lideranças da comunidade judaica de Amsterdã.

O primeiro contato entre Menasseh e Cromwell foi interrompido pela guerra entre a Holanda e a Inglaterra, precipitada pela decretação do Ato de Navegação. A partir de 1651, todas as mercadorias que chegavam aos portos ingleses teriam que ser obrigatoriamente transportadas em barcos ingleses. A nova legislação atingiu em cheio os interesses dos armadores e dos comerciantes holandeses, dando início à guerra. Mesmo sendo uma medida de caráter econômico, havia a intenção de fortalecer a marinha inglesa, instrumento fundamental para a expansão da Inglaterra e, conseqüentemente, a construção da Quinta Monarquia.

Após o conflito, que durou dois anos, as negociações foram retomadas. Uma comissão foi nomeada para avaliar a petição encaminhada pelo rabino Menasseh. Os motivos de Cromwell não eram meramente religiosos. O major-general Edward Whalley, um dos membros da comissão, escreveu uma carta em que "não havia dúvida, quanto mais não seja de que eles [os judeus] trarão muita riqueza à Commomwealth." Quando o Conselho Republicano barrou a petição, o Lorde Protetor usou de todo seu prestígio pessoal e garantiu a promessa de conversão.

Na corrida pela construção e o controle do último dos impérios, os ingleses estavam na liderança. O recém-decretado Ato de Navegação seria o ponto de partida para que fossem ocupando uma posição de maior projeção no comércio marítimo. Após a vitória sobre os holandeses, a Inglaterra acabaria se transformando na senhora dos mares ao longo de muitos séculos, expandindo seus domínios às extremidades da Terra.

Oliver Cromwell não deixou uma obra relevante nem teorizou sobre a importância que teriam no futuro os papéis de crédito. Não registrou uma única linha sobre a relevância da dominação cultural que o "povo eleito" exerceria sobre os demais. Mas ao iniciar a discussão com o mais destacado líder judeu de Amsterdã para promover a volta dos hebreus para a Inglaterra, tendo em vista a sofisticada teia comercial dos comerciantes judeus espalhados pelo mundo, colocou o país na vanguarda pela conquista do Quinto Império.

Como Vieira, o Lorde Protetor não era unanimidade, mas estava sentado no epicentro do poder, poder autoritário e despótico. Pôde colocar seus planos em ação do jeito que quis. Seu governo pode ser comparado ao de um ditador militar, pois fechou o tradicional Parlamento inglês e governou sem se preocupar com os inimigos internos. Enquanto isso, em Portugal, mesmo com o apoio do rei, Antônio Vieira enfrentava adversidades em vários setores, além de lutar contra a opinião pública, a intriga dos adversários, as desconfianças da Inquisição, a falta de visão da nobreza lusitana e as descrenças da burguesia. Vieira não achava que os ingleses pudessem ser concorrentes na construção do tão sonhado império, mesmo porque houve um lapso de tempo entre a chegada de Cromwell ao poder e a tentativa do padre em colocar seus planos em ação.

"A fé é uma dama que, cansada da Inglaterra e da Holanda, não achando-se segura em França nem em Alemanha, se salva em Portugal, onde edificou uma fortaleza." Só mesmo com muita fé ele teria forças para colocar em prática seus ambiciosos planos de conquista do mundo.

O plano de ação

(...) em todo reino bem governado não devem
os homens pretender os ofícios, senão
os ofícios pretender os homens.[38]

Talvez a maior arma de Antônio Vieira fosse o entusiasmo e a confiança em sua privilegiada inteligência. Dois trechos de seus sermões ilustram bem seu estado de ânimo:

> O mais forte modo de pelejar e o mais glorioso de vencer, é o da luta, sem armas, pelejar e vencer desarmado (...) o querer e o poder, se divididos são nada, juntos e unidos são tudo. O querer sem o poder é fraco, o poder sem o querer é fraco, o poder sem o querer é ocioso, e deste modo divididos são nada.[39]

E Vieira tinha o apoio político do rei, carta branca e crédito financeiro para iniciar a construção do Quinto Império. Duarte da Silva, homem de negócios que atuava no mercado internacional, patrocinava os sonhos do nosso jesuíta, logo, tinha um apoio vital.

A primeira batalha seria disputada em campo interno: conquistar a simpatia e a confiança dos cristãos-novos do reino. Nem mesmo o apoio

---

[38] Vieira, Antônio. "Sermão da Terceira Dominga do Advento", op. cit., vol. 1, p. 217.
[39] Ibidem, "Sonho Primeiro", op. cit., vol. 13, p. 66.

do rei era garantia suficiente de que estivessem livres da perseguição. Talvez possamos apontar o documento de julho de 1643 — ainda que o padre não seja signatário — como uma das peças mais importantes da luta pela defesa dos conversos: trata-se de uma "proposta feita a el-rei dom João, em que se lhe apresenta o miserável estado do Reino e a necessidade que tinha de admitir os judeus mercadores que andavam por diversas partes da Europa".

A argumentação do documento é digna de Vieira, pois lembra o grande número de ricos empresários portugueses espalhados pela Europa que detinham a maior parte do comércio e da riqueza do mundo, e que continuavam ligados afetivamente a Portugal. Se fossem beneficiados por favores e convocados a retornar ao reino, com suas riquezas, desde que se sentissem seguros, prontamente aceitariam.

O documento defendia a idéia de que a simples saída dessas pessoas da Espanha e da Holanda representaria um enorme prejuízo aos maiores inimigos dos portugueses. Além disso, a entrada de tamanha quantidade de dinheiro facilitaria a sustentação das guerras travadas por Portugal. Em relação aos holandeses, o documento sustentava que a fuga de capitais seria um baque mortal em suas companhias comerciais, as verdadeiras responsáveis pelas guerras travadas na África e no Brasil.

Outro aspecto é que a repatriação traria o aumento das rendas da alfândega, pois avaliavam os autores do documento que, além dos comerciantes dos países inimigos, também burgueses de Flandres, França, Itália, Alemanha, Veneza, Índias Ocidentais e outros mais não resistiriam aos encantos da praça portuguesa — não só resolvendo os problemas de caixa do reino, mas da mesma forma aumentando sua população.

Com isso também se pretendia esvaziar as simpatias que muitos cristãos-novos ainda nutriam pela Espanha, e à medida que a entrada de novos capitais alavancasse a economia lusitana, Portugal passaria a ser um local mais convidativo e atrativo.

O poder real seria beneficiado da seguinte maneira: ampliação do número de navios, desenvolvimento da defesa do império ultramarino, restabelecimento e incremento do comércio com as Índias, aumento da eficiência da frota do Brasil, melhor posição nas negociações junto aos holandeses para pagar eventuais indenizações ou até mesmo acabar com a falsa paz.

As vantagens não seriam apenas de ordem material. O documento reconhece que os cristãos-novos podiam "trazer suas inteligências secretas e ampliar as indústrias". A difícil situação do reino não podia dispensar esse cabedal.

Os idealizadores do texto identificavam duas causas como responsáveis pelas desconfianças suscitadas nos grandes homens de negócio. A principal era a Inquisição e os temores que causava. Devia o rei usar de todos os meios para neutralizar tamanho poder, que tornava Portugal estagnado e um local pouco atraente, como já acontecera em outros reinos, em especial Castela. Afinal, favorecer aos homens de nação ou readmiti-los no reino não infligia nenhuma lei, nem divina, nem humana. Até o Santo Padre já admitia em Roma sinagogas públicas e a liberdade dos cultos judaicos. Se lá era assim, por que não em Portugal?

A segunda causa seriam as desconfianças engendradas pelos hereges cristãos fiéis das religiões reformadas, de nações como França, Alemanha, Inglaterra e Holanda, que, sendo seguidores de Cristo, poderiam muito mais facilmente se alastrar em solo católico, portanto, representavam grande perigo.

O documento termina evocando o passado de glórias de Portugal:

> O senhor rei dom Manuel os admitiu neste Reino e lhes prometeu os favores que se contêm nas palavras seguintes, que são de uma sua provisão real: "E lhes prometemos e nos apraz que daqui em diante não faremos nenhuma ordenança nem diferença como de gente distinta e apartada, mas assim nos apraz que em tudo sejam havidos como próprios cristãos-velhos, serem distintos e apartados em coisa alguma."

> Isso mesmo confirmou o Senhor Rei dom João III, o qual favoreceu muito aos homens de nação e se serviu deles em postos de grande confiança e é certo que estes dois reis foram os mais felizes de Portugal e seus anos mais prósperos e gloriosos, assim espiritualmente como temporalmente, pelo muito que dilataram a Fé e enriqueceram o Reino.[40]

Um termo utilizado na argumentação é típico do universo vieirista — homens de nação. Gente da nação era a outra forma como Vieira se referia aos judeus. Antônio Vieira não tinha nenhuma dúvida, o rei Encoberto teria que ajudar os filhos de Jacó.

Qual terá sido a reação em Portugal diante de proposta tão "revolucionária"? A Inquisição ficou em estado de alerta. Vieira e suas idéias representavam um tiro mortal na instituição. O rei não se julgou desservido, e a Companhia de Jesus achou sua ação e seus discursos imprudentes e comprometedores, mas não lhe fez nenhuma censura. Junto aos maiores interessados, os cristãos-novos, o efeito foi nulo. A corajosa pregação de Vieira foi simplesmente neutralizada pela política mais pragmática dos espanhóis, que em 1641 decretaram uma lei concedendo amplas garantias. As palavras do nosso personagem não tiveram força de estancar o desejado sangramento de cristãos-novos e seus ricos cabedais em direção a Castela.

Contra as adversidades, diria Antônio Vieira:

> Todos estes contrários (...) experimentou o pregador do nosso Evangelho. Começou ele a semear, mas com pouca ventura. Uma parte do trigo caiu entre os espinhos, e afogaram-no os espinhos (...) Outra parte caiu sobre pedras, e secou-se nas pedras por falta de umidade (...) Outra parte caiu no caminho, e pisaram-no os homens e comeram-no as vacas (...) Ora, vede como todas as criaturas do mun-

[40]Niskier, Arnaldo. Op. cit., p. 53.

do se armaram contra esta sementeira. Todas as criaturas quanto há no mundo se reduzem a quatro gêneros: criaturas racionais, como os homens; criaturas sensitivas, como os animais; criaturas vegetativas, como as plantas; criaturas insensíveis, como as pedras; e não há mais. Faltou alguma destas, que se não armasse contra o semeador? Nenhuma. A natureza insensível.

(...) E que faria nesse caso, ou que devia fazer o semeador evangélico vendo tão mal logrados seus primeiros trabalhos? Deixaria a lavoura? Desistiria da sementeira? Ficar-se-ia ocioso no campo, só porque tinha lá ido? Parece que não.

(...) Dá-me grande exemplo o semeador, porque depois de perder a primeira, a segunda e a terceira parte do trigo aproveitou a quarta e última, e colheu dela muito fruto... Dá-me grandes esperanças a sementeira, porque ainda que se perderem os primeiros trabalhos, lograr-se-ão os últimos.[41]

Ao menos no coração do rei de Portugal a semente germinou. As relações entre o padre e o monarca eram cada vez mais sólidas. Segundo João Francisco Lisboa, eles se comunicavam por um código cifrado de que só o secretário Pedro Fernandes Monteiro tinha conhecimento. Vieira foi nomeado pregador de sua câmara e, o mais importante, mestre do príncipe herdeiro. O professor considerava muito seu aluno que um dia seria rei de Portugal: "Não vi engenho em muito maior idade que tanto me admirasse. Lê e entende o latim perfeitamente; argumenta nas questões da filosofia e política com grande juízo."

Em 1646, o monarca enviava o amigo, em caráter não oficial, para cuidar das representações diplomáticas na França e na Holanda. Nesse ano a situação em Portugal era muito grave. A guerra contra os espanhóis destruíra as já combalidas finanças; a guerra em Pernambuco contra os

[41]Vieira, Antônio. "Sermão da Sexagésima", op. cit., vol. 1, p. 5-6.

holandeses trazia o temor de uma quebra na trégua entre as duas nações; a sangria de cristãos-novos aumentara muito após o auto-de-fé de 1645.

Após 20 dias de viagem, Vieira chegou a Paris e iniciou, junto com o secretário Antônio Nunes de Carvalho, suas articulações. Não pôde contar com o apoio do embaixador conde da Vidigueira, pois este estava de viagem em Portugal. Mesmo sendo dificílimo o acesso aos mais altos dirigentes da Corte francesa, foi recebido em audiência infrutífera pelo cardeal Mazarino, o então todo-poderoso do governo francês. Em abril seguiu em direção a Amsterdã, passando antes por Ruão para obter crédito com dois judeus portugueses. O objetivo era levantar capital para comprar navios de defesa do Brasil na Holanda. Após uma viagem cheia de perigosas tempestades em que ainda escapara milagrosamente das mãos de piratas de Dunquerque, Vieira chegou a Haia. Também nessa segunda parte de sua primeira viagem à Europa, as coisas não caminharam bem.

No ano seguinte, em 1647, partiu em direção aos mesmos destinos: Paris e Amsterdã. A viagem marítima novamente foi tumultuada. O barco que o conduzia foi capturado por corsários ingleses, e Vieira foi parar em Londres. A estada não programada na capital inglesa coincidiu com um surto de peste. Quando enfim chegou à capital francesa, pôs em prática seus planos. O objetivo maior era reforçar as relações luso-francesas. Iria reiterar a tentativa de casar o príncipe herdeiro, dom Teodósio (filho de dom João), ou com a *mademoiselle* de Montpensier, filha do duque de Orleans, ou com a filha do duque de Longueville. O rei de Portugal também propunha que a defesa do país ficasse sob total responsabilidade dos franceses. A proposta foi recebida com muitas reservas pela diplomacia francesa. Apesar de tudo, Antônio Vieira, acompanhado do marquês de Niza, foi recebido em Fontainebleau, mais uma vez pelo primeiro-ministro, cardeal Mazarino, e depois pela regente Ana de Áustria, mãe do futuro rei Luís XIV. Nem o marquês de Niza considerava séria a proposta de entregar a defesa de Portugal nas mãos dos franceses.

Quatro dias mais tarde, em Paris, acompanhado do ministro conde de Brienne e do secretário da regente, M. de Lionne, o cardeal Mazarino recebeu mais uma vez os dois enviados pelo rei dom João. Segundo João Francisco Lisboa, por uma ordem real, ninguém poderia ter contato com as maiores autoridades da França se não estivesse acompanhado de Vieira.

O fracasso da primeira etapa da viagem de Vieira pôde ser creditado a dois fatores. Na verdade, a proposta de "terceirizar" a defesa do reino, entregando-a aos cuidados dos franceses, não era nada convidativa. O representante da França em Lisboa, Francisco Lanier, já prevenira seu governo de que Vieira encaminharia uma proposta que não atendia aos interesses de Paris. O outro agravante era a própria composição política francesa. Como o príncipe herdeiro Luís ainda era muito jovem, a regência estava nas mãos de sua mãe, Ana de Áustria, que era da casa de Habsburgo, da Espanha. Mas a França e a Espanha estavam em guerra. Assim o cardeal italiano Giulio Mazarino acabou se tornando o responsável pela condução dos assuntos políticos do reino.

O cardeal era um homem dotado de uma personalidade bem peculiar. Mesmo para os padrões do século XVII, quando era normal um alto funcionário ser agraciado de forma generosa por seus soberanos, seu apetite econômico parecia ser insaciável. Em Paris, mandou construir o Palácio do Cardeal, hoje conhecido como Palácio Real. Ali ele guardava uma formidável pinacoteca composta de quadros de artistas como Leonardo da Vinci, Caravaggio, Rubens, Van Dyck, Michelangelo e outros. Sua fortuna em dinheiro era gerenciada por Colbert, o mago das finanças. Suspeita-se de que os acordos políticos fechados por Mazarino só eram selados mediante polpudas propinas. Esse tipo de "proposta política" os portugueses não estavam em condições de fazer.

Após essa derrota, o destino era a Holanda, as negociações seriam, com certeza, ainda mais tensas. Estavam em jogo a compra de barcos para a defesa do Brasil contra os próprios holandeses, a guerra no Nordeste brasileiro, a precária paz com os anfitriões e a persuasão da grande comunidade judaica de Amsterdã de que tudo mudaria em Portugal.

Eram tantos os perigos nessa cidade, além da proibição da presença de jesuítas, que Vieira nem vestia a velha e tradicional roupa de jesuíta. Muito pelo contrário: deixou crescer bigodes e cabelos (escondendo a tonsura típica da ordem), vestia-se de civil — dizem que de "fato grã-escarlate flamante" — e, o mais curioso, armado com uma espada de "gentil-homem".

A cidade de Amsterdã era a mais importante da Europa, um verdadeiro centro financeiro por onde circulavam grandes somas do comércio mundial. Ali, em pleno século XVII, eram comuns o recebimento de depósitos a juros, transferências milionárias de capitais, compensação de letras de câmbio e empréstimos flutuantes.

O bairro judeu de Vloonburg era um dos mais ricos da cidade. As casas mais abastadas chegavam a ter sete andares como sinal de prosperidade. Em geral, eram ornadas de leões e figuras mitológicas. O interior não era diferente: repartido em diversos ambientes luxuosamente mobiliados com mesas italianas de três pés, armários decorados com incrustações de marfim, arcas indianas folheadas a prata, porta-louças com requintadas porcelanas. Nos aposentos, as camas ficavam no centro do quarto sobre um estrado com escabelo especial, repletas de travesseiros de pena; os lavatórios tinham ladrilhos de faiança.

As mulheres da elite usavam perucas, gostavam de se maquiar, sempre pintavam um pequeno sinal no rosto e usavam as cores da moda, o preto e o violeta. Os homens usavam cabelos compridos e cacheados e se vestiam com calção, colete e casaca, mangas com galões e meias de lã e sapatos com duas tiras. Nesse requintado e progressista ambiente, era normal homens e mulheres se beijarem. A principal diversão dos burgueses era jogar o *passe-dix,* uma mistura de jogo de cartas com bebidas alcoólicas, e uma farta distribuição de beijos aos vencedores.

A burguesia local nunca circulava a pé pela cidade, só se deslocando a cavalo ou em ricos cabriolés. A cidade era das mais bem policiadas do velho mundo. Havia uma ronda noturna. Todos os dias, às 22 horas, rufavam os tambores, tocavam os sinos, e a cidade era patrulhada, os guardas a cada 30 minutos agitavam suas matracas.

Mesmo os endinheirados comiam com as mãos, e o único talher que usavam eram as facas. Alimentavam-se com as melhores iguarias que o dinheiro podia comprar. Seus copiosos repastos eram servidos entre oito e nove da noite. O prato típico da Holanda era o *hutsepot* — carneiro ou carne de vaca bem cortados, regados com caldo de limão ou laranja, fervidos e banhados com gengibre, legumes e ameixas secas. Outra iguaria eram as sopas de legumes com toucinho e leite, temperadas com noz-moscada, especiaria que só os muito ricos podiam adquirir. O pão branco também era caro e restrito, a manteiga vinha de Leiden, os queijos podiam ser o curado de Edam ou o gouda com cominho. Pouquíssimos tinham condições de comprar uma sofisticada bebida: chá da Índia.

Um de seus moradores mais ilustres escreveu o seguinte sobre a capital holandesa:

> Que outro lugar poderia haver no resto do mundo em que todas as comodidades da vida, e todas as curiosidades que podem ser desejadas sejam tão fáceis de encontrar como aqui? Em que outro país se pode gozar de uma liberdade tão completa e se pode dormir com menos inquietude?[42]

O autor da declaração é o *seigneur du Peron*, mais conhecido como René Descartes, um dos maiores filósofos de todos os tempos e que, após viver algum tempo em Paris, morou na Holanda entre 1628 e 1649.

[42]Méchoulan, Henry. *Dinheiro & liberdade: Amsterdã no tempo de Spinoza*, p. 37.

Do mesmo clima de liberdade que reinava em Amsterdã desfrutavam os judeus. Nunca antes na história do judaísmo moderno a comunidade vivera fora de guetos. Aliás, os "portugueses", como eram chamados os hebreus da cidade, seguiam falando o português e continuavam comendo pratos da culinária lusitana. Mas eram divididos: um setor liderado pelo poderoso rabino Menasseh renegava Portugal; outros queriam recuperar essa origem.

Quem também não deixava de freqüentar as agitadas ruas da orla do rio Amstel eram os espiões da Inquisição portuguesa, sempre de olho na movimentação da comunidade lusófona. No gelado outono de 1647, as atenções estavam voltadas para as "conspirações" de Antônio Vieira.

O principal objetivo de Vieira na Holanda era encabeçar as negociações de paz com os holandeses, ou seja, entregar o Nordeste, definitivamente. Ao mesmo tempo pretendia se encontrar com André Henriques, homem de nação, em Flessinga. Vieira levava 100 mil cruzados adiantados à Coroa portuguesa por Duarte da Silva para a aquisição de barcos de guerra; caso o jesuíta precisasse de mais dinheiro, teria a quem recorrer.

Nesse momento da ocupação holandesa no Nordeste, algumas regiões já haviam sido retomadas pelos revoltosos luso-brasileiros. A negociação acabou tomando um contorno ambíguo. Os representantes portugueses queriam restituir essas regiões aos holandeses em troca da paz. A proposta deixou os negociadores desconfiados: depor as armas no Brasil não fazia parte dos seus objetivos. Como não acreditaram na seriedade da oferta, pediram como garantia uma praça comercial na Europa, e sem nenhum constrangimento exigiram a cidade do Porto; após nova rodada de negociações, pediram a ilha Terceira e, no fim, a Bahia. Quando Antônio Vieira chegou à Holanda, encontrou a negociação neste patamar: os portugueses barganhando, implorando os custos da indenização a ser paga aos holandeses.

Sabemos que sua proposta em relação ao caso era entregar o Nordeste para diminuir uma das frentes de guerra enfrentadas pelos portugueses. A incredulidade dos holandeses aumentou quando chegaram do Brasil notícias relatando novos e importantes avanços da resistência luso-brasileira. Ao mesmo tempo que ocorria essa complicada negociação diplomática, Vieira estava levantando mais dinheiro junto aos seus ricos amigos. A transação foi atropelada com uma notícia chegada do reino: a Inquisição, enfim, mostrara seu poder e mandara prender Duarte da Silva. A detenção do homem que mais hipotecava credibilidade financeira aos planos de Vieira, e que era amigo pessoal do rei dom João IV, atingiu em cheio as negociações do padre. Como era esperado, a reação foi imediata. Quem iria aplicar dinheiro numa praça que não oferecia seguranças mínimas? Por mais incrível que possa parecer, Vieira escreveu que mesmo vestindo sua "roupeta remendada" conseguiu algo próximo a um milagre: levantou a quantia de que necessitava com os irmãos Nunes da Costa.

Apesar de defender publicamente a entrega do Nordeste, o jesuíta corria riscos. Receando por sua prisão e pela sua vida, o rei ordenou sua imediata saída da Holanda. Antes de partir, ainda teve tempo de concluir a transação da compra da fragata *Fortuna*.

Sua posição em relação à situação do Nordeste é um momento da vida de Antônio Vieira dos mais discutidos e criticados pela historiografia. No Brasil, os rebeldes que lutavam vinham obtendo significativas vitórias, e ainda assim ele defendia a entrega de Pernambuco. O próprio embaixador português, Francisco de Sousa Coutinho, reprovava a negociação. Questionado por defender tão generosa oferta, Vieira se justificou alegando que a proposta de abrir mão do atual Nordeste e a negociação da compra da fragata *Fortuna* teriam impedido o envio de uma enorme frota holandesa que estava sendo preparada para atacar o Brasil. A convicção de que isso era o melhor que se podia fazer foi tanta, que acabou redigindo um documento intitulado *Papel forte*, defendendo suas idéias.

Vieira se baseava no seguinte cálculo: a esquadra portuguesa tinha que patrulhar mais de oito mil léguas de litoral; contava com a ajuda de 86 fortalezas, a maioria em ruínas, e 70 delas sem nenhum soldado. A matemática era totalmente favorável ao inimigo: eram milhares de navios com bandeira holandesa contra 150 portugueses, 700 eram cargueiros, contra 99 lusitanos. O total de marinheiros embarcados pelo inimigo atingia a surpreendente soma de 20 mil, enquanto os portugueses eram apenas quatro mil.

Os efeitos da proposta, que era na verdade a política oficial do Estado português, tinha enormes reflexos na vida de Pernambuco e do Brasil. Quando, enfim, os holandeses foram expulsos sem a ajuda de dom João IV, a elite pernambucana ficou ressentida com o rei, o primeiro monarca da dinastia dos Bragança. Alguns autores afirmam que esses ressentimentos permaneceram intactos ao longo do período colonial. Em 1808, a Corte portuguesa se instalou no Brasil e os velhos rancores seguiam vivos, se tornando, anos depois, um dos estopins das rebeliões de 1817 e 1824 ocorridas em Pernambuco.

Sobre sua estada em Amsterdã cabem outros comentários. Afora o lado político de sua passagem pela cidade, que outras informações temos sobre sua vida mundana? Um de seus biógrafos afirma que Vieira freqüentava a sociedade local. Ninguém sabe se houve um encontro com Menasseh, mas é possível perceber influências do rabino nos escritos do padre. André de Barros afirma que o encontro aconteceu. Há quem defenda a idéia de que Vieira teria dito a seguinte frase: "Menasseh diz o que sabe, Aboab sabe o que diz" (Isaac Aboab da Fonseca era formado pela mesma escola que Menasseh, tendo sido rabino em Recife, entre 1641 e 1654). Também não é possível afirmar se Vieira e Descartes se conheceram. É bem provável que sim, pois tinham alguns amigos em comum, entre eles Jean Gillot, o padre Mersennes e o jesuíta João Ciermans. Apesar do silêncio das fontes, existe a possibilidade de Vieira ter conhecido Rembrandt. O artista morava no bairro judeu, era amigo do rabino Menasseh e pintou várias obras inspiradas na Bíblia.

Mesmo freqüentando a nata da sociedade européia, Vieira tinha um estilo de vida muito sóbrio. Segundo João Francisco Lisboa, ele era um homem de hábitos muito simples:

> O seu desinteresse em matéria de dinheiros e riquezas nunca se desmentiu um só instante, em tantas ocasiões, em que a tentação era fácil e natural. Até os proventos lícitos enjeitava, quando tantos outros em posição muito menos vantajosa, não se descuidariam de enriquecer ilicitamente. Nas missões de Holanda e Roma, teve avultadas quantias à sua disposição em que nem sequer tocou. Para suas despesas nessas e outras missões, satisfazia-se com ajudas de custo mui limitadas pois sempre andava com extrema simplicidade, e sem outra comitiva além de um moço para lhe calçar as botas, como ele mesmo diz; e ainda, se lhe ficavam algumas pequenas sobras, as repunha escrupulosamente. Em Paris, por via do marquês de Niza, mandou-lhe el-rei dar 20 mil cruzados para comprar livros; mas nem dois tostões para um diurno quis aceitar.[43]

Outra prova da forma frugal com que vivia o jesuíta foi a recusa ao oferecimento do rei de uma mitra, um relevante cargo eclesiástico. A resposta foi enviada por carta entregue ao secretário de Estado, Pedro Vieira da Silva. Em seu diário registrou estes motivos para não aceitar:

> Que não tinha S.M. tantas mitras em toda a sua monarquia, pelas quais ele houvesse de trocar a pobre roupeta da Companhia de Jesus; e que se chegasse a ser tão grande desgraça, que a Companhia o despedisse, da parte de fora se suas portas se não apartaria, perseverando em pedir ser outra vez admitido nela, senão religioso, ao menos para servo dos que o eram. Que se nem para servo o quisessem

[43]Barros, André de. Op. cit., p. 19.

admitir, ali estaria sem mais alimentos, que o seu pranto, até acabar a vida junto daquelas amadas portas, dentro das quais tinha ficado a alma toda.[44]

Um ano após o retorno de Vieira a Portugal, em 1649, dom João IV bateu o martelo e decidiu fundar a tão sonhada companhia de comércio, pilar central do plano de ação. Logo em março, o rei foi convencido pelo próprio Vieira de que esse era o único caminho para reverter a difícil situação financeira do reino. A base de captação dos recursos seria a garantia de que a fúria da Inquisição seria detida. Inicialmente, a proposta foi bem aceita pelo mercado, e alguns capitais começaram a imigrar para Portugal.

A situação começou a mudar. A entrada de recursos aliviou a combalida situação do reino. Criada nos moldes das companhias da Holanda, a Companhia Geral do Brasil era montada com todas as garantias do Estado, ou seja, sem risco maior — tendo como base o pensamento de Vieira de que, se Portugal não pagasse, pagava o Brasil. Seu sucesso inicial pode ser atribuído à capacidade de reorganizar o comércio brasileiro. Nessa época, a produção de açúcar era um dos negócios mais lucrativos do mundo. Mas as atividades econômicas estavam nas mãos de pequenos comerciantes. A nova companhia marcava a entrada dos grandes homens de negócio no comércio com o Brasil, local que o rei chamava de "vaca leiteira".

Outra vitória obtida por Vieira nesse momento foi convencer o rei dom João IV a melhorar a qualidade da esquadra portuguesa. O episódio foi assim descrito por João Francisco Lisboa: "Foi ele que indicou também a el-rei que acabasse com as caravelas, embarcações ligeiras, e verdadeiras escolas de covardia, fazendo-as substituir por naus grandes e bem artilhadas; e este conselho se veio a seguir."

---

[44]Idem.

O espetacular triunfo de Vieira o habilita para novas empresas no exterior. No roteiro, Roma; os objetivos, estimular secretamente uma rebelião em Nápoles, então parte integrante do império espanhol. Assim, em princípios de 1650, partiu Vieira com a missão de enfraquecer o reino inimigo. São muito obscuras as informações sobre as ações de Vieira na Itália. André de Barros conta que ao chegar em Nápoles e avaliar a situação, ponderar os prós e os contras, achou melhor não meter Portugal nessa confusão. Já João Francisco Lisboa alega que Vieira acabou revelando de forma indiscreta os motivos de sua visita à cidade. A informação teria sido passada numa reunião com três padres jesuítas. Um deles seria tio do duque do Infantado, embaixador de Castela junto à cúria romana. A informação é reforçada por carta escrita pelo marquês de la Caia a el-rei denunciando que alguém teria falado mais do que devia.

Dois fatos sobre a presença do nosso padre em Nápoles são inquestionáveis: não perdeu tempo em defender suas idéias em favor dos cristãos-novos de Portugal; e foi obrigado a fugir da cidade quando souberam quais eram seus reais objetivos.

"Quando surge uma questão que envolve risco de vida para um ser humano, não precisamos proceder exatamente de acordo com o que está escrito", pensava o nosso bom padre.

A reação

Como se aprende a escrever? Escrevendo.
Como se aprende a navegar? Navegando.
Como se aprende a esgrimir? Esgrimindo.[45]

De todas as forças antagônicas aos restauradores portugueses de 1640, nenhuma se compara à Inquisição. Desde os primeiros dias da Restauração, o Santo Ofício português entendeu que corria sérios riscos de sobrevivência. Quanto maior era o prestígio de Antônio Vieira, maiores eram esses temores. O inquisidor-mor Francisco de Castro também tinha motivos para se vingar do rei. A nova companhia de comércio poderia ser uma proteção segura para cristãos-novos, principais vítimas da Inquisição, e maior fonte de sustento dessa instituição. Lembremos que os acionistas, em tese, não podiam ter seus bens seqüestrados.

A prisão de Duarte da Silva pela Inquisição, em 1647, não seria a única; Manuel Fernandes de Vila Real, influente cristão-novo imigrado na França, homem protegido de Richelieu, simpático aos rebeldes de 1640, sempre ajudou, defendeu e propagandeou em toda a Europa a Restauração portuguesa. Em seu livro *El político christianissimo*, atacava a forma pouco honesta dos confiscos da Inquisição. Foi denunciado pelo

[45]Vieira, Antônio. "Segundo Sermão da Quarta-feira de Cinzas", op. cit., vol. 2, p. 204.

frade Francisco de Santo Agostinho de Macedo, que afirmou que Manuel Fernandes não era bom católico, mantinha contato com hereges em Paris e em Ruão e se correspondia com judeus na Holanda. Também foi preso no momento em que partia do reino incumbido pelo próprio rei de resolver algumas questões de interesse do Estado.

A arrogância da Inquisição era fruto da própria conjuntura internacional. Roma, aliada do Império Habsburgo — dos espanhóis —, não reconhecia a autoridade de dom João. Portugal seguia dividido entre dois setores: os simpatizantes do rei e os pró-Espanha. Além disso, parte da nobreza era sócia dos confiscos da Inquisição. Na briga entre os setores antagônicos da sociedade, ora um lado vencia, ora o outro. Nada comparável à derrota de 1647. Mesmo não sendo o Santo Ofício uma instituição respeitada nos círculos íntimos da Corte, nem pela elite da Companhia de Jesus nem pelo próprio Vaticano, não parava de fabricar vítimas e situações constrangedoras.

Alguns anos mais tarde, em 1651, era a vez de Francisco Gomes Henrique, comerciante atacadista de açúcar brasileiro, cotista da companhia de comércio, na qual investira seis mil cruzados. Foi detido sob alegação de falso testemunho na defesa de Duarte da Silva.

A melhor descrição da dura derrota do rei e de Antônio Vieira é feita por Antônio José Saraiva:

> O auto-de-fé em que compareceram Manuel Fernandes, Duarte da Silva e outros relaxados ou penitenciados realizou-se em 1° de dezembro de 1652. Era o décimo segundo aniversário do movimento da Restauração que pusera no trono o duque de Bragança. A escolha desta data é intencionalmente simbólica. E nesse dia, o rei viu-se obrigado a assistir com toda a solenidade a execução e a penitência de amigos ou protegidos seus. Desta forma os inquisidores afirmavam um poder a que o rei tinha de submeter-se: o poder de todo o sistema de reflexos coletivos, de sentimentos institucionalizados, de

> transferências canalizadas, de satisfações e ilusões que se realizavam através de símbolos e rituais em que comungava todo um povo. O rei podia pensar no segredo do gabinete que os inquisidores eram uma "companhia de ladrões", e dizer aos seus íntimos — como atesta o padre Antônio Vieira — que depois de conquistar Portugal aos Castelhanos ainda lhe ficou por tomar a fortaleza do Rossio — isto é, o Palácio da Inquisição. Mas em público ele tinha de aparecer solidário com a instituição em que cristalizava a mentalidade coletiva.[46]

Vieira não estava em Lisboa nesse dia: desgostoso com a evolução política de Portugal, resolvera partir. Não se sabe exatamente qual a real motivação para que decidisse sair de Portugal. A inveja e os ciúmes seriam a causa mais aceita pelos seus biógrafos. O próprio Vieira escreveu:

> A mercê que me fazia o senhor dom João IV, o príncipe e a rainha, fez meus capitais inimigos a todos que mais perto assistiram aos ditos príncipes, e procuravam o valimento e lugar que imaginavam lhes tirava o meu fora do paço.
>
> Não era menor ocasião de grandes ódios, o ruim despacho de muitos requerentes, que me pediam ajudasse suas pretensões no que pudesse; e porque não podia quanto eles queriam, de amigos se tornaram inimigos.[47]

João Francisco Lisboa defende a idéia de que Vieira sempre fora perseguido na Corte. Sendo de província pouco conhecida e tendo algumas vezes usado o púlpito de forma sarcástica contra seus adversários, acabou colecionando grande quantidade de desafetos. Também não causa estranheza a fama de arrogante que sobre ele circulava. Em público defendia as seguintes idéias: "Não ter inimigos: tem-se por felicida-

[46]Saraiva, Antônio José. *Inquisição e os cristãos-novos*, p. 192.
[47]Azevedo, J. Lúcio de (coord.). *Antônio Vieira, cartas*, vol. 3, p. 142.

de, mas é uma tal felicidade que é melhor a desgraça de os ter que a ventura de os não ter. Pode haver maior desgraça que não ter homem de bem algum digno de inveja?"

Ainda foi convidado a acompanhar o conde de Penaguião em missão diplomática na Inglaterra, mas não aceitou. Também estava magoado com as hostilidades que vinham de setores influentes da Companhia de Jesus. A opção pelo Grão-Pará e Maranhão era o melhor caminho de retomar sua opção preferencial — a catequese dos índios.

A dura derrota imposta pela Inquisição acabou trazendo seqüelas para as relações entre ele e o rei. Outro biógrafo, Ernani Cidade, defende a tese de que Vieira caíra em desgraça política com o rei. Existe um documento assinado por dom João em que deixa claro seu desejo de que o jesuíta permanecesse em Portugal, enviando ao amigo a seguinte Provisão Real:

> Padre Antônio Vieira: Eu el-rei vos envio muito saudar. Tendo considerações, ao que tantas vezes me representastes sobre a resolução, com que estais de passar ao Estado do Maranhão, para prosseguir nele o caminho da salvação das almas (...) E para que melhor se acerte, vos encomendo muito a continuação da propagação do Evangelho, que vos leva àquelas partes; e que para isso levantais as igrejas, que vos parecer nos lugares, que para isso escolherdes, e façais as Missões pelo Sertão, e paragens, que tiverdes por mais conveniente.
>
> (...) Tudo terei grande contentamento pelo muito, que desejo que aquelas terras se cultivem com a nossa Santa Religião Católica: e para melhor o conseguirdes, ordeno aos Governadores, Capitães-mores, Ministros da Justiça e Guerra, Capitães das Fortalezas, Câmeras, e Povos, vos dêm [sic] toda a ajuda, e favor, que lhes pedirdes.[48]

[48]Barros, André de. Op. cit., p. 48.

Na edição portuguesa dos *Sermões* organizada pelo padre Gonçalo Alves, é relatado que, fingindo Vieira estar de partida, o rei mandou que desembarcasse e fosse ao Paço, "mas, afinal, o rei, também já trabalhando fortemente pelos inimigos do grande pregador (...) não continuou a impedir-lhe a partida".

O fato é que às vésperas do embarque foi ao Paço se despedir pessoalmente do rei, e de seu querido discípulo, dom Teodósio, mas não foi recebido. Segundo Vieira: "Me fizeram mercê dizer que logo da tribuna se mandaria recado a Pedro Vieira, e na mesma tribuna o tornei a lembrar a S.M.: esperei todo aquele dia em casa por Pedro Vieira ou escrito seu, e não veio."

Qual era o sentimento do padre Antônio Vieira em relação a sua partida? No "Sermão das Exéquias de Dom Teodósio", dito muitos anos depois no colégio da Companhia de Jesus de São Luís do Maranhão, deixou escapar: "Vir ao Maranhão quando vós ficáveis em Portugal foi sacrifício; mas viver tão longe de Portugal quando vós já lá não estais, antes é comodidade do que merecimento."

Então, em setembro de 1652, Vieira zarpou para o Maranhão. Apesar da tristeza, as crenças sobre a construção do Quinto Império não estavam desfeitas.

Após 30 dias de viagem, obrigados por tempestades, corsários e outros infortúnios, os tripulantes tiveram que procurar abrigo em terra firme. O barco que o levava ao Brasil fez antes escala na ilha de Santiago, arquipélago de Cabo Verde, na África. Era um ponto estratégico na rota entre as colônias portuguesas e a metrópole, além de ser uma vital encruzilhada do comércio de escravos africanos. Não se sabe se Antônio Vieira já era conhecido nessa parte do mundo, embora a afirmação de André de Barros pareça ser confiável. Quando a notícia da chegada de Vieira se espalhou, teria havido abalo e comoção. O fato de ter sido hospedado pelo tesoureiro-mor é uma das provas desse estado de ânimo. No domingo, pregou na catedral de Cabo Verde. Como era de costume, disse a missa com o templo repleto. No diário registrou: "E para que o sermão pudesse ser de algum fruto, tomei o tema a são João Batista e preguei o batismo da penitência."

Em Cabo Verde, Vieira redigiu duas cartas, a primeira para seu querido aluno, o príncipe herdeiro dom Teodósio. Escrita com o coração cheio de dor, Vieira revela estar abalado com os acontecimentos que antecederam sua partida:

> Desde a hora em que o navio desamarrou desse rio [o Tejo], não estive mais em mim, nem o estou ainda, atônito do caso e da fatalidade da minha partida, e de não saber como S.M. e V.A. a receberiam, pois não é possível serem-lhe presentes todas as circunstâncias dela: tais que não fui eu o que me embarquei, senão elas as que me levaram.
>
> V.A. viu muito bem a prontidão e vontade com que me rendi à de S.M., o dia que em presença de V.A. me fez mercê significar queria que agora ficasse; mas, como então se assentou que procedesse eu em suposição de que havia de vir, enquanto S.M. de público me não mandava revogar a licença, para satisfação dos padres, fi-lo eu assim, procedendo em tudo como quem se embarcava.
>
> (...) As velas se largaram, e eu fiquei dentro delas e fora de mim, como ainda agora estou e estarei, até saber que S.M. e V.A. têm conhecido a verdade e sinceridade do meu ânimo, e que em toda a fatalidade deste sucesso não houve da minha parte ação, nem ainda pensamento ou desejo, contrário ao que S.M. ultimamente me tinha ordenado e eu prometido. Não sei, senhor, que me diga neste caso, senão ou que Deus não quis que eu tivesse merecimento nesta missão, ou que se conheça que toda ela é obra sua; porque a primeira vez vinha eu contra a vontade de S.M., mas vinha por minha vontade; e agora parti contra a minha, por mero caso ou violência: e, se nela houve alguma vontade, só foi a de Deus.

> (...) Enfim, senhor, venceu Deus! Para o Maranhão vou voluntário quanto à minha primeira intenção, e violento quanto à segunda; mas mui resignado e conformado, e com grandes esperanças de que este caso não foi acaso, senão disposição altíssima da Providência Divina.[49]

Na segunda carta escrita por Vieira na África, enviada ao bispo do Japão, o tom é bem mais otimista e mostra um frescor renovado por essa nova fase de sua vida: a catequese. Ele relata a carência de religiosos tanto no arquipélago como em Guiné, região que pertencia ao mesmo bispado. Outro aspecto do clero local foi motivo de comentário:

> São todos pretos, mas somente neste acidente se distinguem dos europeus. Têm grande juízo e habilidade e toda a política (...) Há aqui clérigos e cônegos tão negros como azeviche, mas tão compostos, tão autorizados, tão doutos, tão grandes músicos, tão discretos e bem morigerados, que podem fazer inveja aos que lá vemos nas nossas catedrais.[50]

A rápida passagem de Antônio Vieira foi realmente digna de uma grande personalidade. Segundo o *Portugal — dicionário histórico*, "o navio teve de arribar a Cabo Verde, onde sé demorou algum tempo, desembarcando Vieira para pregar, causando tanto sucesso que a população manifestou desejos de que ele ficasse na ilha, tendo Vieira de embarcar quase secretamente para seguir a viagem".[51]

---

[49]Azevedo, J. Lúcio de (coord.). Op. cit., vol. 1, p. 282.
[50]Ibidem, vol. 1, p. 286.
[51]*Portugal — dicionário histórico*, s/p.

No Maranhão

Quem mais é, e mais pode, mais deve.[52]

Quando Antônio Vieira chegou ao estado do Grão-Pará e Maranhão, a região ainda engatinhava em termos de organização colonial portuguesa. Abrangendo a Amazônia e o atual estado nordestino, a colônia ia aos poucos deixando de ser terra de ninguém, ou de todos, e entrando na esfera governamental lusitana. As primeiras tentativas portuguesas de ocupação do Maranhão datam do século XVI, mas as expedições malograram. A região acabou nas mãos dos franceses, foi recuperada, ocupada pelos holandeses entre 1641 e 1644, só então voltando para o domínio de Portugal.

A parte amazônica da possessão também tem um histórico parecido. Disputada pelas principais potências marítimas européias, acabou sendo conquistada pelos portugueses, em grande parte graças ao esforço e à destemida ação dos padres da Companhia de Jesus. O pioneiro na região foi o padre Luís Figueira. Assim como Anchieta, ele redigiu uma gramática da "língua brasílica" para facilitar a catequese dos indígenas. Temendo a presença dos "hereges" das outras nações nos rios amazônicos, defendia uma política mais atuante dos católicos.

Em 1608, o jovem missionário deu início à expedição até a serra de Ibiapaba, no Ceará. Percorrendo matas espessas cheias de cobras, ara-

[52]Vieira, Antônio. "Segundo Sermão da Terceira Quarta-feira da Quaresma", op. cit., vol. 3, p. 260.

nhas, carrapatos e moscas agressivas, acompanhado do padre Francisco Pinto e 70 índios, inaugurou a empreendedora presença dos jesuítas na região. Foi uma dura aventura. Em alguns momentos da viagem, tiveram que se alimentar de ratos, caracóis e ervas variadas, e Francisco Pinto acabou morrendo. Dessa malograda experiência nasceu um texto, quase que um manual de viagem, narrando todas as dificuldades enfrentadas na selva.

Foi o português Pedro de Teixeira, em 1626, o primeiro navegador a subir o rio Amazonas em direção ao Peru. Viajou acompanhado de padres jesuítas espanhóis, e logo as notícias da descoberta de um mundo novo cheio de riquezas potenciais se espalharam pela Europa. Começava a disputa internacional pela Amazônia.

Muitos anos mais tarde, a Companhia de Jesus resolveu, com certo atraso, intensificar sua presença no Maranhão. Mas foi apenas em 1636 que foi organizada a primeira grande excursão de catequese pelos rios amazônicos. Afora isso, os portugueses só haviam enviado uma expedição exploratória que se preocupou em situar o que acontecia entre a ilha de Marajó e a costa do Cabo do Norte (atual Amapá e Guianas).

Os expedicionários partiram de Belém e chegaram dois dias e meio depois em Cametá, no rio Tocantins. Dali partiram em direção às aldeias que ficavam entre os rios Amazonas e Xingu. A recepção dos indígenas foi muito acolhedora, e a expedição foi um verdadeiro sucesso.

Os funcionários da Coroa portuguesa logo perceberam a importância da atuação dos jesuítas. Acreditavam que os índios convertidos à fé católica acabariam se transformando em aliados contra a presença dos hereges da França e da Holanda. O capitão Bento Maciel Parente, em 1635, em carta ao rei de Portugal, defendia a conversão indígena do Norte como uma questão estratégica.

A economia local era baseada na cana-de-açúcar, no arroz, no algodão e no tabaco, sem contar com os produtos conhecidos genericamente pelo nome de "drogas do sertão", como cacau, cravo, baunilha, gergelim, canela, castanha, salsaparrilha, tartaruga e seus ovos e o peixe-boi. As madeiras também já eram exploradas: cedro, pau-roxo, pau-amarelo, jacarandá e outras. Todas as atividades econômicas se utilizavam da mão-de-obra indígena.

Em 1653, chegou ao Maranhão o padre Antônio Vieira, na condição de Geral dos jesuítas. Seu estado de espírito era tal na chegada que disse: "Se a alegria de entrar no céu tem na terra uma comparação, foi esta." Não tardou muito a diagnosticar o tamanho de sua nova empreitada. Calculou que na colônia habitavam mais de dois milhões de índios, falando mais de uma centena de línguas diferentes. Logo se convenceu de que a foz do Amazonas era a verdadeira Babel. E escreveu:

> Porque na torre de Babel, como diz são Jerônimo, houve somente 72 línguas; e as que se falam no rio das Amazonas são tantas, e tão diversas, que se lhe não sabe o nome, nem o número. As conhecidas até o ano de 1639, no descobrimento do rio de Quito, eram 150. Depois se descobriram muito mais; e a menor parte do rio, de seus imensos braços, e das nações que os habitam, e o que está descoberto.[53]

Sua maior preocupação era o risco que essas almas corriam de serem exterminadas. Denunciou que nos últimos 40 anos os colonos haviam destruído mais de 400 aldeias. O sucesso da catequese dependeria da colocação de um basta no voraz apetite dos colonizadores.

Depois de ter vivido mais de dez anos na Europa, freqüentando os mais requintados endereços e convivido com grandes personalidades da política internacional, a vida de Vieira mudara radicalmente:

> Ando vestido de um pano grosseiro cá da terra mais pardo do que preto; como farinha-de-pau; durmo pouco; trabalho de pela manhã até a noite; gasto parte dela em me encomendar a Deus; não trato

[53]Barros, André de. Op. cit., p. 68-69.

com mínima criatura; não saio fora senão a remédio de alguma alma; choro meus pecados; faço que outros chorem os seus; e o tempo que me sobeja destas ocupações levam-no os livros da madre Teresa e outros de semelhante leitura.[54]

As primeiras impressões que Vieira teve do Maranhão não foram as melhores. Em uma de suas primeiras cartas escritas na colônia, ao príncipe dom Teodósio, relata:

O desamparo e necessidade espiritual que aqui se padece é verdadeiramente extremo; porque os gentios e os cristãos todos vivem quase em igual cegueira, por falta de cultura e doutrina, não havendo quem catequize nem administre sacramentos: havendo, porém, quem cative e quem tiranize, e, o que é pior, quem o aprove; com que portugueses e índios todos se vão ao Inferno.[55]

Antônio Vieira também mostrou suas preocupações ao rei dom João IV:

Os moradores deste novo mundo, que assim se pode chamar, ou são portugueses ou índios naturais da terra. Os índios, uns são gentios que vivem nos sertões, infinitos no número e diversidade de línguas; outros são pela maior parte cristãos, que vivem entre os portugueses. Destes que vivem entre os portugueses, uns são livres, que estão em suas aldeias; outros são parte livre, parte cativos, que moram com os mesmos portugueses, e os servem em suas casas e lavouras, e sem os quais eles de nenhuma maneira se podem sustentar.

Os portugueses, senhor, vivem nestas partes em necessidade espiritual pouco menos que extrema, com grande falta de doutrina e de sacramentos, havendo muitos deles que não ouvem mis-

---

[54]Azevedo, J. Lúcio de (coord.). Op. cit., vol. 1, p. 295.
[55]Ibidem, vol. 1, p. 292.

sa nem pregação em todo o ano por não terem, nem sabem os dias santos para guardarem, nem os guardam, ainda que os saibam, nem há quem a isso os obrigue; o qual desamparo é ainda maior nas mulheres, filhos e filhas, morrendo não poucas vezes uns e outros sem confissão.[56]

Também a questão indígena preocupava o padre:

Os que vivem em casa dos portugueses têm demais os cativeiros injustos, que muitos deles padecem, de que V.M. tantas vezes há sido informado, e que porventura é a principal causa de todos os castigos que se experimentam em todas as nossas conquistas.

As causas deste dano se reduzem todas às cobiças, principalmente dos maiores, os quais mandam fazer entradas pelos sertões, e às guerras injustas sem autoridade nem justificação alguma; e, ainda que trazem alguns verdadeiramente cativos, por estarem em cordas para serem comidos, ou serem escravos em suas terras, os mais deles são livres, e tomados pela força ou por engano, e assim os vendem e se servem deles como verdadeiros cativos.[57]

Outro detalhe que chocou o padre Vieira era a forma como os índios eram capturados:

Um capitão obrigou a atar dez morrões acessos nos dez dedos das mãos de um principal de uma aldeia, para que lhe desse escravos, dizendo que o havia de deixar arder enquanto lhos não desse, e assim o fez. Este e semelhantes terrores têm feito o nome dos portugueses odioso nos sertões, e desautorizado muito a fé, entendendo os bárbaros que é só em nós pretexto de cobiça, com que muitos se têm retirado mais para o interior dos bosques, e outros depois

[56]Ibidem, vol. 1, p. 269-297.
[57]Ibidem, vol. 1, p. 295.

> de vir se tornam desenganados, outros nos fazem guerra e o mal que podem, e todos (que é o que mais se deve sentir) se estão indo todos ao Inferno.[58]

O padre não se limitou apenas a fazer denúncias, mas procurou apontar a solução para os problemas. A falta de respeito aos mandamentos de Deus só teria remédio com o envio de mais religiosos. Em toda a capitania do Maranhão não havia mais de duas igrejas, uma em terra, outra na ilha de Alcântara. Quanto à questão do cativeiro dos índios, o remédio se apresentava mais amargo, ao sabor dos colonos. A primeira sugestão era a declaração imediata da liberdade dos cativos e o fechamento dos sertões aos caçadores de índios. Também recomendou ao rei que não mais fossem enviados governadores que admitissem o cruel trabalho indígena nas lavouras de tabaco, limitando sua atuação compulsória à construção de fortificações.

A ação de Vieira foi além de escrever cartas e denunciar a situação dos indígenas. Mal chegou ao Maranhão, começou a ensinar a língua da terra, indispensável, sobretudo nos dias santos, e fundamental para a catequese. Forçou os colonos portugueses a confessarem o pecado de escravizar sem escrúpulos. Vieira se transformou numa espécie de Bartolomeu de Las Casas, o dominicano que no século XVI se opôs ao feroz comportamento dos espanhóis, defendendo a causa indígena com todas as forças.

A vida que os padres da Companhia de Jesus levavam era a mais simples possível. As batinas eram feitas de algodão "tinto na lama", os calçados eram confeccionados com pele de alguns animais do mato. Não havia vinho para a missa. Em muitas ocasiões Vieira andou descalço. É bem verdade que sobravam sempre recursos para fornecer aos índios

---

[58]Ibidem, vol. 1, p. 302.

sal, açúcar, azeite, aguardente, espelhos, pentes, drogas, machados, facas, foices, anzóis e outras ferramentas.

A sociedade local não reagiu favoravelmente à atuação dos jesuítas comandados por Vieira. Como acontecera na Europa e na África, passou a ser conhecido rapidamente. Mas, dessa vez, sua fama de defensor dos índios não era positiva entre os colonos, daí advindo uma violenta reação sob a forma de motins na Câmara, na praça e por toda a parte. Os padres foram cercados pela turba dentro do colégio da Companhia. O pior só não aconteceu devido à intervenção das companhias militares, que tiveram que usar da força para dispersar a massa enfurecida.

O ódio contra os jesuítas era de tal ordem que, na festa da Purificação da Mãe de Deus, no início de fevereiro de 1653, o padre Francisco Velloso foi pregar aos índios e recebeu a instrução de não tocar no tema do cativeiro indígena. Como bom jesuíta, obedeceu. De má-fé, os colonos espalharam o boato de que os índios estavam sendo incitados contra eles.

Vieira concluiu que a gravidade da situação só seria alterada com a firme e decisiva atuação do rei. Resolveu tratar o tema pessoalmente em Lisboa, promovendo um debate sobre a questão dos índios. Antes de embarcar, Vieira pronunciou um de seus mais famosos sermões, o de "Santo Antônio". Usando de uma linguagem figurada, ele não poupou a sociedade maranhense. Algumas passagens são bem ilustrativas:

> Vós, diz Cristo Senhor nosso, falando com os pregadores, sois o sal da terra: e chama-lhes sal da terra, porque quer que façam na terra o que faz o sal. O efeito do sal é impedir a corrupção, mas quando a terra se vê corrupta como está a nossa havendo tantos nela que têm ofício de sal, qual será, ou qual pode ser a causa desta corrupção? Ou é porque o sal não salga, ou porque a terra não se deixa salgar. Ou é porque o sal não salga, e os pregadores não pregam a verdadeira

doutrina; ou porque a terra se não deixa salgar, e os ouvintes, sendo verdadeira a doutrina que lhes dão, a não querem receber. Ou é porque o sal não salga, e os pregadores dizem uma coisa e fazem outra; ou porque a terra se não deixa salgar, e os ouvintes querem antes imitar o que eles fazem, que fazer o que dizem.

(...) Enfim, que havemos de pregar hoje aos peixes? Nunca pior auditório. Ao menos têm os peixes duas boas qualidades de ouvintes: ouvem e não falam (...) haveis de saber, irmãos peixes, que o sal, filho do mar, como vós, tem duas propriedades, as quais em vós mesmos se experimentaram: conservá-lo são, e preservá-lo para que não se corrompa. Estas mesmas propriedades tinham as pregações do vosso pregador santo Antônio, como também as devem ter a de todos os pregadores. Uma é louvar o bem, outra, repreender o mal: louvar o bem para conservar, e repreender o mal para preservar dele.

(...) Mas nem por isso vos negarei, que também cá se deixam pescar os homens pelo mesmo engano, menos honrada e mais ignorantemente. Quem pesca as vidas a todos os homens do Maranhão, e com quê? Um homem do mar com os retalhos de pano. Vem um mestre de navio de Portugal com quatro varreduras das lojas, com quatro panos e sedas, que já se lhes passou a era e não têm gasto; o que faz? Isca com aqueles trapos aos moradores da nossa terra: dá-lhes uma sacadela e dá-lhes outra, com que cada vez lhes sobe mais o preço; e os bonitos, ou os que o querem parecer, todos esfaimados aos trapos, e ali ficam engasgados e presos, com dívidas de um ano para outro ano, e de uma safra para outra safra, e lá vai a vida. Isto não é encarecimento. Todos a trabalhar toda a vida, ou na roça, ou na cana, ou no engenho, ou no tabacal: e este trabalho de toda a vida, quem o leva? Não o levam os coches, nem as liteiras, nem os cavalos, nem os escudeiros, nem os pajens, nem os lacaios, nem as tapeçarias, nem as pinturas, nem as baixelas, nem as jóias; pois em que se vai e despende toda a vida? No triste farrapo com que saem à rua, e para isso se matam todo o ano.[59]

---

[59]Vieira, Antônio. "Oitavo Sermão de Santo Antônio", op. cit., vol. 7, p. 249-252.

Imediatamente rumou para Portugal. Necessitava com urgência do apoio real para pôr em prática as ordens que recebera de promover a catequese. Curiosamente, nessa travessia Vieira voltou a ser capturado por corsários, o que retardou sua chegada. E, o mais grave, ao chegar foi surpreendido com a notícia de que o rei estava gravemente enfermo. Dom João IV, o Encoberto, o homem que conduziria Portugal à redenção, à construção do Quinto Império, estava com problemas de saúde que inspiravam muita cautela. Apenas um susto, mas um importante sinal! Logo que melhorou, o rei o recebeu e um grande debate foi realizado.

Participaram das discussões os procuradores do Grão-Pará e Maranhão. De Coimbra vieram o Lente de Teologia e o dos Cânones e de Leis. De Évora, um professor de ciências. Estiveram também presentes o conselheiro-geral da Inquisição e uma junta de sábios. A estada no reino foi curta. De posse do apoio incondicional do monarca, Vieira voltou ao Maranhão. Mas antes de se despedir do amigo e protetor, pediu a criação de um órgão para cuidar unicamente das missões, um fórum ao qual se poderia apelar e recorrer sobre as mais variadas questões.

Criada com a nomeação de deputados e religiosos, a Junta das Missões e Propagação da Fé deveria permitir que os missionários tivessem liberdade de ação nesse sentido. Na opinião do rei, os índios não podiam ser constrangidos a servir mais do que seis meses a cada ano, alternados de dois em dois, e deveriam ser pagos com duas varas de pano de algodão por mês.

Objetivo alcançado, estava na hora de retornar ao Grão-Pará e Maranhão, quando ocorreu uma reunião na Casa Professoral de São Roque. Reunidos por conta da Congregação Trienal, os reitores de todos os colégios da Companhia de Jesus e muitos de seus mais antigos professores questionaram o retorno de Antônio Vieira ao Brasil. Com o prestígio recuperado, seus pares o queriam no reino, perto do monarca. Ainda assim, Vieira embarcou de volta.

Logo que chegou, pôs em prática uma reestruturação da ação jesuítica. Na casa do Maranhão começou a funcionar uma classe de latim. Também distribuiu as missões em seis na ilha de Alcântara e três em terra firme. Ao final, reorganizou um total de 28 aldeias na foz do rio Amazonas. A gigantesca região, desde sempre cobiçada, era alvo da maior preocupação do padre. Suas dimensões foram assim descritas por ele:

> Pela muita variedade de línguas houve quem chamou ao rio das Amazonas rio Babel; mas vem-lhe tão curto o nome de Babel, como o de rio! Vem-lhe curto o nome de rio, porque verdadeiramente é um mar doce, maior que o mar Mediterrâneo no comprimento, e na boca. O mar Mediterrâneo no mais largo da boca tem sete léguas e o rio das Amazonas oitenta: o mar Mediterrâneo do estreito de Gibraltar até as praias da Síria, que é a maior longitude, tem mil léguas de comprido; e o rio das Amazonas da cidade de Belém para cima já lhe tem contado mais de três mil, e ainda se lhe não sabe o princípio.[60]

Nem mesmo o apoio do rei conseguiu alterar o estado das coisas no Maranhão. Em carta ao soberano, o padre ainda reclamava que o clero secular e o poder civil não cooperavam. Não se pode deixar de dizer que as demais ordens religiosas simplesmente não podiam entrar nos sertões, sendo a região exclusiva dos jesuítas por determinação real, o que acabava por gerar muito descontentamento. Vieira aos poucos perdia as esperanças de que a simples troca de governadores solucionasse definitivamente o problema. Seu retorno coincidira com a nomeação do novo governador, André Vidal de Negreiros, mas nada parecia mudar o estado das coisas, como indica o tom de sua carta enviada ao rei:

---

[60] Barros, André de. Op. cit., p. 69.

> No Estado do Maranhão, senhor, não há outro ouro, nem outra prata, mais que o sangue, e o suor dos índios. O sangue se vende nos que cativam, e o suor se converte no tabaco, no açúcar, e nas drogas, que com os ditos índios se lavram, e fabricam. Com este sangue, e com este suor se remede a necessidade dos moradores; e com este sangue, e com este suor se enche, e se enriquece a cobiça, insaciável, dos que lá vão governar. Ordenou S.M. que deste sangue se desse aquele Estado somente o lícito, que são o resgate dos escravos justos; e que deste suor se lhe desse também o lícito, que é o serviço dos índios cristãos das aldeias, por seu estipêndio, com a obrigação de servirem somente seis meses cada ano.
>
> (...) De maneira, Senhor, que todo o ponto desta controvérsia consiste; e querem os interessados, que a torne a haver, que é o interesse injusto, e tirânico, que do sangue, e suor dos índios se tirava. Assim que toda a queixa contra os missionários da Companhia não é pelo que eles fazem, senão pelo que eles la pedem; não é pelo que cometem, senão pelo que defendem; nem pelo que eles tomem, ou tenham, senão pelo que os outros querem tomar, e ter, contra as leis de V.M., por uma iniqüidade, e injustiça.[61]

O que também provocou a ira de Antônio Vieira foi a presença, no Grão-Pará, de alguns viajantes vindos de São Paulo. Desde o ano de 1649, quando em grande número partiram em captura dos índios chamados Serranos do Paraguai, chefiadas pelo mestre de campo Antônio Raposo Tavares, não gozavam de boa reputação. Com 200 portugueses e mais de mil índios armados, teriam atacado aldeias da Companhia de Jesus.

Até aqui não vimos mais o nosso padre lutando, ou se manifestando em relação ao seu maior sonho, o Quinto Império. Teria ele abandonado tudo e desistido? As evidências de que suas utopias não haviam mudado são percebidas por meio de outros caminhos.

---

[61]Azevedo, J. Lúcio de (coord.). Op. cit., vol. 1, p. 414.

Em carta ao provincial dos jesuítas em Salvador, assinada em 22 de maio de 1653, no Maranhão — documento em parte perdido —, Vieira menciona espera da volta da expedição aos índios Barbados. Outra pista está na missiva enviada ao rei no dia 4 de abril de 1654, em que afirma:

> Apresentei as ditas ordens ao capitão Baltasar de Sousa, e logo assentamos que a primeira missão fosse o descobrimento dos índios Ibirajaras, de que há fama nestas partes de que são descendentes de homens europeus, que aqui vieram dar num naufrágio.[62]

João Lúcio de Azevedo, responsável pela organização e publicação das cartas do padre, afirma que Barbados e Ibirajaras seriam o mesmo povo. Quem poderiam ser esses antigos navegadores? A resposta encontramos em um dos seus sermões:

> Salomão, com sua universal sabedoria, descobriu riquíssimas minas e não outras, segundo opinião de graves autores, senão as mesmas deste Novo Mundo. As do Peru, que os espanhóis descobriram sem as buscar; e as do Brasil, que nós buscamos e não descobrimos. Funda-se esta sentença no Capítulo terceiro do segundo livro do Paralipomenon onde, falando do ouro que daquelas partes vinha a Salomão, diz o texto hebreu: *Aurum erat Paruain.* A qual a palavra Paruain é um nome no plural, cujo singular é Peru; com que vem a dizer o mesmo texto, que aquele ouro se trazia de ambos os Perus, ou de um outro Peru. Assim os declara Genebrardo, peritíssimo na língua hebraica: *Aurum Paruaim in hebraeo appellatur quase allatun ex utruque Peru.* E daqui infere como coisa evidente, que era tirado das minas deste Novo Mundo: *Quis non cernit novum hunc orbem nominari?* E para que se veja que um destes Peru era o que hoje conserva o mesmo nome, e o outro este nosso, que chamamos Brasil (onde só

[62]Ibidem, vol. 1, p. 406.

podiam vir aportar as frotas de Salomão), diz o mesmo texto sagrado, que uma das coisas, e nunca vista na Ásia, que levava as mesmas frotas, eram certos paus chamados de *ligna thyina,* os quais dizem os hebreus citados por Tirino, que eram *lignum Brasilium:* pau do Brasil.[63]

Esse sermão foi proferido na matriz da cidade de Belém, em 1656. Mesmo não falando diretamente sobre as tribos perdidas de Israel, Vieira deixava claro que acreditava na possibilidade de povos da Antigüidade, especificamente hebreus, terem realizado a circunavegação africana de leste para oeste. A hipótese não era original. Desde os primeiros anos de descobrimento, corriam boatos de que numa praia da Bahia era possível se verem pegadas humanas cravadas numa pedra. Logo foram atribuídas a são Tomé e a antigos navegadores.

O maior baque de seu projeto foi a morte do rei dom João, em fins de 1656. O Encoberto partia sem ter executado tudo aquilo previsto por Bandarra, deixando seus seguidores sem resposta para tamanha decepção. Todos, exceto um, Antônio Vieira. Sempre otimista, revê suas interpretações sobre o profeta e, numa canoa, em pleno rio Amazonas, redige um escrito didaticamente intitulado *Esperanças de Portugal — o Quinto Império do mundo: primeira e segunda vidas do rei dom João IV*, escritas por Gonçalo Anes Bandarra e comentadas por Antônio Vieira.

Muito pode ser dito sobre *Esperanças de Portugal* — foi feito para consolar a rainha, afinal o rei voltaria. Ao defender esta idéia, Vieira estava apenas procurando uma forma de se manter fiel às profecias de Bandarra e às próprias crenças. Mas havia um livro com nome bem parecido, editado em Amsterdã, título inspirado no livro de Menasseh ben Israel, *As esperanças de Israel,* que apontavam para a rendição eminente dos hebreus. Vieira realmente seguia com fé na construção do Quinto Império. Mas até que ponto acreditava nessa possível volta de dom João?

---

[63]Vieira, Antônio. "Segundo Sermão da Primeira Oitava da Páscoa", op. cit., vol. 5, p. 244-245.

Acreditava completamente. Estamos em pleno século XVII, tempo ainda marcado de forma muito forte pelas idéias religiosas. Havia até uma contabilidade de pessoas ressuscitadas. Tanto que escreveu sobre o tema muitos anos mais tarde, já velho, na Bahia. Na carta apologética de abril de 1686, registrou o seguinte em espanhol: "*Despues que aquello escrivió Bandarra (que há mas de ciento y cinquenta años) hecha moderada diligencia em la Historia Eclesiástica, se hallan resuscitado noventa y siete muertos.*"[64]

As coisas não iam mal apenas nesse campo. Além da morte do Encoberto, o prestígio de Vieira no Maranhão era cada vez menor; sempre, no centro das discórdias, a defesa dos índios. À época, a escravidão africana ainda era pouco expressiva na região, e a falta de mão-de-obra era um real entrave para o crescimento econômico. Os índios viviam miseravelmente. Segundo Vieira, muitos se alimentavam "de ratos, cobras, lagartixas e outras imundícies da terra".

Com a morte de dom João IV, a situação só piorou. Desde 1651, a saúde do soberano inspirava cuidados. De acordo com o diagnóstico dos médicos, sofria de gota e pedras nos rins. Seus últimos cinco anos de vida foram um verdadeiro tormento, e em muitas ocasiões chegou a delegar à rainha, dona Luísa de Gusmão, a presidência do Conselho de Estado. Não foi dom Teodósio, querido aluno e correspondente de Antônio Vieira, o herdeiro do trono. Ele morrera dois anos antes, aos 19 anos, de tuberculose. A morte do príncipe herdeiro inaugurara a maldição da família Bragança. Havia uma antiga lenda que contava que ao pedir uma esmola ao então duque de Bragança, o futuro dom João IV, um frade franciscano obtivera como resposta um pontapé. O religioso, então, teria rogado uma praga: a descendência dos Bragança nunca passaria pelo primogênito. E assim foi. Os outros filhos da dinastia Bragança eram: Ana, Joana, Catarina, Afonso, Pedro, João e a bastarda Maria.

---

[64]Azevedo, J. Lúcio de (coord.). Op. cit., vol. 3, p. 757.

O primeiro nome masculino dentre os herdeiros é o de dom Afonso. Aos 13 anos, virou o segundo rei da dinastia Bragança, mas sofria de uma doença não diagnosticada que o atacava física e, sobretudo, mentalmente, fato que atrapalhara muito sua educação.

Sem o respaldo do rei, e afastado do cotidiano e das artimanhas da Corte, o prestígio de Vieira foi se esvaindo no Maranhão. Os embates entre ele e as elites locais já haviam se tornado corriqueiros. Do alto do púlpito, da igreja Maior de São Luís, no ano de 1654, Vieira despejou todo seu desprezo pelas elites locais:

> Duas coisas não podem andar juntas: a verdade e a mentira (...) a verdade no pregador, a mentira nos ouvintes (...) a verdade que vos digo, é que no Maranhão não há verdade (...) dizem que quando o diabo caiu do céu, que no ar se fez em pedaços, e que esses pedaços se espalharam em diversas províncias da Europa (...) que nos toca ao nosso Portugal é a língua (...) e se as letras deste abecedário se repartissem pelos estados de Portugal; que letra tocaria ao nosso Maranhão? Não há dúvidas, que o M: M, Maranhão; M, murmurar; M, motejar; M. maldizer; M, malsinar; M, mexericar; e, sobretudo M, mentir: mentir com as palavras, mentir com as obras, mentir com os pensamentos... no Maranhão até o sol é mentiroso, porque amanhecendo muito claro (...) de repente (...) começa a chover como no mais entranhado inverno.[65]

Isso foi dito no quinto domingo da Quaresma, comumente chamado de Domingo da Verdade. Mesmo com o clima contrário, a defesa dos índios seguia implacável. Em junho de 1657, Vieira despacha uma missão de 300 índios e 25 portugueses ao rio Amazonas. O objetivo é libertar indígenas cativos. A presença jesuíta na região era muito efi-

[65]Vieira, Antônio. "Sermão da Quinta Dominga da Quaresma", op. cit., vol. 4, p. 157.

ciente. De acordo com André de Barros, os padres da Companhia, liderados por Vieira, teriam conquistado mais de 100 mil almas de diversas nações: Nheengaíbas, Mamayanaz, Aroans, Anajaz, Mapuaz, Paucacaz, Guajaraz, Pri priz e outras. Tal poder de sedução foi assim descrito por Vieira:

> Em suma, as nações dos Nheengaíbas, que são sete na boca do rio das Amazonas, e mais belicosas da conquista, e que nunca pudemos domar por armas, e contra as quais, a requerimento do povo do Pará, se queria intentar uma guerra impossível, e sobre as forças de todo o estado, que todas era necessário se empregarem e provavelmente se haviam de consumir nestas guerras, como já se consumiram outras maiores, estas nações vieram o mês passado a sujeitar-se à fé, e vassalagem de S. Majestade por meio de sete embaixadores seus, sem mais empenho da vossa parte, que uma folha de papel por ir firmando com o nome de Jesus em um sinete da Companhia. Tanto crédito ter conciliado com os bárbaros a fama e a experiência, de que só os padres da Companhia os defendem das opressões dos portugueses, e a promessa de que hão de viver debaixo de seu amparo patriotismo, e doutrina.[66]

No início de 1661, as relações entre os jesuítas e o poder civil atingiam um perigoso patamar. Enviou a seguinte resposta a uma representação dos Vereadores do Pará:

> Primeiramente Vossas Mercês atribuem as necessidades que padecem somente à falta de escravos; e segundo as notícias e experiências que tenho desta terra, acho que são outras as causas. A primeira é o sítio da mesma terra, toda cortada e alagada de rios, com que o comércio

[66]Barros, André de. Op. cit., p. 212.

humano fica mui dificultoso, e de grande despesa havendo de ser todo por mar.

A segunda, irem faltando no mesmo sítio os mantimentos naturais, que com a continuação do tempo sempre vão a menos, como é a caça e a pesca, de que este povo se sustenta, coisa que é impossível durar, nem permanecer, e que sempre vai sendo mais custosa.

A terceira, a falta de governo político, não havendo praça nem açougue, nem outra coisa de venda ou aluguel, com que necessariamente cada família há de ter o que tem uma República; porque para a carne há de ter caçador; para o peixe, pescador; para o pano, fiandeiras e tecelão; para o pão, lavradores; e para os caminhos, embarcações e remeiros, afora todos os outros serviços domésticos.

A quarta, a mudança e guerra no reino, com que necessariamente cresceram os preços a todas as mercadorias de fora e deram em baixa os açúcares e tabacos.

A quinta e muito notável, a vaidade que cresceu grandemente nestes últimos tempos, não se medindo os gastos, como antigamente, com as despesas, senão com apetite.[67]

Em maio, a população amotinada do Maranhão atacou os padres jesuítas. No mesmo mês, quando na praia do Cumá, no Pará, Vieira relata a dom Afonso VI os seguintes eventos:

Ficam os padres da Companhia de Jesus do Maranhão, missionários de V.M., expulsados das aldeias dos índios e lançados fora do colégio e presos numa casa secular, com outras afrontas e violências indignas de que as cometessem católicos e vassalos de V.M.

Os executores desta ação foi o chamado povo, mas os que moveram e traçaram, e deram ao povo para o que fez, são os que já tenho por muitas vezes feito aviso a V.M., que é os que mais deviam

[67]Azevedo, J. Lúcio de (coord.). Op. cit., vol. 1, p. 556.

> defender a causa da fé, aumento da Cristandade e obediência e observância da lei de V.M.
>
> O motivo interior único e total desta resolução, que há muito se medita, é a cobiça, principalmente dos mais poderosos; e, porque esta se não contenta com o que lhe permitem as leis de V.M., e não há outros que defendam as ditas leis e a liberdade e justiça dos índios senão os religiosos da Companhia, resolveram finalmente de tirar [sic] este impedimento por tão indignos caminhos. Eu lhes disse sempre que, se não estavam satisfeitos, recorressem a V.M. como autor e senhor das leis, e que V.M., ouvidas as partes, revogaria ou confirmaria o que fosse justo; mas eles, como desconfiados da sua justiça, nunca quiseram aceitar esta razão.[68]

Assim que chegou a Belém, foi preso e conduzido sob custódia de volta ao Maranhão. Segundo André de Barros, os padres ficaram detidos e cercados no colégio dos jesuítas e foram privados de alimentos. Ainda segundo a mesma fonte, Vieira teria sido escorraçado publicamente e levado à ermida do Precursor de Cristo São João. Totalmente isolado, teria sido alimentado pela índia Marianna Pinta, que por seu ato teria sido ameaçada várias vezes. Não se sabe quanto tempo durou a detenção. Junto com os demais padres da Companhia, Antônio Vieira foi deportado para Portugal. Qual seria seu estado de ânimo, em novembro de 1661, quando aportou em Lisboa? Apesar da morte do rei, da caótica transmissão do trono, do insucesso no Maranhão, apesar de tudo, suas expectativas sobre o futuro eram as melhores possíveis. O tempo enviara novos sinais, bastava reinterpretá-los. E foi assim que o padre acabou agindo.

E, novamente, a fonte de inspiração foi Bandarra. Do segundo sonho desse profeta, é pinçada a seguinte parte:

---

[68]Ibidem, vol. 1, p. 560.

E nestes seis
Vereis cousas de espantar.[69]

E mais adiante:

Desde seis até setenta,
Que se amenta
Do rei que virá livrar.[70]

Logo, o rei do Quinto Império poderia ter surgido nos "quarenta"; como não acontecera, a reinterpretação de Bandarra apontava para a década de 1660. Não seria só, o rei ressuscitaria, e esse fato seria o melhor caminho, o meio mais fácil de conciliar o respeito e a obediência de todas as nações da Europa, que haveriam de seguir debaixo de suas bandeiras. Tudo previsto no segundo sonho do profeta sapateiro, que em uma passagem falava no rei novo e acordado. Antônio Vieira acreditava que o tempo era o mais claro intérprete dos futuros.

[69]Ibidem, vol. 1, p. 519.
[70]Idem.

A queda

O juízo dos homens é mais temeroso que o juízo de Deus;
porque Deus julga com o entendimento, os
homens julgam com a vontade.
(...) Na justiça dos homens (...) prevalece a inveja
contra a inocência, a calúnia contra a verdade,
a tirania contra a justiça (...)[71]

Era bastante instável o clima político em Portugal no início da década de 1660. O herdeiro do trono era dom Afonso, mas, como ainda era muito jovem, quem governava era a mãe, dona Luísa Gabriela de Gusmão. Uma frase atribuída a ela demonstra estado de espírito no reino: "Melhor ser rainha por um dia do que duquesa toda a vida."

Nem todos apoiavam sua regência. Mesmo sendo espanhola, sempre se colocara ao lado da Restauração, mas não era essa a razão das divergências políticas. O verdadeiro motivo era a existência de um grupo que defendia o coroamento imediato do filho. O partido do príncipe herdeiro era liderado pelo conde de Castelo Melhor.

Dom Afonso não era tido como uma pessoa saudável. Em criança tivera uma paralisia que deixara seqüelas e que prejudicaria sua educação. Seu comportamento causava estranheza na Corte — preferia lidar

[71]Vieira, Antônio. "Sermão da Segunda Dominga do Advento", op. cit., vol. 1, p. 160.

com pessoas de baixa condição social. Graças a essa sua forma de se relacionar, acabou nascendo uma amizade com um certo comerciante genovês, Antônio Conti, motivo de preocupação para sua mãe e para o Conselho de Estado. Por intermédio dele, passaram a fazer parte de seu círculo de amizades negros, mouros e lacaios. Também era freqüente que levasse mulheres de reputação duvidosa ao Paço.

Mesmo assim, houve quem defendesse sua coroação. A proposta dividia opiniões: de um lado, a rainha; e do outro, os partidários do ingênuo dom Afonso. O principal advogado de dona Luísa era o frei Domingos do Rosário, membro da Junta Noturna e hábil negociador. O outro partido era liderado por Luís de Vasconcelos e Sousa, o conde de Castelo Melhor. Como acreditava que em meio a tanta tempestade não era seguro navegar sem um plano, Antônio Vieira colocou-se ao lado de dona Luísa.

Segundo João Francisco Lisboa, Vieira escreveu um documento contra o jovem príncipe:

> Por mando da rainha a fim de ser lido a el-rei, como foi, pelo secretário de estado; mas segundo o afirmam os seus biógrafos, ele não só o redigiu, senão que assinou, com tanta imprudência como jactância, e não sabemos a que fim, a não ser arrastado por aqueles seus ordinários defeitos de caráter.
>
> Ali se exprobava a el-rei a sua demasiada paixão pela caça, e pedia-se-lhe que mudasse os descaminhos em acertos, e apartasse de junto da sua pessoa esses sujeitos de inferior qualidade, costumes e conselhos, que pareciam estabelecidos no poder, e à sombra dele cometiam de dia e de noite delitos escandalosos e notórios em toda a Corte.[72]

[72]Lisboa, João F. *A vida do padre Antônio Vieira*, p. 176.

Mas a principal preocupação de Antônio Vieira em seu retorno ao reino era preparar sua defesa em relação aos eventos ocorridos no Novo Mundo. O procurador da Colônia do Maranhão fizera duras acusações sobre as ações dos padres jesuítas. Os argumentos que advogavam seus atos e a de seus pares foram redigidos num vasto documento intitulado *Resposta aos capítulos que deu contra os religiosos da Companhia o procurador do Maranhão Jorge de Sampaio e Carvalho.*

O mundo de Vieira começou a desabar quando dom Afonso, incentivado pelo conde de Castelo Melhor, comunicou à sua mãe que iria assumir o poder. A decisão foi posta em prática em fins de junho de 1662. Dona Luísa acabou se retirando para o convento do Grilo. O conde obteve o cargo de Escrivão da Puridade, passando a ocupar uma posição-chave no novo governo, abrindo duas grandes frentes de ação: estabilizar o novo governo e expulsar os espanhóis de Évora, seqüelas ainda da Restauração.

A definição política a favor de dom Afonso não foi em nada vantajosa para Antônio Vieira. O novo governo anulou a defesa dos padres jesuítas e retirou seus privilégios no Maranhão. Os demais membros da Companhia até poderiam retornar à colônia, exceto o seu Geral, o próprio Vieira. Começavam aí as perseguições ao padre. A primeira atitude mais hostil do novo monarca foi de desterrá-lo para a cidade do Porto. Em muitas décadas, era a primeira vez em que se via totalmente desamparado politicamente.

Pelas suas cartas podemos perceber que esse exílio veio precedido de uma série de terríveis boatos que apontavam para um futuro repleto de situações ainda mais desagradáveis. É o que mostra a missiva de janeiro de 1663:

> Tive aviso, haverá 15 dias, que me estava decretado novo desterro: uma versão diz que para o Brasil, outra para o Maranhão, outra para Angola; saiu isto de um dos maiores ministros, e com termos tão

efetivos, que se tomou [sic] informações dos navios que havia para aquelas partes.[73]

Da cidade do Porto foi enviado ao Colégio de Coimbra. Tudo leva a crer que as condições de seu desterro eram bem difíceis. São desse período as primeiras notícias que temos da decadência de sua saúde. Segundo o próprio Vieira, por três vezes chegou às portas da morte. Totalmente abandonado e esquecido, às vésperas do Natal de 1663, Vieira reclama de sua situação: "Enfim aqui estou, e aqui estive tantas vezes para morrer; e entendendo os médicos que só a mudança dos ares me podia dar saúde, não me quis conceder esse favor aquela pátria por quem eu tantas vezes arrisquei a vida."[74]

Foi nesse momento de extrema vulnerabilidade que uma velha inimiga resolveu mostrar as garras afiadas e vingativas: a Inquisição. Por ordem do Conselho Geral, o jesuíta foi obrigado a se apresentar ao Tribunal de Coimbra. Não faltavam motivos ao Santo Ofício para denunciar o padre Antônio Vieira: a defesa dos cristãos-novos, o fim dos confiscos e o principal da peça acusatória — seus escritos encharcados de profecias de Gonçalo Anes, o Bandarra, autor proibido pelo Index. Conforme André de Barros, os motivos do processo eram os "textos das Sagradas Escrituras, que interpretará, diverso estado da Igreja em tempos futuros que prometia; livros que tinha escrito, ou tivera pensamento de escrever, foi a matéria amplíssima, de que lhe formaram crime afetos diferentes". Ninguém sabe como, mas o trabalho *A esperança de Portugal*, em que defendia a idéia de que dom João iria ressuscitar para realizar as previsões de Bandarra, escrito numa canoa no rio Amazonas e enviado ao padre André Fernandes, bispo do Japão, com o objetivo de consolar a rainha, caiu nas mãos

[73]Azevedo, J. Lúcio de (coord.). Op. cit., vol. 2, p. 8.
[74]Ibidem, vol. 2, p. 13.

dos inquisidores. E esse documento era a maior prova dos desvios das idéias de Vieira.

Assim, em 7 de julho de 1663, começaram os interrogatórios. No ano seguinte, Coimbra foi atacada pela peste. A virulência da epidemia foi de tal ordem que a cidade ficou deserta. Desesperados, seus amigos tentaram convencer a Corte de que Vieira deveria sair dali imediatamente. Mesmo doente, preferiu ficar e ajudar os enfermos. Argumentou, diante do real perigo que, se morresse servindo aos doentes, teria feito uma boa troca.

No relatório final de sua sentença, Vieira foi pouco admoestado, marca indelével do tratamento dos inquisidores. De fato, estava com a saúde gravemente debilitada. Ao longo de muitos anos na Amazônia contraíra malária, e em condições físicas precárias enfrentou um julgamento que durou mais de dois anos, tendo a última sessão ocorrida em outubro de 1665, e a sentença sido definida apenas em dezembro do ano seguinte. A má vontade da Inquisição era bem evidente. Ainda segundo André de Barros:

> Apresentou 25, ou 30 cadernos de apontamentos, e questões ainda informas; e depois, ainda mal convalescido de uma perigosa recaída, aos 14 de setembro seguinte de 1665, dez ou 12 mãos de papel, também de questões por decidir; trabalho incrível num corpo atenuado, e que mais morava entre enfermos, que entre livros: mas na mesma enfermaria os tinha escondido, e estudava a apressar a sua defesa.[75]

O réu redigira duas peças de defesa, mas os inquisidores decidiram debater ponto a ponto. A opção obrigava Vieira a se esmerar na arte da retórica, precavendo-se das diversas armadilhas preparadas pela mesa inquisitória.

---

[75]Barros, André de. Op. cit., p. 270.

Mesmo não tendo sido vítima de torturas físicas, recebeu um tratamento bem duro. Em carta narrou: "Faz hoje 40 dias que estou de cama, e posto que alguns médicos dizem ser este o período desta casta febre, os crescimentos crescem [sic], e ela promete continuar."

A respeito do julgamento, Vieira revela:

> Lembrando está V.S.ª daqueles intentos acerca do papel escrito ao bispo do Japão, que foram impedidos pelo sr. marquês, interpondo-se a autoridade da rainha nossa senhora. A este ponto me mandaram responder os ministros desta Universidade (o Santo Ofício), apontando neles tudo quanto disse e escrevi, e tudo quanto imaginei dizer ou escrever em minha vida, que de tudo se pediu conta, e de tudo se me fez cargo. A tudo prometi responder e satisfazer, e sobre matérias (que são infinitas e não tratadas até agora pelos doutores) tenho escrito muito, mas falta muito mais por escrever, e tudo por concluir, porque as pedras deste edifício estão lavradas a pedaços e sem nenhuma ordem, como acontece em todas, e muito mais nas deste gênero de que V. S.ª pode ser testemunha, pela mercê, que me tem feito, de descobrir e me mandar tantos livros, e ainda de me mandar buscar fora do reino os que não têm chegado. E é de direito natural que ninguém possa ser julgado sem se lhe dar defesa e o tempo necessário para ela. Sobre ser muito desproporcionado o tempo que se me tem dado para a minha, a despeito da multidão das matérias e qualidade delas, é tal o rigor da minha desgraça que me não querem levar em conta o tempo das minhas enfermidades, sendo tão graves e perigosas.[76]

Além da velha ira do Santo Ofício e do quadro político desfavorável, havia uma outra motivação: a rivalidade entre dominicanos e jesuítas. Segundo alguns autores, o "Sermão da Sexagésima" (em que usa a

[76] Azevedo, J. Lúcio de (coord.). Op. cit., vol. 2, p. 245.

imagem do semeador e da sementeira) seria uma irônica caricatura ao maior orador dominicano, frei Domingos de Santo Tomás. Em ritmo lento e doloroso, todos os pontos controversos da obra de Vieira foram abordados: sua posição em relação aos homens da nação, as fontes de financiamento da tal companhia de comércio e, sobretudo, o bandarrismo.

O processo de Vieira acabou chegando aos ouvidos do Santo Padre, em Roma. Quando soube que não contava com a simpatia do papa, que condenara suas proposições, Vieira mudou de tática e se retratou.

Antônio Vieira Ravasco, a maior expressão da sociedade miscigenada do Brasil colônia, foi condenado em outubro de 1665 ao recolhimento, em cárcere, na cidade de Coimbra.

A decisão do tribunal final, publicada em 1667, levou mais de um par de horas sendo lida. A conclusão da sentença foi a seguinte:

> Mandam que o réu P. Antônio Vieira ouça na sala do Santo Ofício, na forma costumada, perante os inquisidores e mais ministros, oficiais, e algumas pessoas religiosas e outras eclesiásticas do corpo da universidade; e seja privado para sempre de voz ativa e passiva, e do poder de pregar, e recluso no colégio ou casa de sua religião, que o Santo Ofício lhe assinar, donde sem ordem sua não sairá; e que por termo por ele assinado se obrigue a não tratar mais das proposições de que foi argüido no curso de sua causa, nem de palavra, nem por escrito, sob pena de ser rigorosamente castigado, e que depois de assim publicada a sentença, o seja outra vez, no seu colégio desta cidade (Coimbra) por um notário do Santo Ofício, em presença de toda a comunidade; e que da maior condenação, que por sua culpa merecia, o relevam, havendo respeito às sobreditas dissidências e retratação, e vários protestos que tinha feito de estar pela censura e determinação do Santo Ofício depois que nele se visse a explicação e inteligência que ia dando a todas as suas proposições de que lhe

tinha feito cargo; e ao muito tempo de sua reclusão e a outras considerações que no caso se tiverem, e pague as custas.[77]

João Francisco Lisboa discorre sobre o clima no tribunal:

Contra a injustiça da sentença protestou ele logo pela sua atitude, quando lhe infligiram o suplício da sua leitura, que durou duas horas e um quarto, e foi ainda agravada pela tremenda solenidade do ato, número e qualidade dos concorrentes. O P. Antônio Vieira a ouviu de pé (assim como todos os jesuítas presentes), com os olhos fixos e pregados na imagem do crucificado pendente da sala, sem fazer o menor jeito ou movimento, que nem fora uma estátua inanimada e com uma indiferença tão altiva, que dir-se-ia estar já dali apelando da sentença para a opinião do mundo onde brilhara, e onde esperava sem dúvida, obter estrondosa reparação no meio de novos aplausos.[78]

André de Barros relata um fato bastante curioso que teria ocorrido logo após a condenação do padre: "Passados três dias, o foi visitar ao Colégio o presidente da Inquisição de Coimbra, e o repetiu freqüentemente. Depois o fizeram por várias vezes os mais senhores inquisidores com significação de estimação rara, de honra singular."

Relato espantoso em se tratando de um réu que fora tratado da maneira como a descrita. A repentina boa vontade e o respeito de seus algozes, inclusive, não o poupou de enfrentar uma dolorosa e longa releitura da sentença ocorrida às vésperas do Natal de 1667. Outra vez o circo da Inquisição foi montado, outra vez o espetáculo foi reproduzido, e como acontecera na primeira vez, os padres jesuítas compareceram e, em pé, pacientemente, escutaram mais uma vez as ladainhas do Santo Ofício.

---

[77]Lisboa, João F. *A vida do padre Antônio Vieira*, p. 215.
[78]Ibidem, p. 221.

Durante dois anos e três meses, Antônio Vieira ficou isolado e sem comunicação em um cubículo de 15 palmos por 12, sem receber luz direta, apenas a que vinha do corredor. Uma Bíblia, um leito, uma mesa e um banco passaram a ser seus únicos companheiros. A condenação ainda determinou: "Que o réu seja privado para sempre de voz ativa e passiva, e do poder de pregar, e recluso no colégio ou casa de sua religião, que o Santo Ofício lhe assinar." Vieira tinha perto dos 60 anos.

A História do futuro

Nenhum homem é tão sábio que não esteja sujeito a erro.[79]

Ninguém sabe ao certo de que ano é o escrito de Antônio Vieira intitulado a *História do futuro*. Alguns pesquisadores acreditam que tenha sido escrito em diferentes momentos — uma parte iniciada provavelmente em 1649, outra, ainda em sua passagem pela Amazônia, e a última, já em Coimbra. O padre sempre acreditou que a construção de seu tão sonhado Quinto Império seria precedida por um sinal. Na década de 1660, havia um sinal incontestável para todos os milenaristas: o ano de 1666, um número mais do que simbólico, estava chegando. E esse nem fora o único prenúncio. Um ano antes, em 1665, um cometa brilhara em céus europeus e brasileiro. Em diversas regiões da Europa, a aparição também foi entendida como um aviso de que algo estava para acontecer. Sobre esse astro Vieira escreveu: "Os cometas, diz Tribullo, prognosticam guerras; os cometas, diz Arato, prognosticam tempestades; os cometas, diz Lucano, prognosticam mudanças de reino."[80]

Sobre o cometa de 1665:

> Do Brasil me veio um famoso papel sobre os dois cometas, escritos pelo padre Estancel, mestre que foi de matemática em santo Antão,

[79]Vieira, Antônio. "Sermão da Quarta Dominga da Quaresma", op. cit., vol. 4, p. 17.
[80]"Ibidem, "Sermão de Santo Estevão", vol. 9, p. 243.

> que não remeto a V.S.ª por ser obscuríssimo, feito de propósito debaixo de metáforas e enigmas de nomes gregos, os quais eu tenho bastantemente decifrado, e reservo esta fábula, que não tenho por fabulosa, para quando eu esteja em estado de poder passar duas horas entre as canas ou debaixo das oliveiras. Por maior digo que os cometas parece que anunciam mudanças de tempo e das coisas, e todas para o bem e bem [sic] de todos.[81]

Ainda que Portugal estivesse sob o reinado de dom Afonso, as esperanças de mudança faziam grande sentido. Em meados de 1660 as condições eram muito mais favoráveis do que nos primeiros anos da Restauração, ao menos no campo das disputas internacionais. Espanha e Holanda já não representavam a mesma ameaça.

Os holandeses haviam sido derrotados na batalha de Guararapes pelas tropas lideradas por André Vidal de Negreiros, Felipe Camarão, Henrique Dias e João Fernandes Figueira. Os invasores batavos acabaram se rendendo em janeiro de 1654. Mesmo que as negociações entre Portugal e Holanda tenham continuado, em 1661, enfim, um acordo foi assinado em Haia. Após receberem uma indenização equivalente a 63 toneladas de ouro, os invasores deixaram de ser um problema militar e diplomático agudo para os portugueses.

Além da saída dos holandeses, no mínimo dois outros fatos são relevantes, para a mudança no curso da história do Nordeste do Brasil: os holandeses que levaram consigo a tecnologia da indústria açucareira para o Caribe e a partida da comunidade judaica do Recife. Uma nova "diáspora" deslocava-se do "extremo da Terra" para outras regiões.

Apesar de tudo o que vimos sobre dom Afonso VI, ele era conhecido como o Vitorioso. A alcunha foi adquirida graças ao sucesso das tropas portuguesas na batalha do Ameixial. Duas décadas mais tarde, a

[81] Azevedo, J. Lúcio de (coord.). Op. cit., vol. 2, p. 187.

Espanha continuava se recusando a reconhecer a Restauração. No ano de 1663, tropas espanholas lideradas por dom João de Áustria saíram de Badajoz e cercaram Évora. Após a queda dessa cidade, os espanhóis continuaram sua marcha. O avanço inimigo era o mais perigoso desde o início do conflito. A situação foi heroicamente revertida em Ameixial com a vitória lusitana.

Também a relação com os franceses havia mudado. Após as fracassadas tentativas de casamento de dom Teodósio com uma nobre da França, a diplomacia obtivera uma importante vitória. É bem verdade que isso só aconteceu porque Luís XIV mostrou interesse em se aliar aos portugueses contra a velha inimiga em comum, a Espanha. O casamento entre dom Afonso e Maria Francisca de Sabóia, princesa de Nemours, selou a nova fase nas relações luso-francesas.

Ao mesmo tempo, portugueses e ingleses se aproximavam, não sem prejuízo para o império luso. Em 1662, a filha de dom João IV, dona Catarina Henriqueta de Bragança, casou-se com Carlos II da Inglaterra. Por ser católica, nunca foi coroada rainha no país anglicano. No acordo nupcial ficava estabelecido que o dote de casamento da jovem seriam as colônias de Bombaim e Tanger, na Índia. A partir de então, introduziu-se, na Inglaterra, o hábito de se tomar chá.

Em outras partes das Índias Orientais a situação também não era mais a mesma. Em 1658, o último porto português, no Ceilão, fora capturado pelos holandeses, o mesmo acontecendo, um pouco mais tarde, no Malabar. O império estava em avançado estado de decomposição. E o Brasil enfrentava uma crise no preço do açúcar. A competitiva produção holandesa do Caribe não parava de deprimir a cotação do produto.

Como se pode deduzir, nem tudo eram flores. Os problemas com a Inquisição continuavam. A prisão de Vieira era uma parte menor da vingança que o Santo Ofício articulou após a morte de dom João IV. Os autos-de-fé se tornaram mais raivosos, matando gente em abundância. Não satisfeitos, os inquisidores conseguiram que o papa excomungasse o rei morto e ainda ampliaram esse decreto a todos os que tinham trabalhado pela lei que suspendia os confiscos inquisitoriais. Essa última medida, por si só, já aniquilava a companhia de comércio dos sonhos vieiristas, mas, não satisfeitos em obter esse edital, revogaram sua criação. Nesse aspecto nada mudara substancialmente: a Inquisição seguia viva com os parceiros parasitas da nobreza lusitana.

Vejamos então as novas argumentações de Vieira sobre o futuro glorioso que esperava para os portugueses. Os escritos intitulados *História do futuro* nunca foram publicados no século XVII e quase se perderam ao longo dos tempos. Só em 1918 dois grandes fragmentos do trabalho foram editados por João Lúcio Lisboa. Ainda que longos, representavam uma pequena parte do total. Outro trabalho no mesmo sentido, o *Livro anteprimeiro da história do futuro* surgiu no mercado em 1718. Apesar dos nomes parecidos e de defenderem basicamente as mesmas idéias, tinham abordagens diferentes.

Escrito em 1665, esse livro pretendia ser uma espécie de anúncio ao lançamento, previsto para o ano seguinte, da *História do futuro*, um ano com tintas apocalípticas. O trabalho ficou inacabado. Para torná-lo mais didático, o padre dividiu-o em três partes: uma, em que se dirige ao monarca dom Afonso e à Corte; a segunda, dialoga com Felipe de Espanha; e a última, tece algumas considerações sobre o mundo.

Na *História do futuro*, Vieira coloca-se como profeta e dirige-se ao rei dom Afonso, prometendo-lhe revelar o futuro. Alguns extratos do seu texto resumem bem a questão:

> Como Deus por natureza seja eterno, é excelência gloriosa, não tanto de sua sabedoria, quanto de sua eternidade, que todos os futuros lhe sejam presentes; o homem, filho do tempo, reparte com o mesmo a sua ciência ou a sua ignorância; do presente sabe pouco, do passado menos e do futuro nada.

> (...) O maior serviço que pode fazer um vassalo ao rei é revelar-lhe os futuros; e se não há entre nós os vivos quem faça estas revelações, busque-se entre os sepultados, e achar-se-á. Saul achou a Samuel morto e Baltasar a Daniel vivo, porque um matava os profetas, outro premiava as profecias.
>
> (...) Se houve um profeta que foi mais que profeta, por que não haverá também algumas profecias que sejam mais que profecias? Assim espero eu que o sejam aquelas em que se fundam as minhas esperanças e que, se nos prometem as felicidades futuras, também as hão de mostrar presentes. Agora as prometem com a voz, depois as mostrarão com o dedo.[82]

Na segunda parte, *grosso modo*, desse escrito de Antônio Vieira, o interlocutor é o rei espanhol Felipe IV:

> Mas perguntar-me-á porventura alguma emulação estrangeira (que às naturais não respondo): se o império esperado, como se diz no mesmo título, é do Mundo, as esperanças porque não serão também do Mundo, senão só de Portugal? A razão (perdoe o mesmo Mundo) é esta: porque a melhor parte dos venturosos futuros que se esperam, e a mais gloriosa deles, será não só própria da Nação portuguesa, senão única e singularmente sua. Portugal será o assunto, Portugal o centro, Portugal o teatro, Portugal o princípio e fim destas maravilhas; e os instrumentos prodigiosos delas, os Portugueses.
>
> (...) Portentosas foram antigamente aquelas façanhas, ó Portugueses, com que descobristes novos mares e novas terras, e destes a conhecer o Mundo ao mesmo Mundo. Assim como líeis então aquelas vossas histórias, lede agora esta minha, que também é toda vossa. Vós descobristes ao Mundo o que ele era, e eu vos descubro a vós o que haveis de ser. Em nada é segundo e menor este meu

[82]Vieira, Antônio. *História do futuro*, p. 15-16.

descobrimento, senão maior em tudo. Maior cabo, maior esperança, maior império.

(...) Divide-se a *História do futuro* em sete partes ou livros: no primeiro se mostra que há-de haver no Mundo um novo império; no segundo, que império há de ser; no terceiro, suas grandezas e felicidades; no quarto, os meios por que se há-de introduzir; no quinto, em que terra; no sexto, em que tempo; no sétimo, em que pesca. Estas sete cousas são as que há de examinar, resolver e provar a nova História que escrevemos do Quinto Império do Mundo.[83]

As idéias principais do texto de abertura fazem parte do velho pensamento vieirista de que as profecias ainda não tinham sido cumpridas e logo Portugal e os portugueses, o povo eleito, dominariam o mundo, não restando outra solução aos espanhóis do que a resignação:

Sempre são falsas e enganosas as esperanças humanas, mas nunca mais certamente falsas, que quando se opõem e encontram com as promessas divinas. Veja e saiba Castela o que Deus tem prometido a Portugal, e logo advertirá a vaidade do que suas esperanças lhe prometem. Oh quantas guerras, oh quanto sangue, ou quantos tesouros baldados poderiam poupar os reis, se no meio de seus conselhos pudessem pôr um espelho em que se vissem os futuros! Tal é este livro, ó Espanha, que também a ti dedico e ofereço. Aqui verás os futuros de Portugal, e tudo o que podes esperar dele em sua conquista.

(...) Ó poderosíssimo monarca Felipe IV, o Grande! Dai licença para que tenham entrada a vossos ouvidos os ecos destas últimas cláusulas, não de meu discurso, senão de meu desejo. As vozes de que eles se formam, sabe o que conhece os corações, que não se escre-

[83]Ibidem, p. 23-25.

vem com outro fim mais que o de o agradar, e de que todos os príncipes católicos o agradem.

(...) Ouvi, senhor, a voz de um estrangeiro, desinteressado vassalo que foi já vosso por sujeição, e hoje é também vosso (posto que não vassalo) por afeto. Ouvi a voz de um homem que nem das felicidades de Portugal espera, nem das vossas teme; porque vive fora da jurisdição da fortuna, por estado muito abaixo da sua roda, e por coração muito acima dela. Com todo este desinteresse me atrevo, senhor, a vos dizer de longe o que pode ser não tenhais ouvido de mais perto.[84]

A terceira parte da *História do futuro* é, sem dúvida alguma, a mais negligenciada pelos estudiosos acadêmicos. Genericamente, diz-se que, nesse trecho do trabalho, Vieira dialoga com o mundo. E realmente o jesuíta faz algumas considerações sobre diversas regiões do planeta. Cria uma geografia muito particular encharcada de argumentos bíblicos e de interpretações de estudiosos da Antigüidade sobre a aventura humana pelos quatro cantos da terra. A novidade é que, após ter vivido muitos anos se deslocando entre o Ceará e a bacia Amazônica, Vieira tem algumas novas teorias sobre a origem dos nativos do Brasil. O milenarismo messiânico do autor parece revigorado com a convivência com os indígenas:

Digo primeiramente, que o texto de Isaías se entende do Brasil, porque o Brasil é a terra que direitamente está além e da outra banda da Etiópia como diz o Profeta: *quae est trans flumina AEthiopiae,* ou como verte e comenta Vatablo: *terra, quae est sita ultra AEthiopiam (quae AEthiopia scatet fluminibus)* e o hebreu ao pé da letra tem *de trans flumina AEthiopiae.* A qual palavra — *de trans* — como notou Malvenda, é hebraísmo, semelhante ao da nossa língua. Os Hebreus di-

[84]Ibidem, p. 117, 159-160.

zem — *de trans* — e nós dizemos, *detrás;* e assim é na geografia destas terras, que em respeito de Jerusalém, considerado o círculo que faz o globo terrestre, o Brasil fica imediatamente detrás de Etiópia.

(...) Diz pois o profeta, que são estes homens uma gente a quem os rios lhe roubaram a sua terra (...) E é admirável a propriedade desta diferença, porque em toda aquela terra, em que os rios são infinitos e os maiores e mais caudalosos do Mundo, quase todos os campos estão alagados e cobertos de água doce, não se vendo em muitas jornadas mais que bosques, palmares e arvoredos altíssimos, todos com as raízes e troncos metidos na água, sendo raríssimos os lugares por espaço de cento, duzentas e mais léguas, em que se possa tomar porto, navegando-se sempre por entre árvores espessíssimas de uma e outra parte, por ruas, travessas e praças de água que a natureza deixou descobertas e desimpedidas do arvoredo, e posto que estes alagadiços sejam ordinários em toda aquela costa, vê-se este destroço e roubo que os rios fizeram à terra, muito mais particularmente naquele vastíssimo arquipélago do rio chamado Orelhana, e agora das Amazonas, cujas terras estão todas senhoreadas e afogadas das águas, sendo muito contados e muito estreitos os sítios mais altos que eles, e muito distantes uns dos outros, em que os índios possam assentar suas povoações, vivendo por esta causa não imediatamente sobre a terra, senão em casas levantadas sobre esteios a que chamam *juraus* para que nas maiores enchentes passem as águas por baixo; bem assim como as mesmas árvores, que tendo as raízes e troncos escondidos na água, por cima dela se conservam e aparecem, diferindo só as árvores das casas em que umas são de ramos verdes outras de palmas secas.

(...) Desta sorte vivem os nheengaíbas, goianás, maianás e outras antigamente populosas gentes, de quem se diz com propriedade que andam mais com as mãos que com os pés, porque apenas dão passo que não seja com o remo na mão, restituindo-lhes os rios a terra que lhes roubaram, nos frutos agrestes das árvores de que se sustentam, cuja colheita é muito limpa, porque caem todos na água, e em muita quantidade de tartarugas e peixes-bois, que são os gados que pastam naqueles campos, além de outro pescado menor, e alguma caça de aves e montaria de porcos, que nos mesmos lugares sobre-aguados, entre os lodos e raízes das árvores, se ceva nos frutos delas. E nota o profeta que não é rio, senão rios, os que isto fazem; porque, ainda que o rio das Amazonas tenha fama de tão enorme grandeza, toda esta se compõe do concurso de muitos outros rios, que todos desembocam nele, ou juntamente com ele, comunicando e confundindo em si as águas e como unindo e conjurando as forças para este roubo que fizeram àquela terra (...).

(...) Conhecidos já pela fortuna os descreve o profeta, e muito particularmente pelo exercício e arte da navegação, em que eram e são os maranhões mui sinalados entre os índios, por serem eles, ou os primeiros inventores da sua náutica, como gente nascida e mais criada na água que na terra, ou certamente porque com sua indústria adiantaram muito a rudeza das embarcações bárbaras, de que os primeiros usavam. Tanto assim que a principal nação daquela terra, tomando o nome da mesma arte de navegar e das mesmas embarcações em que lá navegavam, se chamam *Igaruanas,* porque as suas embarcações, que são as canoas, se chamam na sua língua *igara,* e deste nome *igara* derivaram a denominação de *igaruanas,* como se disséssemos os *náuticos, os artífices ou os senhores das naus.*

(...) Diz pois Isaías que esta gente de que fala é um povo (...) "Que manda de uma parte para outra seus negociantes em vasos de cascas de árvores sobre as águas."

(...) As palavras do profeta todas têm mistério e todas declaram muito a propriedade da gente de que fala. Diz que *as manda o povo,* com quem concorda o relativo *quae,* porque é gente que não tem reis, mas o mesmo povo e a mesma nação é a que elege aqueles que lhes parecem de melhor talento, assim para os negócios da paz, como para os da guerra, que tudo isso, quer dizer, a palavra *legatos,* como se pode ver nos autores da língua latina. Diz mais que *vão sobre as águas em vasos de cascas de árvores,* porque esta era a matéria e fábrica de suas embarcações. Depois que tiveram uso do ferro, cavam os troncos das árvores e fazem de um só madeiro muito grandes canoas, de que o autor desta explicação viu alguma que tinha 17 palmos de boca e cento de comprimento; mas antes de terem ferro despiam estes mesmos madeiros, cujos troncos são muito altos e direitos, e, tirando-lhes as cascas assim inteiras, delas formavam as suas embarcações. E não faz dúvida dizer o profeta que estas embarcações *iam ao mar* (...) porque, além de entrarem com elas pelo mar oceano, o mesmo arquipélago que dizemos, de água doce, se chama na sua língua, por sua grandeza, *mar,* e de aqui veio o nome que os Portugueses lhe puseram de *Grão-Pará ou Maranhão,* o que tudo quer dizer *mar grande,* porque *Pará* significa *mar.*

(...) Do que temos dito até aqui ficará mais fácil de entender aquele grande enigma do Profeta, que está nas primeiras palavras deste texto: *Vae terrae cymbalo alarum;* o qual foi sempre o que maior trabalho deu aos intérpretes e os obrigou a dizerem cousas mui violentas e impróprias, como aqueles que falavam a adivinhar, e não adivinhavam nem podiam. Os Setenta Intérpretes, em lugar de *terrae cvmbalo alarum,* leram *terrae navium alis*; e uma e outra cousa significam as palavras de Isaías; porque os nomes hebreus de que estas versões foram tiradas, têm ambas as significações e querem dizer: *Ai da terra que tem navios com asas;* ou, *ai da terra que tem sinos com asas.* Se são sinos, como são navios? E se são navios, como são sinos?

Também se há de supor que os Maranhões usavam de uns instrumentos a que chamavam *maracás* não de metal, porque o não tinham, senão de cabaços ou cocos grandes, dentro dos quais metiam seixos ou caroços de várias frutas, duros e acomodados a fazer muito estrondo e ruído, servindo-se dos menores nas festas e nos bailes e dos maiores nas guerras. Estes *maracás* eram propriamente os seus címbalos ou sinos, tanto assim que, depois que viram os sinos de que nós usamos, lhes chamam *itamaracás,* que quer dizer, *maracás* ou sinos de metal.

Isto suposto, o expositor que mais foi rastejando o sentido verdadeiro que podia ter este enigma [sic], foi Gabriel Palácio, o qual, no comentário literal deste lugar de Isaías, diz assim (...) "Porventura — diz ele — que no tempo de Isaías as embarcações dos índios se chamariam entre os Hebreus sinos." E por que não seria antes, digo eu, que se chamassem *sinos,* ou tomassem nome de *sinos* as embarcações dos índios, de que Isaías falava, não porque este nome fosse usado entre os Hebreus, senão entre os mesmos índios? Assim era e assim é, e deste modo fica decifrado e entendido o antiqüíssimo e escuríssimo lugar e enigma de Isaías.

(...) As maiores embarcações dos Maranhões chamam-se *maracàtim,* derivado o nome da palavra *mararacá,* que, como dissemos, significa entre eles *sino;* e a razão de darem este nome às suas maiores embarcações era porque, quando iam às batalhas navais, quais eram ordinariamente as suas, punham na proa um destes *maracás* muito grandes, atados aos gorupezes ou paus compridos; e bolindo de indústria com eles, além do movimento natural das canoas e dos remeiros, faziam um estrondo barbaramente bélico e horrível; e porque a proa da canoa se chama *tim,* tirada a metáfora do nariz dos homens ou do bico das aves, que têm o mesmo nome, e juntando a palavra *tim* com a palavra *maracá,* chamavam àquelas canoas ou embarcações maiores *maracàtim*; e este nome usam ainda hoje, e com ele nomeiam os nossos navios.

(...) E porque não faltasse a esta terra a demarcação ou arrumação, como dizem os geógrafos, da sua altura, onde a Vulgata leu *gentem expectantem expectantem,* a propriedade da letra hebréia, como diz Foreiro, Pagnino, Vatablo, Sanchez e outros muitos tão geralmente, é *gentem lineae línea*: gente da linha de linha; porque os Maranhões são aqueles que, além da Etiópia, ficam pontual e perpendicularmente bem debaixo da Linha Equinocial, que é propriedade por todos os títulos admirável; e assim como a palavra *lineae* se repete, está também repetida no mesmo texto a palavra *expectantem*; com que vem a concluir o profeta o seu principal e total intento, que é exortar os pregadores evangélicos a que vão ser anjos da guarda daquela triste gente, que tanto há mister quem a encaminhe como quem a defenda (...) gente que está esperando, esperando. Porque entre todas as gentes do Brasil os Maranhões foram os últimos a quem chegaram as novas do Evangelho e o conhecimento do verdadeiro Deus, esperando por este bem, que tanto tardou a todos os Americanos, mais que todos eles. No Brasil se começou a pregar a Fé no ano de 1550, em que o descobriu Pedro Álvares Cabral; e no Maranhão no ano de 1615, em que o conquistou Alexandre de Moura, esperando mais que todos os outros Brasis 65 anos. Mas hoje estão ainda em pior fortuna, padecendo aquele *vae* do profeta: *Vae terra: cymbalo alarum*; porque o estado da esperança se lhes tem trocado no de desesperação. E esperam de se salvar os que de tantos danos e danos são causa?[85]

A maior parte da *História do futuro* ocupa-se com duas questões-chave do milenarismo ocidental do século XVII: entender a expansão do povo hebreu em tempos bíblicos e explicar a misteriosa origem dos povos do Novo Mundo.

A intensa publicação de diferentes Bíblias deve ser vista como uma conseqüência da Reforma Protestante. São aproximadamente da mesma época as versões de Erasmo, na Holanda, de Lutero, na Alemanha, de Calvino e de Sebastian Castillon, na Suíça. A expansão ultramarina talvez tenha despertado a atenção dos cristãos para profetas como Isaías, Daniel, Abdias e outros, renovando a curiosidade sobre essas passagens da Bíblia. Em virtude da complexidade que a descoberta do Novo Mundo trazia para os estudiosos, estes foram buscar os textos no original.

Vieira também chama atenção, na parte final de seu trabalho, para os problemas de interpretação ao curto texto de Abdias. Diz o profeta, segundo a tradução da Bíblia ecumênica: "Os filhos de Israel exilados

[85]Ibidem, p. 298-313.

— verdadeiro exército — expulsaram os cananeus até Sarepta, e os exilados de Jerusalém que habitam Sefarad ocupam as cidades do Négueb."

Na visão de Vieira, Sefarad é a Espanha. No mesmo texto, o jesuíta observa que são Jerônimo achava que era o Bósforo. Também a localidade de Sarepta era fruto de controvérsia. Em algumas Bíblias até o nome era diferente: Sarfat ou Zerafate. E a parte final também apresenta soluções diferentes nas mais diversas traduções: na de Vieira, após a Espanha (Sefarad), os filhos de Israel passariam para as cidades do Austro; em outras versões, para *as cidades do sul*.

Mesmo que o documento silencie sobre a questão dos cristãos-novos, ou da repatriação de seus capitais, não há nenhum motivo evidente para se acreditar que Vieira mudara de opinião sobre como se daria a dominação lusitana universal. O texto defendia a velha idéia de conquista do mundo e da construção do Quinto Império. Mas o próprio Antônio Vieira sabia que dos reis, como dos outros homens, não se sabe nunca quais se salvam nem quais se perdem.

O retorno

Em Lisboa muita mentira se diz; mas repartem-se as mentiras por todo o reino e por todo o mundo.[86]

Quando tudo parecia perdido, com Vieira condenado e abandonado em Coimbra, a situação política de Portugal mudou. Eram inúmeras as complicações no reino: o dote da filha do rei dom João IV, dona Catarina, oferecido aos ingleses (Bombaim e Tanger), debilitou a presença portuguesa na Índia; houve a derrota para os holandeses no Ceilão, Cranganor, Negapatam, Cochim, Coulam e Canano; o duque de Aveiro e Fernando Teles de Faro traíram a pátria ao passar para o lado do mais temido inimigo lusitano, a Espanha.

Mesmo encurralado pelos adversários, Vieira mantinha uma correspondência quase subversiva com seus companheiros. A fragilidade física do rei dom Afonso transbordara para seus domínios, e uma brisa golpista pairava no ar. É significativo o teor da correspondência mantida com o duque de Cadaval, em 1665, um leal oficial do reino recolhido em Tentúgal, bem longe da Corte:

> E bastava ser português para me doer muito que o reino, em ocasião que tanto necessita da assistência, autoridade, conselho e valor de

[86]Vieira, Antônio. "Sermão da Quinta Dominga da Quaresma", op. cit., vol. 4, p. 180.

V. Ex.ª, se prive a si e a nós das melhores, que por meio lhe poderíamos esperar.

Este zelo, senhor, me obriga a procurar, por todas as vias que são possíveis ao meu estado, que o Mundo ao menos nesta parte tenha a emenda que todos os bons lhe desejam; e, porque tive alguma comunicação com a pessoa incógnita de que dei conta, e me parece muito acomodada para a abertura e conclusão do negócio, a introduzi nele. Não tenho licença para declarar a cor de seu pêlo; mas, ainda que fosse ruivo, bem poderá ser exceção de regra, porque comigo se confessa algum sujeito desta pintura, de cuja consciência e bom zelo tenho toda a satisfação.

Muito estimaria eu poder lograr a ventura de estar uma hora aos pés de V. Ex.ª, mas a casa em que vivo tem tantos olhos, que é impossível não se dar fé deste furto, como também se não pode encobrir os dias passados; e a menor suspeita nesta matéria seria de mui grande dano ao mesmo negócio.[87]

Se todo o clima conspiratório já não bastasse para enfraquecer a figura frágil do rei dom Afonso VI, sua esposa, dona Maria Francisca de Sabóia, também questionava seu curioso comportamento. Havia uma diferença entre a educação de ambos, sem contar os velhos problemas das amizades do marido. O casal real também não produziu nenhum herdeiro. A rainha nunca deixou de ser leal a Luís XIV, o rei Sol, da França, e sempre se apressou em defender os interesses do país, imiscuindo-se na política interna de Portugal. Exigiu fazer parte do Conselho de Estado e impôs o general Schomberg, seu parente, como general-em-chefe do Exército. Mesmo tendo um relacionamento atípico com o marido, tratava de ter o máximo de influência sobre ele. Acabou entrando em choque com o todo-poderoso conde de Castelo Melhor

[87] Azevedo, J. Lúcio de (coord.). Op. cit., vol. 2, p. 232.

A rainha Maria Francisca soube transformar um evento insignificante — envolvendo um criado do Paço — num caso de Estado. O poeta e escritor Antônio de Souza Macedo, braço direito do conde, não concordou com a postura da soberana e foi censurado. Magoado, o poeta abandonou o reino.

Nesse contexto, a rainha aproximou-se do cunhado, dom Pedro. Nem um nem outro nutria simpatia pelo conde. A aproximação política num piscar de olhos obteve outras tintas. Dom Pedro, ao contrário do irmão, era charmoso e falante. Quem primeiro percebeu algo de diferente na relação foi exatamente o arqui-rival do novo casal, o conde protetor do rei, o que só aumentou a cizânia entre eles. As escaramuças chegaram ao clímax quando dom Pedro acusou o desafeto de haver tentado envenená-lo. O caso foi parar no Conselho de Estado, que cobrou do acusador as testemunhas que este alegava ter. Nada teria acontecido ao conde se ele não tivesse pedido demissão. Dom Afonso VI perdia assim seu principal colaborador e ficava numa posição visivelmente frágil.

Para sair do isolamento, mandou chamar de volta o homem que fora o pivô desses acontecimentos, Antônio de Souza Macedo. A rainha protestou e tentou impedir o seu retorno. O caso foi parar outra vez no Conselho de Estado, que decidiu a favor do poeta e escritor. Revoltado com a ascensão de um desafeto, dom Pedro liderou um motim. Um tumulto popular, com apoio da nobreza, em outubro de 1667, acabou tomando proporções maiores, e o Paço foi invadido. Dom Afonso recuou, e a esposa e o irmão aproveitaram e avançaram. Dona Maria Francisca pediu a separação do marido; instalou-se um processo de divórcio. Enfraquecido e humilhado, o rei acabou não resistindo à pressão do irmão e abdicou.

As Cortes foram convocadas, e no primeiro dia de 1668 ficou decidida a deposição do rei. Dom Pedro se tornava regente. Dona Maria Fernanda acabou obtendo a anulação do casamento em Roma e a autorização para se casar com o cunhado. Dom Afonso foi enviado para a ilha Terceira, nos Açores, ficando enclausurado no castelo de São João Batista de Angra.

Novo governo, novos ares, velhos amigos! A mudança da política em Portugal foi favorável ao padre Antônio Vieira. Um de seus bons amigos ascendeu com o novo rei, dom Nuno Álvares Pereira de Mello, o duque de Cadaval. Ele tinha sido um dos nobres que mais censuravam o curioso comportamento de dom Afonso.

O duque de Cadaval participou com grande disposição da entrega do governo de Portugal a dom Pedro. Assistiu como condestável às cortes de 27 de janeiro de 1668, reunidas para o juramento do infante como regente no impedimento perpétuo de dom Afonso VI. Também havia sido ele o procurador da rainha dona Maria Francisca de Sabóia na causa do divórcio. Quando terminaram os problemas com a Espanha, o duque foi nomeado primeiro plenipotenciário para o tratado de paz, em fevereiro de 1668. Ainda no mesmo ano, a rainha o escolheu para mordomo-mor.

Antônio Vieira seria beneficiado pela nova conjuntura. Em fins de 1667, o padre estava recluso. Mas no ano seguinte a situação começou a se afigurar mais animadora para ele. Não se sabe ao certo o motivo, mas é bem provável que o conde de Cadaval tenha influenciado o rei a interceder por Vieira junto ao Conselho Geral do Santo Ofício. Assim, em vez de cumprir a pena em Pedroso, sítio ermo, Vieira ficaria em Lisboa, na Corte, com o noviçado da Cotovia. Na prática, estava a pena comutada, Vieira livre e podendo voltar a pregar. Mas a eterna vigilância da Inquisição impunha ameaça constante.

Em Lisboa, Vieira retomou o púlpito, e logo voltaram as multidões. Como nos bons tempos de dom João, seus sermões lotavam as igrejas. Seu prestígio, tão abalado após sucessivas derrotas no Maranhão e em Portugal, estava em ascensão. No entanto, não conseguia recuperar a velha intimidade com a família Bragança.

E o Quinto Império? Teria o padre Antônio Vieira enfim abandonado seus sonhos e seu grande projeto?

Em carta de outubro de 1671, ao amigo dom Rodrigo de Meneses, é possível perceber que a questão da repatriação dos capitais luso-judaicos, viga mestra nos planos de conquista do mundo, ainda estava bem presente no pensamento:

> Pergunto a V.S.ª, pelo amor de Deus, pelo amor da fé, e pelo amor do príncipe: qual é melhor? Judeus declarados, ou judeus ocultos? Judeus que casem com cristãs-velhas ou judeus que não casem? Judeus que confessem e comunguem sacrilegicamente, ou judeus que não façam sacrilégios? Judeus que enriquecem Itália, França, Inglaterra e Holanda, ou judeus que enriquecem Portugal? Judeus que com seus cabedais ajudem os hereges a tomar as conquistas e impedir a propagação da Fé e propagar a heresia, ou judeus que com os mesmos cabedais ajudem as armas do príncipe mais católicos a recuperar as mesmas conquistas, e dilatar a fé por todo o Mundo?[88]

Mesmo não freqüentando o Paço, Vieira não se abatia. Para ele, a ousadia era a metade da vitória, e quem temia os inimigos já saía vencido. Quem não temia, ainda que fosse mais fraco, venceria.

[88]Ibidem, vol. 2, p. 368.

Em Roma

> Toda a desunião quanto há no mundo, e muito mais nas Cortes, ou nasce do vício vil da ambição, ou do vício vil da inveja, ou do vício vil da vingança.[89]

Não se sabe ao certo quais motivos levaram Antônio Vieira a optar por sair de Portugal. O fato de nunca ter recuperado a intimidade com a família Bragança pode ser um deles. Como o destino escolhido foi a cidade de Roma, especula-se que procurava resolver de forma definitiva seus problemas com a Inquisição portuguesa. Sua liberdade era muito mais fruto da conjuntura política do que a aceitação de suas idéias por parte do Santo Ofício. Na cidade eterna, poderia tentar convencer o papa, Clemente IX, de que não era um pregador inconseqüente, reabilitando-se por completo.

Segundo João Lúcio de Azevedo e André de Barros,

> (...) o pretexto da viagem era a incumbência de promover nas estâncias próprias a beatificação dos chamados mártires do Brasil, padre Inácio de Azevedo e 39 companheiros, trucidados em julho de 1570,

[89]Vieira, Antônio. "Sermão do Santíssimo Sacramento", op. cit., vol. 6, p. 142.

no mar das Canárias, por corsários calvinistas franceses, a qual, já antes empreendia, não tivera segmento.[90]

Pode ser que esse tema estivesse em sua pauta romana, mas certamente era assunto acessório. Outra tarefa, a de maior relevância, era negociar uma noiva para o amigo e protetor, o duque de Cadaval, que enviuvara havia pouco tempo.

Como não podia deixar de ser, Antônio Vieira também se preocuparia com os destinos do Quinto Império e se empenharia na defesa dos cristãos-novos.

Em 15 de agosto de 1669 iniciou a viagem, que, mais uma vez, foi marcada por enormes contratempos: passando por duas cidades do Mediterrâneo, seu barco foi acossado por forte temporal. André de Barros nos revela que na primeira parada, em Alicante, na Espanha, esteve com "dom Felipe de Moscoso, hebreu de nação, reduzido a cristão-novo e homem com boas relações em Madri". Ainda segundo seu biógrafo, Moscoso o teria sugerido pregar em Oran, na Argélia, pois tinha convicção de que todos os judeus se converteriam.

A segunda parada obrigatória foi na cidade francesa de Marselha, onde foi recebido pelo príncipe da Toscana. Vieira chegou a Roma apenas no dia 21 de novembro, dia de Nossa Senhora da Apresentação. A recepção dos confrades jesuítas foi a mais calorosa:

> O padre-geral me recebeu com demonstração extraordinária de afeto, e o mesmo experimento em todos os religiosos desta casa, que hoje é uma recopilação de toda a Companhia, por se acharem nela em congregação os enviados trienais de todas as províncias. O certo é, senhor, que os portugueses conhecem a Antônio Vieira, pois eles o tratam como merece.

---

[90]Azevedo, J. Lúcio de (coord.). Op. cit., vol. 2, p. 275.

> O padre assistente de Portugal, com quem nunca tive correspondência, e outros muitos senhores me foram receber duas milhas fora de Roma com duas carroças, sendo tanto mais para estimar este amor, quanta é a diferença com que el-rei dom João, que está no céu, mandou a Roma este mesmo homem há 20 anos, então com a maior confiança e autoridade e hoje, quando só me era necessária, com suma indignidade.[91]

A chegada a Roma coincidiu com a notícia da queda de Creta, na segunda metade de 1669, pelos turcos. A repercussão foi de tal ordem, que o Santo Padre sofreu um derrame. Roma vivia, no início de dezembro, a angústia do grave estado de saúde em que se encontrava o papa. A morte e os funerais de Clemente IX foram os primeiros eventos importantes assistidos por Vieira em sua chegada à cidade:

> Morreu enfim o papa, nosso senhor Clemente IX, em 9 do corrente pelas três horas da manhã, que lá chamamos sete; celebraram a sua morte os validos com sentimentos, os demais com alvoroço; uns pela novidade, outros pela esperança. Ao dia seguinte, com duas horas de noite, passou pela nossa porta a pompa do enterro pela ordem seguinte: iam diante os estafeiros de Sua Santidade com tochas, logo a guarda dos tudescos, e neste lugar o corpo revestido de pontifical, descoberto por todas as partes, em umas andas de veludo de carmesim bordadas, acompanhado de um e outro lado com os 12 penitenciários de são Pedro, todos padres da Companhia, seguiam-se seis peças de artilharia, levadas por cavalos em suas carretas e guarnecidas de alguns infantes; após estas duas companhias de cavalos, uma de couraça e outra de cavalos ligeiros com as lanças enristadas; e por fim os oficiais do palácio pontifício em

[91]Idem.

carroças. Saiu do Monte Cavalo para ser depositado em São Pedro, onde vão continuando as exéquias.[92]

A cidade de Roma era bem diferente das outras que Antônio Vieira conhecera. Lisboa, em 1642, era um empório do comércio colonial português e ficara 80 anos sem abrigar a Corte. A sede do império lusitano, em comparação com as demais capitais européias, era bem provinciana e com o clima permanentemente tenso pela presença das carregadas nuvens inquisitoriais; Amsterdã era um dos aglomerados urbanos mais prósperos da Europa, uma cidade onde se respirava um agradável ar de liberdade religiosa e de expressão do pensamento.

No século XVII, a Itália estava dividida em diversos territórios, entre eles os Estados Pontifícios, independentes, mas sob a autoridade civil direta do papa. As cidades italianas, essas sim, eram vistas pelos europeus como uma verdadeira coleção de jóias, que atraíam e fascinavam. Nessa mesma época, Roma passou por uma gigantesca transformação. Sendo sede do papado, ficou decidido que ela seria um símbolo claro do poder católico. Seu embelezamento seria uma das marcas da Contra-reforma, demonstrando a força da Igreja. E não só, as mudanças deveriam sublinhar a nova fase da instituição: forte e progressista. Roma deveria ser o berço espiritual, intelectual e artístico da Cristandade. A pequena *Roma Antiqua* dos césares deveria dar lugar à grande e cosmopolita Roma Moderna das belas praças, dos prédios imponentes, enfim, dos novos tempos.

As transformações haviam começado no pontificado de Maffeo Barberini, o papa Urbano VIII. Ao longo de seu papado alguns acontecimentos foram bem representativos dessas transformações. Coincidindo praticamente com toda a Guerra dos Trinta anos, ele comandou a Igreja de agosto de 1623 até julho de 1644, quando se viu obrigado a agir com muita astúcia diplomática

[92]Ibidem, vol. 2, p. 283.

e militar. Assim, mandou construir um arsenal no Vaticano, abriu uma fábrica de armas em Tívoli e fortificou o principal porto, Civitavecchia. Tomou uma atitude que nem os bárbaros na época das invasões haviam ousado fazer: ordenou que as históricas vigas de bronze remanescentes do Império Romano fossem retiradas, derretidas e transformadas em canhões. Também foi ele quem estabeleceu Castel Gandolfo como residência de verão, ainda hoje utilizada pelos papas.

Do ponto de vista das transformações urbanas, as maiores contribuições vieram do escultor e arquiteto Gian Lorenzo Bernini. O artista, nascido em Nápoles, foi descoberto pelo cardeal Scipione Borghese, sobrinho do papa Paulo V, e logo se tornou um dos preferidos da elite local. Urbano VIII viu em Bernini a solução para as sonhadas melhorias na cidade. Sua consagração viria com as alterações no complexo arquitetônico de São Pedro, quando redesenhou a praça, alterando até mesmo o domo da Basílica, feita por Michelangelo, dando um único corpo harmonioso ao conjunto de prédios. No interior do prédio, projetou o baldaquino da Basílica, usando bronze apoiado em colunas de mármore e o túmulo do próprio papa, ambos considerados obras-primas.

Quando o papa, seu protetor, morreu, Bernini caiu em desgraça. O novo pontífice, Giovanni Battista Pamfili, ou Inocêncio X, chegava ao comando da Igreja num quadro internacional bem diferente do antecessor. Com o fim da Guerra dos Trinta Anos, as formulações contidas no tratado de paz da Vestfália reduziam seus poderes, obrigando o chefe da Igreja a conter os gastos. Esse pontificado iria de 1644 até sua morte, em 1655. Seu antecessor era conhecido pela pouca parcimônia no uso dos recursos do Vaticano, principalmente entre familiares, os Barberini, que também se apropriaram de alguns bens da Igreja.

No início do ano de 1655, com a morte de Inocêncio X, ascendia Fábio Chigi, o papa Alexandre VII. Do ponto de vista espiritual, foi um pontificado bem agitado, de 1655 até 1667. Condenou o jansenismo, uma doutrina católica que era considerada próxima do calvinismo; incluiu o trabalho do filósofo Pascal no Index; e censurou o padre Vieira. Mas permitiu que os jesuítas na China misturassem ritos locais aos católicos. Esse novo pontífice também queria moralizar a administração do Vaticano. Seu antecessor reinara de forma submissa às ordens de uma mulher, dona Olímpia Maidalchini, aliás a Pimpaccia. Ninguém chegava ao Santo Padre sem antes passar pelo seu crivo. A proximidade entre eles lhe rendeu o apelido de "Olim pia".

Do ponto de vista de reurbanização da cidade de Roma, o novo pontificado foi um sucesso. O papa Alexandre VII cercou-se de artistas: reabilitou Gian Lorenzo Bernini, manteve Carlo Rainaldi e ainda chamou Pietro de Cortona. Nesse período foram concluídas as obras das colunatas da praça de São Pedro, local consagrado às grandes cerimônias públicas da Igreja. É também dessa época a construção da Escada Santa, acesso oficial ao palácio Apostólico, com a estátua eqüestre de Constantino, na parte externa. No interior foi concluída a decoração da Catedral de São Pedro.

Na segunda metade do século XVII, Roma era a mais digna representante da arte barroca, a linguagem artística que representava os anseios da Igreja de se vender ao mundo como poderosa e vencedora. As dimensões, as formas, o caráter triunfante de suas obras eram o melhor sinônimo dos poderes da fé católica.

Quando Antônio Vieira chegou a Roma, a cidade vivia um momento de forte efervescência cultural e artística. O finado Giulio Rospigliosi, o papa Clemente IX, no curto pontificado de pouco mais de dois anos, de junho de 1667 até dezembro de 1669, mantivera a mesma linha de seu antecessor, e a vida artística se manteve em alta. Partiu dele a ordem de construir na cidade o primeiro teatro de ópera. Inaugurou esse local, em pleno Carnaval, com um espetáculo encomendado a Antônio Maria Abbatini, *Kappelmesister* (maestro do coro) da capela Sistina, e com direção artística do próprio Bernini.

A sucessão do papa Clemente IX foi das mais lentas, paralisando a cidade por muitos meses. O conclave, realizado com a presença de 62 cardeais eleitores, necessitava eleger o novo pontífice com um total de 42 votos. As votações diárias ao longo de muitas semanas ficaram entre três candidatos. Após quatro meses de impasse, ficou decidido que seria eleito o mais velho dos cardeais, expediente historicamente utilizado para um mandato temporário. Assim foi eleito o octogenário Emilio Bonaventura Altieri, coroado como Clemente X, um homem de sólida formação, cuja família era da mais alta nobreza romana. Assim, com a coroação do novo Chefe da Igreja, a vida em Roma voltou ao normal.

Durante a espera da eleição do novo pontífice, Vieira apresentou pela primeira vez pedidos ao governo português. De seu irmão, Bernardo Vieira Ravasco, haviam sido tirados em Salvador, pela Fazenda Real, cinco anos antes, 20 mil cruzados a título de apresto das naus da Índia. O padre reclamava uma parte desse dinheiro, que "por esmola e obra de misericórdia, é que efetivamente se consignem seis mil cruzados destes 20, em qualquer renda que S.A. tem na Bahia; porque desta maneira se acudirá a esta necessidade prontamente, sem a Fazenda em Portugal desembolsar coisa alguma."[93] Também rogou pela irmã Maria de Azevedo, de mais de 40 anos, órfã de pai e mãe, que estava para casar havia mais de três anos, mas lhe faltavam seis mil cruzados para ajuntamento do dote. Pedia Vieira que lhe fosse paga a dívida que o governo tinha com ela.

Vieira precisaria ultrapassar obstáculos para conquistar seus objetivos na cidade: defender a causa dos mártires e ser recebido pelo papa para apresentar sua defesa. A outra meta de Vieira era organizar os sermões e outros escritos, retomando a vida de pregador.

Mesmo tendo tido uma recepção das mais consagradoras, Antônio Vieira não era o único estrangeiro ilustre que vivia nessa época em Roma.

---

[93]Ibidem, vol. 2, p. 289.

Cristina, a rainha sem cetro

(...) dos reis, como dos outros homens, nós não sabemos quais se salvam, nem quais se perdem.[94]

Nessa época, vivia em Roma a rainha Cristina da Suécia. Mesmo tendo nascido em regiões tão diferentes e distantes, ela e o padre Vieira não só tiveram uma formação intelectual parecida, como travaram contato com as principais personalidades da época. Se de um lado a vida e a visão de mundo de Antônio Vieira podem ser matérias importantes para se entender seu tempo, o mesmo pode ser dito de Cristina Augusta. Ambos lutaram com coragem contra as situações mais adversas. Ambos tinham o mesmo anseio na mais importante cidade da Itália: liberdade.

Nascida em Estocolmo, em dezembro de 1626, filha de Maria Eleonora e de Gustavo Adolfo, rei da Suécia, sua vida inicia-se com um evento curioso; a parteira não conseguiu definir qual era o sexo do bebê recém-nascido. As especulações sobre esse equívoco a acompanhariam pelo resto da vida.

Cristina tornou-se rainha, aos seis anos, mas por se tratar de uma criança, o governo ficou sob a responsabilidade de um grupo de "cinco grandes velhos." Ao contrário do que todos esperavam, Cristina surpreendeu em sua vida acadêmica. Para espanto de seus tutores, estuda-

[94]Vieira, Antônio. "Sermão da Primeira Dominga do Advento", op. cit., vol. 1, p. 51.

va até doze horas por dia. Dificuldade mesmo só em aceitar a formação religiosa luterana. Aos 11 anos lia em latim e no ano seguinte já dominava o francês, que acabou sendo a língua preferida. Ao contrário das meninas de sua idade, não gostava de brincar de boneca, preferindo os soldadinhos de chumbo para aprender manobras militares. As armas também faziam parte de suas paixões.

Aos 18 anos, quando assumiu o controle do governo, era uma mulher pequena, com metro e meio de altura, uma evidente desigualdade dos ombros, fruto de um acidente, rosto oval de traços finos, olhos azuis bem juntos, cabelos loiros escorridos até a testa.

Já em idade de casar, Cristina desenvolveu uma forte relação com sua dama de companhia Ebba Sparre, a Belle. As duas dividiam a mesma cama, fato que a rainha gostava de sublinhar em público. Não demonstrava nenhuma disposição para o casamento. Dizia que não suportava a idéia de ser usada por um homem como um camponês usa o campo. Também é fato que seu gosto artístico pendia preferencialmente para quadros e esculturas de mulheres nuas. Comentários e boatos começaram a circular.

Cristina também nutria enorme interesse pelo estudo de línguas bíblicas. Achava que era o melhor caminho para desvendar os mistérios ocultos da vida. Queria ter acesso aos segredos da natureza e do mundo. Chegou mesmo a pensar em abrir uma escola de línguas bíblicas em Dorpat. Começou a se interessar pela história romana, estudou grego, hebraico e árabe. Sua curiosidade não se limitou ao esoterismo: aprendeu filosofia, astronomia, alquimia.

Não tardou muito, a rainha comunicou ao Parlamento que queria indicar um sucessor ao trono. Surpresos, lembraram que o casamento já estava tratado com um primo. A conversa com os parlamentares foi concluída com a declaração de que ela jamais se casaria.

Foram muitos os fatores do isolamento pessoal e político da rainha, seu modo de vida perdulário, as hostilidades pela maneira como conduzia os assuntos do reino e a falta de vontade de casar. Foi nesse contexto que começou a considerar a possibilidade de mudar de religião: talvez os católicos estivessem em condições de entendê-la e de protegê-la de seus problemas. Além do mais, os padres, principalmente os jesuítas, eram bem preparados em diversas áreas do conhecimento.

A Suécia era um dos países mais agressivos contra o catolicismo. Como poderia sua rainha mudar de religião? Cristina procurou o embaixador de Portugal, José Pinto de Pereira, cujo secretário, Antônio Macedo, era membro da Companhia de Jesus. A rainha estava particularmente interessada na atitude dos católicos diante das novidades do pensamento científico, apesar da péssima reputação da Inquisição.

Padre Macedo teria sido a primeira pessoa a ser informada confidencialmente de que Cristina estava disposta a abjurar a fé luterana e abraçar a católica. Em seguida, ela enviou diversas mensagens sigilosas para Roma comunicando a sua decisão. A reação foi imediata: dois jesuítas disfarçados de viajantes foram enviados à Suécia. Eles freqüentavam discretamente o palácio, tentando entender a veracidade de sua opção. Após certo tempo, os religiosos concluíram que eram honestos os desejos da rainha. Quando a notícia chegou em Roma, começaram as preparações para sua recepção. A conversão de Cristina seria uma bela peça publicitária contra os hereges luteranos e calvinistas — a rainha da Suécia seria alçada a grande dama da propaganda da Contra-reforma.

No início de 1654, Cristina convocou todo o Senado e comunicou a decisão tomada, que foi aceita. O próximo passo era negociar uma mesada que garantisse sua sobrevivência, assim como a de seu enorme séquito, no exterior. Exigiu a soma de 200 mil *riksdaler*, que seriam obtidos de suas diversas propriedades no reino. Ainda sem garantias de que o acordo seria honrado, Cristina abdicou em maio do mesmo ano.

Após uma longa e tortuosa viagem, chegou a Roma e foi recebida pelo papa Alexandre VII e por todos os cardeais. A rainha ficou inicialmente hospedada na Torre dei Venti, no Vaticano, decorada especialmente para ela por Luigi Bernini, o irmão mais moço do famoso arquiteto. E ainda coube a ela o famoso Palácio Farnese, uma das jóias da arquitetura renascentista e um dos prédios mais esplêndidos da cidade. Projetado por Michelangelo, no interior havia ainda uma galeria pintada por Annibale Carracci. Quem logo se tornou íntimo desse ambiente magnífico foi o cardeal Décio Azzolino, conhecido por manter certas ligações amorosas não muito decentes e com fama de ter roubado a herança do irmão. Era chefe do Secretariado de Cumprimentos, ou seja, a seção de códigos secretos, além de ser responsável pela Correspondência para Príncipes.

Cristina achava-o animado e provocativo, idealista e encantador. A amizade entre eles rendia bons frutos. A aproximação com a rainha da Suécia era uma prova de que Roma assumia uma posição de neutralidade entre as duas potências, França e Espanha. Logo, era de interesse dos membros da cúria romana. Ser próxima de um cardeal representava para Cristina um atalho aos corredores do poder no Vaticano.

Foram muitas e demoradas as visitas do cardeal Azzolino ao palácio Farnese. Instantaneamente, ela trocou as roupas masculinas pelos vestidos com decotes generosos e jóias. Não demorou muito para que essa informação chegasse aos ouvidos do Santo Padre. Na Cidade Santa, o comportamento das mulheres, nesse tempo de Contra-reforma, era o mais contido possível, e a súbita explosão de feminilidade da rainha não deveria exceder esses padrões.

Cristina viveu seus mais felizes anos em Roma durante o pontificado de Clemente IX, graças ao cardeal Azzolino, que mantinha relações de amizade com o papa. Como já vimos, nesse tempo a cidade voltou a viver uma efervescência artística importante; e a rainha foi uma peça de peso nessa retomada.

Mesmo tendo já a cidade uma casa de espetáculos, sua residência continuou sendo um local das artes e da cultura. As noites em seu *palazzo* misturavam música, teatro e debates culturais. Passaram por essas animadas *soirées*: Bernini, o cravista Pasquini, os maestros Alessandro Scarlatti e Ottoboni, o violinista Arcângelo de Coreli, o cantor Antônio Rivani, entre outros.

Em fins de 1669, o papa Clemente IX morreu. Cristina estava nesse exato momento junto ao dileto amigo. Dessa vez, não era a morte de um monarca, mas de uma pessoa querida. Além das aventuras artísticas, ele concedera à amiga uma salvadora mesada. Os meses que se seguiram foram de angústia. Tanto ela como — e principalmente — o cardeal Azzolino temiam que o novo papado trouxesse surpresas desagradáveis. Durante o concílio, a cidade de Roma se fechou. Os cardeais mantiveram-se enclausurados, e ninguém entrava ou saía do Vaticano sem passaporte.

Enfim, em abril, foi eleito Emilio Altieri, de idade avançada e "sem memória", segundo um panfleto que circulou pela cidade. A eleição não agradou a Cristina e Azzolino. Clemente X não pertencia ao círculo de amizades da rainha, e seu companheiro acabou perdendo o cargo, tornando-se um simples funcionário da Secretaria de Estado.

Antônio Vieira teria que esperar a acomodação do quadro político, típico do início dos papados. Durante a espera, o padre não parou de trabalhar em favor de sua causa e pediu ao rei que escrevesse carta ao novo papa, rogando ajuda na canonização dos mártires do Brasil. Na mesma missiva pedia, pela primeira vez, algo para ele, uma pensão para pagar o aluguel da cela onde vivia, como ele mesmo disse, mais contente que o papa no Vaticano. De resto, muitas saudades da pátria: "Só o esquecimento de Portugal me pode levar a Portugal; mas, enquanto a minha memória tem lá a V.S.ª, é impossível este esquecimento." No fundo do coração havia a esperança de ser lembrado por dom Pedro II e retornar com o prestígio de outros tempos recuperado.

A presença portuguesa em Roma crescera muito entre os séculos XIV e XV. Eram peregrinos que passavam pela cidade em direção à Terra Santa.

Havia até mesmo um hospital-albergue destinado a acolher esses lusitanos. Em meados do século XV, o cardeal dom Antão Martins de Chaves ampliou a instituição. Em 1638, o arquiteto italiano Martino Giovani construiu uma extraordinária fachada para a pequena igreja de Santo Antônio dos Portugueses. Então Vieira retomou sua vida de semeador, pregando em português. Seus dois primeiros sermões (o da "Quarta-feira de Cinzas" e o do "Mandato") foram encomendados pela comunidade portuguesa da cidade.

No ano de 1671, começaram os problemas de saúde que o acompanhariam pelo resto da vida. "Um grande defluxo que notavelmente lhe ofendeu o ouvido." Mesmo assim, Vieira trabalhou na causa dos mártires. Fez diligências, pesquisas e juntou diversos documentos. Chegou a ter uma audiência diante dos cardeais, e após mais de quatro horas lhe pediram novos argumentos.

A comunidade portuguesa de Roma, como já acontecera em Lisboa, passou a superlotar a pequena igreja de Santo Antônio para escutar o padre Vieira. O sucesso retumbante chegou aos ouvidos de João Paulo Oliva, Geral dos jesuítas. Vieira, que nesse tempo já tinha mais de 60 anos, foi incentivado a aprender italiano. Não gostou nada da idéia e escreveu: "Sei a língua do Maranhão e a portuguesa, e é grande desgraça que podendo servir com qualquer delas à minha pátria e ao meu príncipe, haja nesta idade de estudar uma língua estrangeira para servir, e sem fruto, a gostos também estrangeiros."[95]

Muitos anos antes, em sermão no Maranhão, Vieira declarara que:

> Fácil é pregar à gente da própria nação e da própria língua (...) a dificultosa é pregar a uma gente de diferente língua e diferente nação... a dificultisíssima [sic] é pregar a gentes não de uma só nação e

[95]Azevedo, J. Lúcio de (coord.). Op. cit., vol. 2, p. 503.

uma só língua diferente, senão de muitas e diferentes nações, e muitas e diferentes línguas, desconhecidas, escuras, bárbaras, e que se não pode entender.[96]

Antes de fazer o primeiro sermão em italiano, Vieira escreveu: "O discurso será meu, as palavras, nem minhas, nem vossas. Não minhas, porque de línguas estranhas; não vossas, porque mal polidas, e duramente pronunciadas."[97]

Não pôde resistir o padre Vieira às ordens de seus superiores, e assim, em meados de 1672, ele iniciava nova aventura *dificultisíssima*: aprender a pregar em italiano. Tarefa que lhe custou caro:

> Muita razão tem V.S.ª de duvidar da minha saúde, quando falta carta minha em algum correio, e assim foi no passado: entrou o inverno com tanto rigor, que há muitos dias ando mui mal tratado, estando alguns de cama, de que ainda mal me levanto, sendo porém até agora maior a moléstia que o perigo. Acrescenta-se a este trabalho o de aplicação à língua italiana, e querendo à força que fale nela em público, que é a mais terrível obediência que se podia impor à minha idade.[98]

André de Barros descreve assim o impacto do "Sermão das Chagas de São Francisco": "A platéia, composta de muitos príncipes, prelados e seis cardeais, fica atônita."

Era outubro, e o inverno ainda nem tinha chegado, mas os rigores das ordens da Companhia de Jesus não podiam ser negligenciados. O resultado de tamanho esforço foi amplamente recompensado. O padre Gonçalo Alves assim relatou a pregação em italiano de Vieira:

---

[96]Vieira, Antônio. "Sermão do Espírito Santo", op. cit., vol. 5, p. 417.
[97]Azevedo, J. Lúcio de (coord.). Op. cit., vol. 2, p. 476.
[98]Ibidem, vol. 2, p. 495.

> Pois foi extraordinário o seu triunfo!
>
> Acorriam a ouvi-lo príncipes, prelados, cardeais, toda a nobreza romana, o povo em tanto concurso que por muitas vezes, foi preciso guardar com soldados as portas dos templos! O "Sermão das Quarenta Horas" que ali pregou em 1673, principalmente, foi um triunfo incomparável. Nesse maravilhoso sermão "só púrpuras de eminentíssimos Cardeais se contaram 19; coisa ou nunca, ou raramente vista.[99]

Vieira chegava ao ápice de sua fama. Seu carisma e sua eloqüência atingiam as gentes da própria nação e as gentes das demais nações. E atingia todos os extratos sociais, as massas, o clero, a nobreza. Poucas vezes na história da Igreja alguém merecera a honra de ser prestigiado por 19 cardeais. Eles representavam quase um terço do colégio eleitoral que acabara de eleger o papa Clemente X.

Antônio Vieira assim lidou com o sucesso:

> Agora falarei em mim e de mim brevissimamente. Com esta vai um sermão que o padre-geral me obrigou a pregar em língua italiana, como há muito tempo desejava. E, sem embargo dos defeitos de pronúncia de que nele me desculpo, foi tão bem recebido dos cardeais e grandes desta Corte, que o mesmo padre-geral me tem avisado para pregar em dois congressos, em que assiste todo o Sagrado Colégio, a instâncias das mesmas eminências. É o padre-geral o único pregador que tem o papa, e o maior de Itália, e quer ele muito que eu lhe suceda no ofício.[100]

Vieira não se interessou em ser o substituto de João Paulo Oliva como o Geral da Companhia de Jesus, nem pregador do papa nem Assistente pelas Províncias de Portugal. Seu maior desejo era voltar para o reino.

---

[99] Vieira, Antônio. Introdução, op. cit., vol. 1, p. XIII.
[100] Azevedo, J. Lúcio de (coord.). Op. cit., vol. 2, p. 503.

> Também querem que eu seja Assistente das Províncias de Portugal, a que tenho resistido fortissimamente, e qualquer destes grilhões, ainda que dourados, me prenderão de tal maneira em Roma que morrerei nela, posto que me dure muito a vida, e ajudarão não pouco a me a abreviar, sobre outros inconvenientes e pensões muito alheias dos meus intentos, e da quietação com que me quisera aparelhar para a morte.[101]

Vieira não gostava da cidade; acusava Roma de ser uma galé insuportável. Sofria de saudades de seu país. Quanto mais obtinha sucesso, maior era a dor de não estar pregando e servindo ao rei e à sua pátria. Também lamentava que, com tantas atividades, não pudesse trabalhar em seus textos, pois alimentava a intenção de publicar seus sermões.

Antes mesmo do retumbante sucesso, o padre chamou a atenção da rainha Cristina. Desde a juventude, ela respeitava, admirava e visitava os padres da Companhia. Infelizmente, existem poucas informações sobre o contato inicial de Vieira com Cristina: sabe-se que ainda no primeiro ano na cidade ele foi obrigado pelo Geral a pregar para a rainha na Quaresma. Assim como dom João IV, bastou um único encontro para que Cristina ficasse encantada, e na seqüência ele tornou-se membro de sua Corte, sempre obrigado pelo padre João Paulo Oliva. No auge da fama, Cristina resolveu conquistar de vez a amizade do padre Vieira. Não satisfeita em tê-lo como pregador, capturou-o em seus salões eruditos e literários.

> O que passa em Roma é que a rainha da Suécia, contra todas as minhas repugnâncias, e com obediência expressa ao padre-geral, me tem nomeado seu pregador, e eu fico com o encargo de fazer na sua capela todas as pregações, duvidando qual seja a maior dificuldade,

[101]Ibidem, vol. 2, p. 558.

> se haver de falar italiano, se haver de satisfazer a um tal juízo que aqui se reputa sem controvérsia pelo mais ardente e sublime *utriusque sexus*. Costuma achar-se naquele lugar tudo o maior e melhor de Roma, e eu acho-me com os meus anos e com o nosso pouco gosto.[102]

O ponto mais notável da aproximação entre esses dois ilustres moradores de Roma aconteceu na inauguração da nova academia que a rainha queria patrocinar — a Arcádia Acadêmica. Para registrar de forma solene seu novo empreendimento cultural, foram convidados dois dos maiores doutos da cidade: Girolamo Cattaneo e, claro, Antônio Vieira. Ambos eram padres da Companhia. Um debate que versaria sobre o seguinte tema: seria o mundo mais digno de risos ou de lágrimas? No dia 6 de dezembro de 1674, diante de uma platéia repleta de nobres e gente de letras, os dois padres iniciaram uma elegante esgrima retórica.

Girolamo Cattaneo se respaldou em Demócrito e seu riso, Antônio Vieira, em Heráclito e suas lágrimas. A rainha teve que se conter para não aplaudir e quebrar o ar solene que dominava o salão:

> Demócrito ria, porque todas as coisas humanas lhe pareciam ignorâncias; Heráclito chorava, porque todas lhe pareciam misérias: logo maior razão tinha Heráclito de chorar, que Demócrito de rir; porque neste mundo há muitas misérias que não são ignorâncias, e não há ignorância que não seja miséria.[103]

Com essas palavras Vieira vencia a pugna. O Geral dos jesuítas alguns dias depois mandou uma carta ao padre Vieira, em que contava que, durante o embate, não pudera escutar bem as palavras de Vieira, pois sua audição era atrapalhada pelas altas colunas do *palazzo* da rainha Cristina. Mas declarara, ao ler o escrito de Vieira:

---

[102]Ibidem, vol. 2, p. 570.
[103]Vieira, Antônio. *As lágrimas de Heráclito*, p. 70.

> Com todo vagar li e tornei a ler a sua oração, quase que fiquei extático de assombro, que qualquer dos seus parágrafos tem causado na minha alma, e que também deixaram no meu rosto. Falo sinceramente a um filho, a quem tanto amo, e a quem tão altamente estimo. Este panegírico de V.R. não cede a outro algum dos seus discursos, exceptuando o das lágrimas, em que venceu não só a todos seus companheiros, mas também a si mesmo, impossibilitando-se a sair à luz com outro parto igual.
>
> (...) foram pela pena de V.R. esculpidas em diamantes com tanto primor, que cada uma das reflexões é um milagre da eloqüência, e da sabedoria.[104]

André de Barros ainda relata outra passagem sobre a popularidade de Vieira:

> Pregou durante os divertimentos de Carnaval. A nobreza nesses dias saía mascarada, a cidade ficava tomada por delírios, e havia desordem nos espetáculos públicos. Para neutralizar, o papa institui o Jubileu das Quarenta Horas. O pão dos anjos ficava exposto em várias igrejas, o tesouro das indulgências era aberto. No dia em que Vieira pregou num templo maior, os teatros e o corso romano ficaram vazios.[105]

Não era à toa que Cristina queria o padre como seu confessor, mas ele sempre resistiu. Alegava ser confessor de um único soberano, o rei de Portugal. Esse era o objetivo: servir ou voltar ao reino. Mas as portas em Lisboa permaneciam fechadas. Percebendo que dom Pedro não lhe dava ouvidos, apelou para a irmã deste, dona Catarina, rainha da Inglaterra. Sempre mantiveram boas relações, mas a filha de dom João

[104]Barros, André de. Op. cit., p. 33.
[105]Ibidem, p. 16.

IV estava magoada com o papel de Vieira na deposição do irmão e não se mostrou simpática a ajudar.

Não obstante, Antônio Vieira se encontrava em Roma, entre outros motivos, para se defender junto ao papa das acusações da Inquisição portuguesa. Talvez seu prestígio o tenha ajudado; além do mais, o Santo Ofício português não tinha boa reputação. Vieira escreveu que, na Itália, diziam que os portugueses tinham muito valor, mas que não tinham juízo nem governo. A defesa que Vieira fazia dos cristãos-novos e a sua importância para o fortalecimento da economia eram aceitas em Roma.

Finalmente o papa, num documento de 17 de abril de 1675, isentou o padre Antônio Vieira "perpetuamente da jurisdição inquisitorial". Dali em diante ele só poderia ser convocado pela Congregação do Santo Ofício em Roma. No documento, o Santo Padre chamava Vieira de "amado filho" e o prevenia a voltar a sua pátria para tratar da saúde. Não satisfeito, quis ainda nomeá-lo Prepósito da Casa Professa, mas o jesuíta não aceitou o cargo. Antônio Vieira não precisaria mais temer a nenhum oficial da Inquisição portuguesa. Sob esse aspecto, estava desimpedido para retornar ao reino.

Vieira era então um senhor de 67 anos. Teria ele desistido dos planos para o Quinto Império? Durante os seis anos em que viveu em Roma, Vieira não se desligou do quadro político e econômico de Portugal e do mundo. Da Itália, ele recebia informações do que acontecia em toda a parte, mantendo-se sempre muito bem informado. Em momento algum, por exemplo, abdicou de lutar pelos direitos dos cristãos-novos e contra os confiscos inquisitoriais. Em carta de 24 de outubro de 1671, defende:

> Os Judeus se tirem de onde nos sujam a casa, e que se ponham onde nos fertilizem o campo. Assim o faz o Papa, e a Igreja romana, que é a regra da Fé e da Cristandade, tirando desta permissão muitos proveitos espirituais, e evitando muitos inconvenientes temporais. Lancem-

> se de Portugal os judeus, os sacrilégios, as ofensas de Deus, e fiquem em Portugal os mercadores, o comércio, a opulência, que nunca tiveram agora e os que se converterem serão verdadeiros cristãos, e os demais pouco importa que vão ao Inferno de ai de outra parte.
>
> (...) Qual é melhor? Judeus declarados, ou judeus ocultos? Judeus que casem com cristãs-velhas ou judeus que não se casem? Judeus que confessem e comunguem sacrilegamente, ou judeus que não façam sacrilégios? Judeus que afrontem a Nação, ou judeus que a não afrontem? Judeus que enriqueçam Itália, França, Inglaterra e Holanda, ou judeus que enriqueçam Portugal?[106]

Também a idéia de criar a companhia de comércio e navegação permanecia viva. Vieira lutou para que a proposta feita por um grupo de cristãos-novos ao rei de Portugal fosse aceita. Propunham a formação de uma companhia oriental, mandando generosamente quatro mil homens para a Índia e mais mil anualmente nos anos seguintes, além de presentear a Coroa com embarcações, tudo em troca do perdão geral aos acusados de judaísmo pela Inquisição portuguesa. Como o rei não aceitasse a oferta, o grupo ainda tentou renegociar oferecendo mais: enviar sem custo para o erário mais de cinco mil homens, proposta ainda assim negada.

A recusa teria sido motivada por uma reação de parte do povo. Logo espalhou-se pelo reino que Vieira estava por trás das negociações. Como ainda morava em Roma, o padre ficou protegido da ira popular, mas seus irmãos jesuítas foram molestados publicamente. Um ano antes de ser beneficiado pelo documento papal, Antônio Vieira escreveu o "Desengano católico sobre a causa da gente de nação hebréia". Apesar de não assinado, também seria seu o documento "Memorial a favor da gente de nação hebréia".

[106]Azevedo, J. Lúcio de (coord.). Op. cit., vol. 2, p. 365.

Quando o príncipe dom Pedro deu um discreto sinal de aproximação, o padre achou que era possível retornar a Portugal. E lá voltava o sexagenário padre Antônio Vieira a sua querida pátria, guiada por um soberano que não controlava totalmente o governo, pois continuava dividindo poderes com o Santo Ofício. Além do mais, dom Pedro só seria coroado em 1683. Enfim, uma nação que ainda não enxergava uma saída para suas mazelas. E, como dizia Antônio Vieira:

> Se lançarmos os olhos por todo o mundo, acharemos que todo ou quase todo é habitado de gente cega. O gentio cego, o judeu cego, o herege cego. Mas de todos estes cegos, quais vos parece que são os mais cegos? Não há dúvida que nós, os católicos. Porque os outros são cegos com os olhos fechados, nós somos cegos com os olhos abertos.[107]

[107]Vieira, Antônio. "Sermão da Quinta Quarta-feira da Quaresma", op. cit., vol. 4, p. 95.

A construção de um império

(...) por uma omissão perde-se uma maré; por uma maré perde-se uma viagem, por uma viagem perde-se uma armada, por uma armada perde-se um Estado.[108]

Se os planos de Vieira para transformar Portugal no Quinto Império e seu rei no monarca dos monarcas não avançavam, em outros países que abrigavam idéias milenaristas parecidas a situação não era muito diferente. Na Espanha e na Inglaterra, os sentimentos de que algo de grande relevância histórica estava para acontecer não se confirmaram. É bem verdade que o ano de 1666 foi pródigo em novidades. A cidade de Londres, no início de setembro, foi quase totalmente destruída por um incêndio; uma segunda guerra opusera ingleses e holandeses ainda como efeito do Ato de Navegação; Isaac Newton formulou parte fundamental de sua obra: o teorema Binomial, o cálculo, a Lei da Gravitação Universal e a natureza das cores.

Após os eventos que culminaram na morte do rei Carlos I e a chegada ao poder do milenarista Oliver Cromwell, a Inglaterra ainda viveu muitos anos de guerras e conturbações até a segunda metade do século XVII. A morte de Cromwell, em 1658, foi o início de uma série de situações políticas difíceis: seu herdeiro foi o próprio filho Richard, que logo foi deposto e substituído pelo rei Carlos II. O retorno à monarquia era

[108] Vieira, Antônio. "Sermão da Primeira Dominga do Advento", op. cit., vol. 1, p. 55.

uma decisão do Parlamento; com esse confuso quadro político, no campo religioso a situação não era muito diferente, culminando na Revolução Gloriosa.

Os espanhóis viviam uma fase de visível decadência. Na segunda metade do século XVII, governava o rei Carlos II. Era um homem raquítico, quase louco e impotente, reflexos prováveis da prática comum de sua família de casarem-se entre si. Seu reinado refletiu essa debilidade. Durante sua longa permanência no poder, entre 1665 e 1700, a Espanha viu o poderio geográfico e militar se esvair. É bem verdade que uma parte desse tempo o poder esteve nas mãos de sua mãe, dona Mariana de Áustria. Do grande império foram subtraídos Flandres e Franche-Comté e algumas praças fortes no Artois; na França a Restauração portuguesa foi enfim reconhecida, Carlos acabou recebendo o epíteto de o "Amaldiçoado". Para os que esperavam o *Vae Encubierto*, uma enorme decepção.

Nos demais países europeus, o sonho de construção do império definitivo não tinha as mesmas dimensões. A França, na segunda metade do século XVII, vivia um momento de afirmação na Europa. O reinado do rei Sol, Luís XIV, é um bom exemplo desses tempos favoráveis. A Holanda, grande potência militar e marítima, era uma república razoavelmente democrática e em franco crescimento econômico. Mas uma articulação que teve início em Amsterdã acabou tendo enormes influências nos meios milenaristas.

Em pleno século XVII, eram difundidas crenças segundo as quais a dispersão dos judeus em todas as partes do mundo era uma das condições essenciais para o advento da era messiânica. Entre os que acreditavam nisso estavam os rabinos Menasseh ben Israel e Isaac Aboab da Fonseca.

Aboab nasceu na cidade portuguesa de Castro Daire, em 1605, e foi batizado com o nome de Simão da Fonseca. Antes de fixar residência na Holanda, morara na França. Sua família era descendente do ilustre Gaon de Castilha, autoridade maior no ensino e na interpretação das leis do tribunal rabínico. Aos 17 anos, tornara-se professor e mais tarde formara-se rabino junto com Menasseh ben Israel. Era tão respeitado que foi indicado para ser um dos juízes do Tribunal Religioso, tendo participado, anos mais tarde, da excomunhão do filósofo Baruch de Espinosa. Foi designado para ser o primeiro rabino do Novo Mundo, tendo sido enviado para Recife com o fim de liderar a primeira sinagoga das Américas. Sua presença no Brasil foi considerada tão importante e estratégica que lhe foi oferecido um salário quatro vezes maior do que o que recebia em Amsterdã.

Não se sabe ao certo se era messiânico, mas há fortes evidências. Os boatos contam que era adepto de Sabatai Tsevi, o suposto Messias da Turquia. Seu papel à frente da Sinagoga Zur Israel foi fundamental para os judeus do Recife, entre os anos de 1642 e 1654, a primeira grande leva chegara à cidade em 1638, liderada por Manoel Mendes de Castro. Aproximadamente 200 pessoas vieram em dois navios. A segunda parte veio com Aboab, sem contar os que viajavam por conta própria. Estima-se que, quando os holandeses foram expulsos do Brasil, a população de hebreus fosse de mais de cinco mil moradores. No Novo Mundo, a comunidade pioneira teve a preocupação de propor uma lei muito progressista: não era tolerada discriminação entre asquenazis e sefaraditas. Entre os judeus havia, e há, um forte preconceito. Os asquenazis, judeus vindos da Europa Central e Oriental, sentiam-se superiores aos sefaraditas, judeus que, em fuga da Península Ibérica, se espalharam pela Europa Ocidental, Turquia e o norte da África.

Com tamanho crescimento, a comunidade passou a ser servida com duas congregações: a Zur Israel do Recife e a Magen Abraham de Maurícia. A religião não era a única preocupação das lideranças religiosas — havia um sistema de assistência para as pessoas com dificuldades, e a preservação da cultura judaica era rigidamente controlada.

Enquanto os judeus se instalavam no Brasil, Menasseh ben Israel começava uma negociação com Oliver Cromwell, objetivando o retorno dos hebreus à Inglaterra. A negociação começou antes dos conflitos entre ingleses e holandeses decorrentes da adoção do Ato de Navegação pelo próprio Cromwell, em 1651. Estabelecida a paz, Menasseh foi até a Inglaterra tratar pessoalmente com o Lorde Protetor da proposta. Ciente de que o problema maior residia na aceitação pelo Parlamento, Menasseh encaminhou a seguinte petição: "À Sua Alteza o Lorde Protetor da comunidade da Inglaterra, Escócia e Irlanda. O humilde remetente, Menasseh ben Israel, teólogo e doutor em medicina, em nome da nação hebréia."

Alguns argumentos levantados pelo rabino no documento eram bem parecidos com os de Antônio Vieira: a dispersão do povo eleito pela extremidade da terra, segundo o profeta Daniel, daria ensejo à vinda do Messias, e a chegada dos judeus ao comércio internacional só traria benefícios. Vieira e Menasseh pensavam de maneira bastante parecida.

Em setembro de 1654, ano da expulsão dos holandeses do Brasil, David Abravanel e Samuel ben Israel, filho de Menasseh, voltaram a procurar o Lorde Protetor. David Abravanel era conhecido como Manuel Martinez Dormindo, ou seja, cristão-novo, ou marrano, como se falava na Espanha. Trabalhara como Tesoureiro Real na Andaluzia. Acabara preso pela Inquisição espanhola durante cinco anos, acusado de praticar secretamente o judaísmo. Conseguira escapar, chegando a Amsterdã e tornando-se um importante comerciante. Tempos depois, enviaria seus filhos, Daniel e Salomão, para o Brasil. Na Holanda, abraçou a religião judaica. Os Abravanel eram uma tradicional família judaica espanhola que sempre colaboraria com os reis católicos. Seu principal antepassado, Isaac Abravanel, ajudara financeiramente Cristóvão Colombo em seu projeto marítimo.

Na Inglaterra, David e Samuel retomam as negociações com Cromwell. No ano seguinte, em 1656, o milenarismo inglês e o messianismo judaico se encontravam em terras inglesas; dessa união nasceria algo novo: dali em diante, seriam tolerados e podendo retornar após mais de 350 anos.

Ora, se os judeus não podiam mais ficar no Brasil desde a volta dos portugueses, que destinos poderiam ter? Em termos de história do Novo Mundo e do Brasil, o ano de 1654 marca o início de uma espécie de diáspora americana. Quem seria o condutor dos judeus brasileiros à Terra Prometida e onde ficaria esse lugar? Na verdade, não houve um Moisés nem mesmo um único destino. Do Brasil, os judeus tomaram três direções diferentes.

A ilha de Curaçao, no Caribe, foi um dos destinos. A Companhia das Índias Ocidentais, a mesma que conquistara o Nordeste brasileiro, ocupava a ilha desde o ano de 1634. Inicialmente, o local era apenas um ponto de apoio para seus barcos. Anos mais tarde, Peter Stuyvesant foi nomeado governador de Nova Amsterdã (Nova York) e Curaçao. A ilha caribenha acabou por tornar-se uma espécie de entreposto do comércio de escravos para a região. Um dos objetivos de sua administração foi aumentar a população. Em 1648, a Companhia das Índias Ocidentais divulgou um edital incentivando a migração de novos colonos. João de Yllan, um cristão-novo, mostrou interesse. Nascido em Portugal, em 1609, morava em Amsterdã, onde voltara às origens, convertendo-se ao judaísmo e consagrando-se um membro influente da comunidade portuguesa local. Comprometeu-se a levar colonos de sua religião para lá. Mesmo com a desconfiança de Stuyvesant, 50 famílias saíram da Holanda para trabalhar na agricultura no Novo Mundo.

No Brasil, ninguém sabe ao certo qual era o total de judeus produtores de cana-de-açúcar. Estima-se que muitas famílias não revelassem suas verdadeiras identidades, por motivos óbvios. Mas com o fim da presença holandesa em Pernambuco, houve um aumento da imigração para Curaçao, resultado da política do governo desse lugar. Em 1659, a presença judaica na ilha já era significativa. A Companhia garantiu-lhes então grandes extensões de terras bem localizadas, isenção tributária e dos serviços de vigilância durante o *shabat* nos períodos de guerra, além da liberdade de credo e amplas garantias. Aparecia o primeiro documento legal garantindo liberdade religiosa no Novo Mundo. O resultado veio rápido, e no fim do século XVII, era a colônia mais próspera do Caribe, recebendo a alcunha de "Comunidade Mãe das Américas". Sua riqueza vinha em parte de suas boas relações com diversas zonas produtoras da região, como Suriname, ilhas Virgens, São Tomé, Panamá, Caracas, New Port, Rhode Island e Nova York.

O acordo de paz estabelecido entre lusitanos e holandeses, em janeiro de 1654, dava o prazo de alguns meses para que a comunidade judaica se retirasse levando seus bens. Ao se aproximar a data prevista, muitos ainda esperavam transporte, e os barcos que voltavam para a Holanda partiam, em geral, superlotados. Um pedido foi feito ao governador Francisco Barreto de Menezes para que se ampliasse o prazo de partida dos hebreus. Mas Barreto foi implacável: só pouparia os judeus que nunca antes tivessem abraçado o cristianismo, alegando que eram as leis da Inquisição e que não tinha autoridade sobre elas.

Temerosos, os judeus restantes pediram ajuda aos últimos membros holandeses no Brasil, Walter van Schonenburgh e Hendrick Haecxs. Assim, aproximadamente 150 pessoas puderam embarcar no navio *São Francisco* de volta a Amsterdã. A estada para muitos não foi definitiva, e houve nova imigração em direção ao Novo Mundo. Segundo o pesquisador americano Arnold Wiznitzer, existe um manuscrito intitulado *Providência de Dios con Israel*, do chefe *hakkan* de Amsterdã, Saul Levi Mortera, que descreve a migração para o que hoje seria a cidade de Nova York.

Um grupo de judeus saídos do Recife, no navio *Valk*, teve seu barco tomado por espanhóis, que ameaçavam entregá-los à Inquisição. Acabaram sendo desembarcados na Jamaica e encaminharam uma petição solicitando que os cônsules holandeses de Cádiz e San Sebastian interviessem junto ao rei de Espanha, a fim de rogar pela libertação dos prisioneiros judeus brasileiros. O governo holandês deferiu imediatamente o pedido dos hebreus, e no mesmo dia escreveu aos cônsules declarando, entre outras coisas, que considerava o caso extremamente sério. Acabaram sendo libertados e rumaram em direção a Nova Amsterdã, a bordo do barco francês *Sainte Catherine.*

Desse grupo, 23 judeus, entre homens, mulheres e crianças, conseguiram chegar ao destino, em setembro de 1654. Acabaram fundando a primeira comunidade judaica daquela que viria a ser a cidade de Nova York, que em 1664 foi conquistada pelos ingleses e mudou de nome. Entre os viajantes, identificamos três homens citados no relatório da cidade como pessoas que assinaram o livro de atas da Congregação Zur Israel do Recife, no ano de 1648: Abraham Israel, David Israel e Mose Lumbroso.

O Rosh Hashanah (ano novo judaico), no ano de 5415, caiu em 12 de setembro, e esses judeus adultos, juntamente com muitos outros que já estavam em Nova Amsterdã, realizaram a primeira celebração judaica da passagem de ano nessa parte do Novo Mundo. Os refugiados do Brasil, talvez sem ter consciência, mudavam o eixo do Novo Mundo de Recife para Nova York.

O clima de liberdade foi fundamental para o sucesso e o crescimento da comunidade e da própria cidade. Depois de ter fundado a primeira sinagoga da América do Sul e do Novo Mundo, o grupo abria o primeiro templo hebreu, a Shearith Israel, da América do Norte. Não só foi fundamental no desenvolvimento da cidade, como no do futuro país, que viria a ser criado em 1776. A história norte-americana foi escrita com acentuada contribuição de alguns judeus de origem lusófona.

Durante a Guerra de Independência, os exércitos americanos eram abastecidos pelos barcos do armador Aaron Lopes, aliás, Duarte Lopes. A participação de judeus portugueses nesse episódio é das mais relevantes; em alguns momentos a tropa chegou a ter 20% de judeus lusófonos. O primeiro rabino da América, Gershom Mendes Seixas, foi amigo pessoal de George Washington. Já Benjamim Mendes Seixas foi um dos fundadores da bolsa de Nova York, e, juntamente com Isaac Gomes,

Moisés Mendes Seixas e outros, fundou o banco de Rhode Island, precursor do poderoso Federal Reserve.

A imigração das comunidades judaicas para o Caribe e América do Norte não parou por aí. Como já vimos, a Inglaterra já fazia parte dos planos messiânicos de Menasseh ben Israel. Alguns aspectos sobre a primeira e reduzida comunidade em terras inglesas são bem curiosos. Em 1665, havia 200 judeus morando em Londres, e muitos continuavam sendo proprietários de terras no Brasil. Se levarmos em conta que em 1690 o total de hebreus era de apenas 300, podemos concluir como era significativa a presença de pessoas vindas do mundo lusófono. Em Nova York, vários nomes portugueses são associados ao crescimento do país e da comunidade; em 1657, Simon de Cárceres foi um dos fundadores do cemitério local; no mesmo ano, o sobrinho de Menasseh ben Israel, Salomão Dormindo, foi admitido na poderosa bolsa de valores, a Royal Exchanges.

Entretanto, o clima religioso na Inglaterra não era dos mais tranqüilos, e os capitais eram muito sensíveis a esse tipo de problema. De fato, após a morte de Oliver Cromwell, em 1658, a situação religiosa ficou ainda mais confusa. O novo rei, Carlos II, havia sido financiado por judeus como Mendes da Costa e Augustine Coronel-Chacon, enquanto vivera no exílio; e o resultado foi uma onda de anti-semitismo.

Esse quadro só mudaria após o ano de 1689, com a assinatura da Declaração de Direitos, a Bill of Acts.

A Inglaterra passou no século XVII por um gigantesco processo de transformações. A unificação do país iniciada por Henrique VIII, aliada à diminuição do poder da Igreja e à entrada na corrida colonial, marcou o início dessas mudanças. Num segundo momento, o poder absoluto do rei tornou-se um entrave aos interesses da burguesia mercantil. Após a Revolução Puritana (1640-1648), que tinha Oliver Cromwell à frente, a situação mudou. Os burgueses cresceram em poder no Parlamento e conquistaram benefícios, como o Ato de Navegação.

Em 1688, a Revolução Gloriosa fechava esse período. Três anos antes era coroado Jaime II. O novo soberano confessara a fé católica na década anterior, fato que acabou por lhe causar enormes problemas. Reinou de forma pouco hábil e acabou deposto pelo príncipe de Orange. A revolução foi responsável pelo aparecimento da primeira monarquia constitucional da Europa.

Alguns autores reconhecem na Revolução Gloriosa o ponto de passagem do fanatismo religioso para o fanatismo de classe. Enquanto os ingleses se rendiam à difícil arte de conviver com as diferenças, os reis e seus súditos tiveram que aprender a se sujeitar à lei. Esse novo clima favoreceu a chegada de novos capitais judaicos. O primeiro rei após a Revolução, Guilherme III, trouxe um grupo que financiava seus exércitos. O mais importante foi Salomão de Medina, mas também outros capitalistas com sobrenomes bem significativos como Machado, Pereira, Prado e outros. Foi nesse contexto favorável que o rei decidiu criar o Banco da Inglaterra.

Talvez Antônio Vieira não tenha sido o primeiro a vislumbrar que a religião não poderia ser um entrave ao desenvolvimento das atividades econômicas e financeiras. Tinha a convicção de que no futuro não seria mais possível segregar as pessoas pela religião e, sobretudo, pelo que elas podiam aportar. A vitória das tropas luso-brasileiras no monte dos Guararapes se verificou desastrosa para seus planos; talvez não tivesse imaginado que o resultado final seria a sangria desses capitais. Enquanto em Portugal o poder da Inquisição seguia intocável, em outras partes da Europa o clima religioso apontava para um caminho de maior tolerância e respeito.

Em 1674, Vieira retornava à sua amada pátria, beirando os 70 anos, a saúde não era a mesma, assim como suas relações com o poder.

Ainda antes de sair de Roma, escreveu uma carta ao amigo padre Manuel Fernandes:

Diziam el-rei e a rainha que estão no céu que, depois de recuperado e restituído o Reino, só faltava uma fortaleza por conquistar, que era a do Rossio, onde se encastelaram tantos traidores como naquele tempo se experimentou, e hoje se experimenta, posto que com menos declarados pretextos. S.A. tem agora a ocasião de derrubar e avassalar o orgulho e rebelião desta fortaleza, não com a sua mão senão a do Pontífice: o que importa é que se aproveite dela, pois o pode fazer sem contradição, e *citra omnen invidiam*, pois a causa já não é dos cristãos-novos senão da Fé e da Igreja, a que S.A. não pode negar sua proteção e auxílio; e fazendo acudirá à primeira obrigação da sua consciência e ofício, e ganhará fama imortal com o mundo, e a graça e propensão da Sé Apostólica, que para todos os negócios da coroa, e para os das conquistas, é de tão importante conseqüência.[109]

---

[109]Azevedo, J. Lúcio de (coord.). Op. cit., vol. 3, p. 40.

A pátria amada

> Quem visse a Adão no Paraíso com tantas presunções de divino, mal cuidaria que em todo o mundo pudesse haver preço por que se houvesse de se dar. E que sucedeu? Deu-se ele, e deu todos os seus filhos por uma maçã. Se nos vendemos tão barato, por que nos avaliamos tão caro?[110]

Mesmo cercado de glórias, tendo alcançado prestígio internacional, Antônio Vieira passou seus últimos dias em Roma muito infeliz. Pela leitura de sua correspondência é possível destacar alguns dos fatores que o angustiavam. O maior talvez tenha sido a decadência de sua condição física: a saúde piorava dia a dia. Talvez fossem as saudades de Portugal, talvez o clima frio da cidade, provavelmente a combinação desses fatores. A total falta de prestígio junto à Corte de dom Pedro também o aborrecia. Certa vez dissera que amar a quem aborrece é ato de generosidade, aborrecer a quem se ama é ato de ingratidão. Mas só não disse o que significava aborrecer a quem não o amava. Um outro motivo, mais mundano, era o próprio clima social, em especial as solicitações que sofria da rainha Cristina.

Em diversas cartas, Vieira acusou inúmeros problemas de saúde. No primeiro dia do ano de 1675, ele escrevia a Duarte Ribeiro Macedo:

[110]Vieira, Antônio. "Sermão da Quarta Dominga do Advento", op. cit., vol. 1, p. 253.

Depois de desejar a V.S.ª muitos anos e felicíssimos, temo que este seja o último da minha vida, principalmente se, na consulta que amanhã se há de fazer dos médicos, eles não acabarem de se persuadir que o clima de Roma é a causa principal e originária deste achaque e me receitarem a mudança de ares, não passando aos vizinhos por alguns dias, como querem os amigos, mas caminhando aos pátrios. Pode ser, que assim cessem os impedimentos, e se componham os que me detêm aqui como me querem antes vivo em Portugal que morto em Roma.[111]

Após a visita aos médicos, Vieira revelou:

Fez-se consulta de médicos sobre o meu achaque, e, contra o parecer do nosso português Miguel Lopes, o desta casa, da rainha da Suécia prevaleceram, e me deram uma purga que no mesmo dia me causou uma boa febre, a qual posto que se julga acidental ainda continua, sendo já hoje o quinto dia; mas eu, pela experiência que tenho de mim em casos semelhantes, se o clima e a idade não têm feito grandes mudanças na natureza, espero que ela, ainda que tão enfraquecida, há de vencer o mal, e que Deus me não há de querer tirar a vida em tempo que é tão necessária.[112]

Alguns dias mais tarde:

O achaque do estômago continua com a mesma contumácia; a febre vai e vem sem ordem nem correspondência firme, e só posso dizer de certo que me acham muitas vezes com o pulso limpo. Só esperam que isto tenha consistência, para que eu saia dos ares de Roma, como tem decretado, e vá buscar o remédio duvidoso a ou-

[111]Azevedo, J. Lúcio de (coord.). Op. cit., vol. 3, p. 142.
[112]Ibidem, vol. 3, p. 145.

tros marítimos, que nestas costas, pela maior parte despovoadas, não são fáceis de achar com comodidade.[113]

Antônio Vieira enfim começa a se tratar fora da cidade, em Neptuno, a 35 milhas distantes de Roma, e depois em Albano:

> Tanto mais quanto em Neptuno e aqui em Albano, sendo aquele sítio quentíssimo e este friíssimo, experimento que o mal não só não diminui, mas vai sempre em grande aumento. Com este desengano, por lhe não chamar desesperação, faço conta de me tornar daqui a poucos dias a Roma, a ouvir a sentença dos médicos, com que se conformarão os superiores, porque ainda que me querem aqui, não me querem morto. Não há dúvida de que hão de resolver que não devo esperar em Roma outro inverno, nem também nos arredores dela, pois a experiência tem mostrado que não são propícios; com que não fica para onde apelar senão para os ares pátrios.[114]

Há quem defenda a idéia de que Antônio Vieira teria inventado a doença como pretexto para voltar a Portugal. É o caso de João Francisco Lisboa:

> Não queremos pôr em dúvidas a realidade das moléstias de Vieira, em que são concordes todos os seus biógrafos, sendo ao demais incontestável que ao sair de Roma contava ele perto de 70 anos, e era muito achacado. Mas ele mesmo, num memorial dirigido da Bahia a el-rei dom Pedro, no qual enumerava os seus serviços, e os renunciava a favor de seu sobrinho Gonçalo Vieira Ravasco, alega, entre outros, o de fingir-se doente em Roma, para fugir às honras que lhe destinava a rainha da Suécia, e poder vir para Portugal.[115]

---

[113]Ibidem, vol. 3, p. 150.
[114]Ibidem, vol. 3, p. 159.
[115]Lisboa, João F. *A vida do padre Antônio Vieira*, p. 241.

Existem muitos relatos bem precisos sobre o estado de saúde de Vieira ao longo do ano 1674, quando proferiu um dos famosos sermões da série intitulada "As cinco pedras de Davi", no início do ano, após se recuperar de uma febre que durou exatos 30 dias. Apesar disso, esse é um dos pontos altos de sua passagem por Roma. A série foi realizada na Quaresma como exercício de piedade, ao longo da noite — de fato, era um sacrifício para quem acabara de se restabelecer de uma doença: passar uma noitada no palácio da rainha Cristina, ouvindo música e tendo que discursar.

Como explicação para essa mudança, consta que Vieira não morria de amores pela cidade e chegou a escrever que tinha vontade de fugir. Além disso, parecia não mais suportar a convivência com a rainha sueca, como deixa claro:

> A rainha da Suécia está maltratada de uma queda, e eu sou tão descortês que não fui à sua antecâmara saber como estava, sendo passadas três ou quatro semanas; o que não digo sem mistério, por certa alusão de uma carta que recebi neste correio, e folgarei o título nem provisão [sic], nem beijei a mão àquela majestade, nem fiz ato pelo serviço o mais especulativo jurisconsulto; salvo que eu lhe desse conta de obediência dos meus prelados.[116]

À parte as discussões sobre a veracidade de sua doença, o motivo acabou servindo perfeitamente aos seus interesses: voltar para Portugal. O próximo passo para garantir com sucesso o retorno era mais uma vez tentar uma reaproximação com a Corte. O primeiro expediente utilizado foi por meio de carta em que relembrava aos assessores de dom Pedro que sempre servira à pátria arriscando a própria vida em missões à Holanda, Inglaterra, França e Itália. Previdente, também se dirigiu a dona Catarina, na Inglaterra, irmã do rei:

---

[116]Azevedo, J. Lúcio de (coord.). Op. cit., vol. 3, p. 145.

> Senhora tem V.M. a seus reais pés Antônio Vieira neste papel, porque é tal a sua fortuna, que não pode fazer em pessoa, por mais que o desejou e procurou. A quem me queixarei do príncipe dom Pedro, meu senhor, senão à V.M.? Por causa, depois do primeiro desterro, padeci as indignidades que me não atrevo referir; e quando para o reparo delas esperava o escudo de sua real proteção, nem uma folha de papel para o seu embaixador pude consentir, em que lhe encomendasse assistisse nesta cúria.(...) Quis fazer a minha viagem a Roma por Inglaterra, para antes de morrer ter a consolação de ver a rainha da Grã-Bretanha, minha senhora (como ainda espero), e comunicar a V.M. de palavras muitos particulares que não podem fiar do papel, e só porque os N.N. não imaginassem que sua alteza por este rodeio consentia no fim da jornada, me não concedeu que passasse uma vez por amor de mim aquele mesmo canal de Inglaterra, em que sete vezes me vi perdido pela conservação da sua coroa. Mágoa é maior que todas a paciência a consideração [sic] de que experimente estes rigores em um filho del-rei dom João, e da rainha dona Luísa de imortal memória, um criado tão favorecido de ambos, que um o nomeou por mestre e o outro por confessor do mesmo senhor. V.M. por toda a sua clemência perdoe a indecência destas queixas, que a dor não tem juízo, e nenhuma é maior que a do amor ofendido.[117]

Ainda que João Francisco Lisboa tenha levantado suspeitas sobre seu estado de saúde ao sair de Roma, Antônio Vieira já se encontrava bastante debilitado: estava quase cego do olho esquerdo, com o direito comprometido, só escutava quando lhe falavam bem de perto, tinha lapsos de memória e estava com problemas nas pernas em decorrência de um tombo. Porém nada parecia lhe doer tanto quanto a falta de sensibilidade do rei e a total falta de esperanças de que o quadro pudesse mudar.

---

[117]Ibidem, vol. 3, p. 695.

Nada parecia surtir efeito. Vieira ainda cobrou que o rei fosse honesto e que dissesse com todas as letras que ele não era bem-vindo. É bem verdade que o padre acabou recebendo uma incumbência: na viagem de volta, deveria passar em Florença e negociar o casamento da princesa herdeira de Portugal com o filho do grão-duque da Toscana. Com proteção do papa, que o tornava imune da Inquisição, e convocado para uma missão governamental, era hora de voltar ao reino.

A primeira parada foi exatamente em Florença, aonde chegou antes da festa do Espírito Santo e de onde partiu logo depois, sem obter sucesso nas negociações do casamento. O próximo passo foi descer até Livorno, no Mediterrâneo, para 24 horas depois já estar em Gênova. Depois de receber cartas de Portugal, achou mais prudente seguir viagem evitando a Espanha. De barco foi até Marselha. A seqüência da viagem foi bem turbulenta:

> Partindo de Marselha cheguei a toda a diligência a Tolosa, e dali me embarquei pelo Garona, cujos vapores, porque foi forçoso dormir duas noites ao sereno, me tratam tão mal a vista que quase perdi subitamente a do olho esquerdo; e, posto que em Bordéus me sangrei com outras preparações de purga e caniculares, recebendo aviso em La Rochela, havia nau inglesa que esperava a duquesa, por não perder esta ocasião me tornei outras duas vezes a embarcar, com que aquele acidente não melhorou, e faço esta com óculos, e me contentarei de que o mal não passe ao olho direito, graças a Deus de haver vivido 66 anos sem este auxílio, com que muito mal me acomodo.[118]

De volta a Lisboa, Vieira levou ainda algum tempo até ser recebido pelo rei. De acordo com João Lúcio de Azevedo, havia um rosário de

---

[118]Ibidem, vol. 3, p. 193.

suspeições contra ele: o fracasso da missão em Florença, fato que desagradou a rainha dona Maria Francisca de Sabóia, e sua eterna luta em favor dos cristãos-novos estavam entre elas. Ainda segundo a mesma fonte, "em torno dele pairavam desconfianças, e lhe atribuíam maquinações suspeitas com raiz em Espanha". O encontro não foi nada animador, segundo a carta enviada a Duarte Ribeiro Macedo:

> Enfim ontem faz um mês que entrei nesta que V.S.ª chama nossa Babilônia, bastantes dias para entender e conhecer. E, se V.S.ª diz que a conhecerá segundo a recepção que me fizer, nem eu quero dar a V.S.ª outra notícia, nem esta será em larga história. Em suma, nestes 30 dias só no dia em que beijei a mão de S.A. que Deus guarde, o vi e lhe falei. O lugar da audiência foi em público, com o conde de Vilar Maior à vista, para o qual olhava mais S.A. que para mim, e conforme esta circunstância foi a brevidade do tempo, que devia estar taxado, como também a matéria, que não passou dos ordinários e mui ordinários cumprimentos. Parece-me que de Roma escrevia a V.A. que o maior cuidado dos colaterais, enquanto eu não chegasse, havia de ser pregar a S.A. que me não ouvisse, e assim o têm conseguido, porque nem o príncipe me há de chamar nem eu ir lá sem ser chamado.[119]

Venerado em Roma, desprestigiado em Portugal. Sem interlocutores em Lisboa, Vieira recolheu-se em Carcavelos. Seus problemas de vista se agravaram e quase não podia mais ler. Seu estado físico de maneira geral piorava cada vez mais. Na passagem do ano de 1677 para o de 1678, Vieira começou a mancar muito e quase não saía mais do quarto, nem tinha esperanças de melhora. Bastara uma viagem de Roma a Lisboa, do paraíso ao inferno, e sua vida mudara muito. As notícias de seu ocaso

---

[119]Ibidem, vol. 3, p. 202.

em Lisboa rapidamente chegaram a Roma. E o Geral dos jesuítas, padre João Paulo Oliva, reiterou o convite para que voltasse e aceitasse ser o confessor da rainha Cristina. Vieira se escusou aceitar:

> A minha incapacidade para tão soberano ministério, dei juntamente conta do estado a que meus anos e enfermidades me tinham reduzido, sem esperança de poder aturar os rigores do frio em qualquer clima da Europa; e que por esta causa, de conselho dos médicos, estava já então deliberado a me passar aos ares da minha província (...) Mas tem sucedido tanto pelo contrário no presente inverno que, sem evidente perigo de vida, não poderei suportar o que resta dele, e muito menos guardar o vindouro para a frota seguinte, que não parte para o Brasil senão de ano em ano.[120]

Ainda assim, contava com tamanho prestígio internacional, que começaram a surgir na Espanha, reino que nunca visitara, publicações falsificadas de seus sermões. O aparecimento dessas obras irritaram o autor:

> Muitos dias há tenho notícias que se bolia dessa banda, por parte de alguns religiosos êmulos da Companhia, contra os dois livros que lá se imprimiram em meu nome, sendo grande parte sermões totalmente alheios e supostos, e os que na substância eram meus, cheios de infinitos erros, e com os discursos ou trocados ou diminuídos ou acrescentados, e finalmente corruptíssimos. E como havia 14 anos que os ditos livros, sem consentimento meu, antes muito a meu despeito, corriam sem reparo nem objeção, e este zelo se levanto [sic] contra eles depois que eu tive o recurso e privilégios de Roma.[121]

---

[120]Ibidem, vol. 3, p. 359.
[121]Ibidem, vol. 3, p. 293.

Vieira, prudentemente, resolveu começar a trabalhar na ordenação e publicação de seus "borrões", como ele mesmo intitulava os escritos. Antes reclamara, sem sucesso, junto aos editores de Madri, que vendiam sermões alheios como sendo dele. Em Portugal, os livros antes de serem impressos deviam ser enviados ao Tribunal da Inquisição para serem avaliados. Ao menos nesse momento Vieira foi ajudado por dom Pedro. Os originais foram enviados com todas as recomendações do monarca.

Em um de seus muitos sermões, que mais tarde viriam a ser publicados, Antônio Vieira revelou sua opinião sobre os autores e seus livros:

> O livro é a mais perfeita imagem de seu autor; tão perfeita que não se distingue dele, nem tem outro nome: o livro visto por fora, não mostra nada; por dentro, está cheio de mistérios: o livro, se imprimem muitos volumes, tanto tem um, como todos, e não têm todos mais do que um: o livro está juntamente em Roma, na Índia, e em Lisboa, e é o mesmo: o livro, sendo o mesmo para todos, uns percebem dele muito, outros pouco, outros nada; cada um conforme a sua capacidade: o livro é um mudo que fala; um surdo que responde; um cego que guia; um morto que vive; e não tendo ação em si mesmo, move os ânimos e causa grandes efeitos.[122]

Esse sermão é de 1642, e Vieira não pensava em publicá-lo. Também, são bem interessantes suas opiniões sobre o poder da palavra escrita:

> Não há coisa mais escrupulosa no mundo que papel e pena. Três dedos com uma pena na mão é o ofício mais arriscado que tem o governo humano (...) Quantos delitos se enfeitam com uma penada? Quantos merecimentos se apagam com uma risca? Quantas famas se escurecem com um borrão? Para que vejam os que escrevem,

[122]Vieira, Antônio. "Sermão de Nossa Senhora da Penha da França", op. cit., vol. 10, p. 61.

> de quantos danos pode ser a causa, se a mão não for muito certa, se a pena não for muito aparada, se a tinta não for muito fina, se a regra não for muito direta, se o papel não for muito limpo (...) Todas as penas, como as ervas, têm a sua virtude; mas as que estão mais chegadas à fonte do poder são as que prevalecem sempre a todas as outras.[123]

Em tempos de pouco prestígio, Vieira ainda teve a chance de comemorar mais uma vitória de sua incansável luta pelos cristãos-novos, obtida na longínqua Roma. A repercussão foi imediata em Portugal, onde o núncio logo entrou em contato com os ministros do Tribunal da Inquisição, comunicando a nova situação jurídica que abrandava timidamente as perseguições. Não se sabe se foi a notícia ou o trabalho de preparação de seus sermões, ou até mesmo a mudança de temperatura, mas o velho jesuíta encontrou forças para superar a saúde cada vez mais comprometida.

Quando o ano de 1679 chegou, o quadro físico de Vieira era desalentador:

> A minha idade passa de 70 anos; a vista totalmente perdida em um dos olhos e, no outro, mui debilitada; e, em uma palavra, os demais sentidos e potências, principalmente a memória, estão mui débeis e defeituosos; e de dois meses a esta parte tão mal tratado de uma perna que, hoje mesmo, dando-me licença o padre provincial para ir a cavalo a uma consulta, não me foi possível montar na mula e sustentar-me nela.[124]

Para amenizar os problemas de saúde, Vieira organizou uma temporada de banhos em Caldas. Da curta temporada na estação termal o único benefício foi a paz que a ausência de Lisboa lhe trouxe. Os assun-

[123]Ibidem, "Sermão da Terceira Dominga da Quaresma", op. cit., vol. 3, p. 198.
[124]Azevedo, J. Lúcio de (coord.). Op. cit., vol. 3, p. 359.

tos da Corte aos poucos iam lhe causando desgosto e aborrecimentos. Vieira começou então, lentamente, a demonstrar novo interesse pelas coisas do Brasil.

As notícias sobre o Maranhão o alegravam. A entrada cada vez maior de escravos negros poderia ser o remédio para a colônia. Se o problema crônico de falta de mão-de-obra fosse enfim resolvido, os índios estariam livres para serem catequizados pela Companhia. Antônio Vieira se entusiasmou muito com a possibilidade de uma mudança radical na situação econômica e chegou mesmo a vislumbrar um futuro de muito trabalho para os padres jesuítas. Foi nesse quadro otimista que começou a pensar no Brasil como uma opção para gozar de seus últimos dias de vida.

Em 1680, aos 72 anos, seu estado de saúde definhava:

> Por conselho do nosso e outros médicos me passei de Lisboa a este Carcavelos; e esperando eles que os ares marítimos me fossem mais propícios, no primeiro mês continuaram as repetições da febre e o mesmo desfalecimento com que ia definhando. Depois de entrado julho me acho com mais alento e capaz de pegar na pena.[125]

Ainda no inverno de 1681, no dia 27 de janeiro, Vieira conseguiu embarcar. Essa seria sua última travessia do Atlântico. A volta à colônia, no entanto, não representou o fim de seu prestígio internacional.

Poderia ainda o padre Antônio Vieira nutrir e acalantar os sonhos de conquista? Ora, em se tratando do jesuíta, claro que sim! Em algumas cartas escritas após seu retorno ao reino, ele deixara bem claro que suas esperanças eram inabaláveis. Na primeira, de 26 de fevereiro de 1678, baseou-se em Nostradamus, que mencionava a construção da paz universal, o século de ouro, a destruição do turco e o príncipe encoberto

[125]Ibidem, vol. 3, p. 453.

e ressuscitado. Vieira só não afirmava que era um português, pois Nostradamus não teria lido a profecia de são frei Gil.

Mesmo com todo esse otimismo, Antônio Vieira tinha total consciência do atraso em que se encontrava Portugal em relação a alguns países da Europa. Tentara convencer os reis portugueses a copiarem o modelo de crescimento industrial implantado pelo cardeal Richelieu. Usou de todos os artifícios para persuadir os monarcas a imitarem o que vira anos antes em Gênova, onde um só homem conseguia ter duas mil mulheres na fabricação de meias, enquanto em Portugal as pessoas não tinham trabalho, mas tinham a matéria-prima para produzir meias. Antônio Vieira ainda diagnosticou que a ausência de fábricas era a responsável pela saída de produtos como lã, linho e seda — uma sangria que empobrecia Portugal e enriquecia Inglaterra, França e Itália.

Desde sua estada em Roma, o padre Vieira foi percebendo uma sutil, mas eficiente, política de atração de judeus para a praça de Londres. Em uma missiva, comentava as nefastas conseqüências prováveis para Portugal caso a política do rei inglês de atrair judeus e mercadores estrangeiros de Amsterdã surtisse efeito.

"Arde o mundo e Lisboa se abrasa", lamentava Vieira.

Bahia, Brasil

Muito deu em seu tempo Pernambuco: muito deu, e dá hoje a Bahia, e nada se logra; porque o que se tira do Brasil, tira-se do Brasil; o Brasil o dá, Portugal o leva.[126]

Como se tudo já não fosse difícil nesse momento de sua vida — a contradição entre o sucesso obtido no exterior e a total falta de prestígio na Corte lisboeta, agravado pela decadência física e os problemas de saúde —, Antônio Vieira ainda foi vítima de uma derradeira agressão por parte do mais temido adversário, o Santo Ofício. Como a proteção garantida pelo Santo Padre era jurídica, só devendo explicações à Inquisição em Roma, os inquisidores portugueses resolveram atingi-lo na alma. Na cidade de Coimbra, sede de um dos tribunais, foi realizado, por um grupo de estudantes e populares, uma simulação de um auto-de-fé, e ao fim do espetáculo foi queimado um boneco que diziam ser o padre Vieira.

Mesmo tendo escrito que se sentia honrado com as exéquias, declarando-se mais lisonjeado do que ofendido, Antônio Vieira acabou acusando o golpe e reiterando uma velha mágoa: a de que ele não merecia os portugueses. De fato, havia mais a ser comemorado do que ser lamentado: o tumulto em Coimbra era a resposta a uma vitória de sua luta pelos cristãos-novos. Em fins de 1681, o papa Inocêncio XI publi-

[126]Vieira, Antônio. "Primeiro Sermão da Visitação de Nossa Senhora", op. cit., vol. 9, p. 348.

cou uma nova legislação que dificultava os ritos processuais da Inquisição. As mudanças não eram muito profundas, mas suficientes para causar grandes preocupações entre os apaziguados do Santo Ofício.

O Brasil que Vieira iria encontrar em 1682 estava bem modificado. Quarenta anos antes, a colônia era apenas uma entre muitas fontes de renda de Portugal, que fora parte do império espanhol, com boa parte dominada pela Companhia das Índias Ocidentais; a cidade de Salvador era muito vulnerável, e as ameaças de novas escaramuças com os holandeses pairavam permanentemente no ar. Ao longo do século a situação mudara consideravelmente.

Os sucessivos fracassos de se tentar alavancar a economia de Portugal — tentando torná-la mais atrativa aos capitais financeiros — e a incapacidade de se desenvolver um setor produtivo eram agravadas pelo abandono da velha e bem-sucedida prática de expansão econômica e comercial. A única solução encontrada para o eterno problema de financiamento do Estado foi o aperto fiscal. O comportamento da burguesia local só agravou a situação, e esta acabou por se associar ao Estado na maciça exploração das colônias, por meio dos monopólios e outros benefícios criados no comércio colonial.

Segundo o pesquisador Jorge Caldeira, no final do século XVII:

> O comércio ultramarino, com especial destaque para o Brasil, era responsável por quatro quintos das receitas, as despesas e investimentos na área consumiam apenas um quarto das despesas, ficando o resto para nobres funcionários e mercadores que emprestavam ao governo. As colônias, em especial o Brasil, passavam a financiar não mais um império, mas uma sociedade arcaica.[127]

[127]Caldeira, Jorge. Op. cit., p. 171.

Esse quadro era ainda agravado pelo desmantelamento do império que pouco a pouco ia perdendo territórios e espaço, principalmente nas Índias.

No caso específico do Brasil, ainda havia a crise do setor mais próspero, o do açúcar. E segundo Caldeira:

> A retomada de Pernambuco gerou um uso menor da capacidade instalada, não um aumento das exportações. A lógica da política regressiva se explica pela própria decadência econômica: Portugal não tinha o que fazer com uma maior produção brasileira; assim, dedicava-se a aumentar as margens de ganho, mesmo que à custa da destruição de capacidade instalada.[128]

Ao sair da Bahia em plena euforia da Restauração, o Brasil era um local secundário. Ao lado da indústria açucareira havia uma tentativa de se expandirem outros setores. Havia o crescimento dos "curraleiros", produtores de gado, que após a derrota de diversas tribos indígenas conseguiram se instalar nos rios Salitre e São Francisco. E, no fim do século XVII, houve uma expedição mineradora à serra de Jacobina.

Do ponto de vista administrativo, o fim do século XVII e o início do XVIII testemunharam uma visível transição. Ainda em 1645 o Estado do Brasil fora elevado à categoria de Principado. Desse ano em diante, todos os herdeiros do trono português ganhavam o título de Príncipe do Brasil. A maior importância econômica que o Brasil passou a ter foi percebida na escolha de seus dirigentes. Enquanto no Oriente os principais cargos eram conferidos aos nobres, aqui os governadores eram escolhidos entre aqueles que tinham maior experiência militar. Só no século seguinte a colônia passaria a receber vice-reis. Em Salvador, os governadores-gerais não eram membros da nobreza titulada mas gozavam de enorme prestígio.

[128]Ibidem, p. 165.

Vieira chegou ao Brasil praticamente ao mesmo tempo que o novo governador-geral, Antônio de Souza Menezes, que estava substituindo Roque da Costa Barreto quando desembarcou em Salvador, em 1682. O cargo era, de certa forma, um prêmio para sua longa e bem-sucedida carreira militar. Em um combate contra a armada do conde da Torre, na Paraíba, perdera um braço. Como usava uma prótese, ganhou a alcunha de Braço de Prata. Ainda no primeiro ano de governo de Menezes seu temperamento autoritário e violento lhe causaria forte impopularidade com a proibição dos embuçados — havia um velho hábito na cidade de os homens saírem à noite enrolados em suas capas; a interdição desagradou profundamente à população mais jovem.

Mais tarde, Braço de Prata viu-se envolvido num conflito entre duas facções políticas. Quando resolveu costurar uma aliança com o alcaide-mor, Francisco Teles de Meneses, entrou naturalmente em choque com o outro partido. Faziam parte do grupo rival André de Britto de Castro (provedor da alfândega), Manuel de Barros, vereadores da Câmara, diversos capitães e o secretário do governo, Bernardo Vieira Ravasco, irmão do recém-chegado jesuíta.

Apesar de ter sido imortalizado pelo poeta baiano Gregório de Matos como exemplo perfeito de administrador colonial de Portugal — voltado para seus interesses particulares em detrimento do interesse público —, o governador Antônio de Sousa Menezes ordenou uma devassa na administração da provedoria da Alfândega, identificando a possibilidade de mau uso do cargo por parte de seu desafeto, André de Britto de Castro. Não satisfeito, demitiu-o e, em seu lugar, nomeou um primo. Aos poucos todos os membros do outro grupo passaram a ser vítimas de sua ira. Temendo que a situação se radicalizasse, muitas dessas pessoas, entre elas Bernardo Vieira Ravasco, recolheram-se no Colégio dos Jesuítas, uma tática para evitar mais perseguições e possíveis prisões.

Quando Antônio Vieira chegou, foi morar com seus pares na Quinta do Tanque. Nos primeiros dias na Bahia, após anos de ausência, a política local não fazia parte de suas principais preocupações, limitando-se a colocar a correspondência em dia. Nas primeiras cartas estão expostos os mais variados temas: elogios ao último governador que voltava para Portugal "mais pobre de fazenda e mais rico de opinião que muitos de seus antecessores"; felicitações a dom João da Madre de Deus, frei da Ordem Franciscana e censor da mesa da Inquisição, recém-nomeado arcebispo da Bahia — que aprovara os originais dos sermões de Vieira, ressaltando que deveriam ser impressos com letras de ouro —, e até mesmo elogios ao novo governador: "Eu não posso presumir mal de Antônio de Menezes, porque a madureza dos seus anos promete grandes acertos."

Como o restante da população, Vieira não tardou a perceber os verdadeiros contornos da personalidade do governante. No mais, suas maiores preocupações continuavam sendo o destino de Portugal, a conjuntura internacional e questões relativas à economia do Brasil. Em sua vida cotidiana, o padre trabalhava em seus sermões com a ajuda do inseparável amigo, o padre José Soares.

Nem mesmo o recolhimento dos desafetos do governador no Colégio dos Jesuítas foi suficiente para acalmar os ânimos. Mesmo porque houve uma retaliação. Na verdade, já havia um velho contencioso entre André de Brito Castro, o provedor perseguido, e Francisco Teles de Meneses, o alcaide-mor aliado do governador. Pois justamente André de Brito perdera o braço ao receber um tiro do sobrinho de seu desafeto. Era a hora da vingança: ele e mais oito homens mascarados e armados, às dez horas da manhã, em plena luz do dia, em rua de movimento atrás da Sé, atiraram com bacamartes, esfaquearam Francisco Teles de Meneses e, antes de sua morte, arrancaram as máscaras, revelando suas identidades. Depois disso, os assassinos, sem esboçar nenhuma preocupação, caminharam tranqüilos até o Colégio dos Jesuítas, local utilizado historicamente na cidade como asilo para perseguidos pelos governadores.

O contra-ataque do governador foi fulminante. Mandou prender Bernardo Vieira como mandante e acusou o irmão famoso de ser responsável pelo crime. O prisioneiro ficou incomunicável e proibido de escrever. Além disso, espalhou-se a informação de que o crime fora tramado tendo Vieira como cúmplice. O padre resolveu pessoalmente elucidar a questão com Antônio de Menezes. O que se sabe dessa conversa é que o clima foi dos mais violentos. Em uma carta endereçada ao ex-governador-geral, Roque da Costa Barreto, Vieira relatou que seu interlocutor estava enfurecido, gritando várias vezes e encerrando o encontro com fúria: "Vá-se daqui, e não me entre mais em palácio!"

Na mesma missiva, Vieira relata que conhecia Antônio de Menezes desde Lisboa e que este já tinha lhe pedido um favor. Algumas passagens da carta ajudam a entender os motivos da ira do governador-geral. Ao ser expulso do palácio, o padre respondeu: "E eu rindo-me para todos disse: Por certo que será matéria de grande sentimento não entrar neste palácio quem com tão grande deferente respeito tem entrado nos de reis e príncipes da Europa."[129]

E sobre ser ele o cérebro da emboscada:

> Esta é a terra de que com razão fogem todos quanto podem; e este; enfim, sou eu, tão mau sacerdote, tão mal religioso, tão mal cristão e tão mau homem, que deixei Roma e Portugal, em idade de 75 anos, para vir mandar matar homens. E quem isto cuida ou afirma sem o cuidar é aquele homem, ou meio homem, a quem se entrega este Estado, e de quem se fiam fazendas, as honras, a liberdade e as vidas de tantos e tão leais vassalos, que só pela obediência e respeito de quem tão mal representa a pessoa de S.A. sofrem estas injúrias.[130]

---

[129] Azevedo, J. Lúcio de (coord.). Op. cit., vol. 3, p. 534.
[130] Ibidem, vol. 3, p. 494.

O governador também tratou de contar sua versão. Mandou dizer em Lisboa que tivera sua autoridade desacatada pelo padre. Mas, enquanto corria um processo sob a responsabilidade de Manuel da Costa Palma, ouvidor-geral que, além de parente do morto, era amigo e homem de confiança de Antônio de Menezes, os tumultos continuaram. A rixa só foi aplacada com a substituição do ouvidor pelo desembargador João da Rocha Pita. Ao mesmo tempo, embarcou para Lisboa Gonçalo Ravasco, sobrinho de Vieira que, munido das cartas do tio e de seus depoimentos, conseguiu a demissão do governador-geral.

A vida em Salvador

Se Deus pode quanto quer, eu só quero quanto posso...[131]

Resgatar o cotidiano da vida de Antônio Vieira após seu retorno a Salvador não é uma tarefa simples, o maior obstáculo é a ausência de informações precisas. Apesar de ter escrito centenas de cartas, são poucos os relatos que temos sobre sua vida pessoal e seu dia-a-dia; mesmo André de Barros silenciou sobre essa fase da vida de Vieira. De concreto sabemos que trabalhava com entusiasmo em seus sermões e enfrentou com muita valentia os mais diversos problemas de saúde. No entanto, é possível perceber nas entrelinhas que não se tornou uma pessoa reclusa nem afastada da vida social e cultural da cidade.

Dois contemporâneos de Vieira em Salvador consagraram-se em suas atividades intelectuais: o poeta Gregório de Matos Guerra e o padre italiano João Antônio Andreoni, S.J. Não se pode afirmar com todas as letras que ambos fossem amigos íntimos do jesuíta, mas com certeza foram pessoas próximas. Graças às poesias sobre o cotidiano de Salvador, podemos entender um pouco sobre a vida dessa cidade no último quartel do século XVII.

Gregório de Matos era natural de Salvador e nascera em 1636, de uma família de fidalgos portugueses. Seus pais possuíam um engenho e

[131]Vieira, Antônio. "Sermão da Terceira Dominga Post Epiphaniam", op. cit, vol. 2, p. 119.

mais de 100 escravos. Detinham uma fortuna muito acima dos padrões baianos da época e um atestado de "pureza de sangue". Como Vieira, o poeta estudara no Colégio dos Jesuítas; como era tradição entre as famílias de seu nível social, foi estudar em Coimbra. Ao fim de nove anos graduou-se em Cânones. Optou pela carreira jurídica e após dois anos de formado foi nomeado Juiz de Fora de Alcácer do Sal; exerceu a atividade ao longo de dois anos e depois foi designado Provedor da Santa Casa de Misericórdia. Em janeiro de 1668, foi incumbido de representar a Bahia nas Cortes reunidas em Lisboa.

Assumiu o posto de Juiz do Civil, ainda na capital do reino. No início da década de 1670, foi indicado para o Senado da Câmara da Bahia na condição de Procurador. Em 1674, foi mais uma vez convocado para participar das Cortes. No fim da década, foi nomeado por dom Gaspar Barata de Mendonça Desembargador da Relação Eclesiástica da Bahia e Tesoureiro-Mor da Sé. Gregório era reconhecido como magistrado de importância e renome, tendo algumas de suas sentenças publicadas pelo jurisconsulto Emanuel Alvarez Pegas. Após 30 anos vivendo em Portugal, Gregório de Matos retornava à Bahia.

Sobre sua vida pessoal sabe-se que fora casado com dona Michaela de Andrade, jovem de uma família de magistrados. O casal teve apenas um filho, e a esposa faleceu em 1678. Porém, quatro anos antes, Gregório registrara Francisca, na Freguesia de São Sebastião da Pedreira, como sua filha natural. Quando retornou ao Brasil estava com 46 anos, viúvo e desacompanhado dos filhos.

Em Salvador, o cargo era de caráter eclesiástico, o que lhe exigia tonsura (recebimento de ordens menores) e batina. Começavam aí os problemas: Gregório de Matos se recusou a tudo. A situação se agravou quando lhe cobraram que se ordenasse padre (ordens maiores). A reação foi imediata. Passou a ser visto como "homem solto, sem modo de cristão", e acabou sendo destituído dos cargos junto à cúria baiana pelo arcebispo dom frei João da Madre de Deus.

Na vida pessoal, as coisas não foram muito diferentes. Logo que chegou, casou-se com Maria de Povos, com quem teve um filho. Provavelmente devido às suas "solturas", foi abandonado pela esposa. Sozinho e de família rica, Gregório de Matos passou a ser conhecido pela língua afiada, em sátiras e poemas sensuais e malemolentes. Seu estilo de vida lhe rendeu um sem-número de desafetos e, claro, problemas com a Inquisição. Pelo conjunto da obra, recebeu a alcunha de Boca do Inferno. Como se fossem um quebra-cabeça, seus versos fornecem o quadro da vida na cidade de Salvador, considerada por Gregório a "mãe universal".

Alguns aspectos da capital da Bahia dessa época continuam vivos até hoje. Gregório fala em mulatos desavergonhados, dos olheiros em cada porta, de gente honrada, desde o mais rico ao mais pobre; de Letrados Peralvilhos, do Clérigo Julgador, do bailado gracioso das negras e das mulatas. Sobre os governantes locais, reclama "que querem governar a cabana, e vinha, e não sabem governar sua cozinha"; e diz de quem quer que fosse amigo do rei: "Furta, coma e beba, e ainda traga o soberano na barriga." Nada escapava da pena certeira do poeta: o comportamento dos religiosos, a vida ilícita das freiras, a usura dos mercadores, a donzela embiocada e mal trajada.

A produção artística de Gregório de Matos ficou inédita no Brasil colonial. Seu estilo satírico, os componentes eróticos, o uso de termos chulos, as contundentes críticas à sociedade baiana são um marco em nossa literatura. E quais teriam sido as relações entre o poeta e Vieira? Seria possível que alguém de vida tão desregrada se relacionasse com um padre jesuíta? Teria o polêmico Antônio Vieira passado incólume pela obra ferina do Boca do Inferno?

Não, claro que não! Esses dois gênios da cultura brasileira mantiveram algum tipo de contato, ainda que não seja possível precisar como. O pesquisador Idel Becker publicou três sonetos, o primeiro atribuído a

Bernardo Vieira, o segundo a Antônio Vieira e o terceiro a Gregório de Matos. De Bernardo Vieira seria o poema cujos trechos seguem:

Se queres ver do mundo um novo mapa,
oitenta anos atende desta cepa
por onde ramos da cobiça trepa,
e emaranhada faz do tronco lapa.
(...)

O bofe muito, e muito pouco a tripa,
é a minha musa; porque nela topa
em apa, epa, ipa, opa, upa.[132]

Vieira teria assim respondido:

Vê, Bernardo, da eternidade o mapa
deixa do velho Adão a geral cepa,
pelo lenho da cruz ao Empírio trepa,
começando em Belém da pobre lapa.
(...)

Não há mister que o ferro corte a tripa,
se na parte vital o fado topa,
em apa, epa, ipa, opa, upa.[133]

Por fim, a participação de Gregório de Matos, que segundo Beckel se intitula "Por consoantes que me deram forçados":

---

[132]Becker, Idel. *Humor, humorismo e paródias*, p. 38.
[133]Ibidem, p. 39.

Neste mundo é mais rico o que mais rapa;
quem mais limpo se faz, tem mais carepa;
com sua língua, ao nobre o vil decepa;
o velhaco maior sempre tem capa.
(...)

para a tropa do trapo vão a tripa,
e mais não digo; porque a Musa topa
em apa, em epa, em ipa, em opa, em upa.[134]

Se o poeta Gregório de Matos tinha uma formação de certa forma bem parecida com a de Antônio Vieira, o mesmo não se pode dizer do toscano João Antônio Andreoni, mais conhecido como André João Antonil. Nascido em 1649 na cidade de Lucca, na Itália, estudou três anos direito canônico com os jesuítas em Perugia, depois mudou-se para Roma, onde completou os estudos. Entre 1673 e 1677, lecionou retórica e filosofia no Colégio dos Jesuítas de Santo Sepulcro, em Arezzo. Na instituição, Antonil mantinha uma dupla jornada de trabalho, pois além de lecionar também era aluno.

No último quarto do século XVII, as notícias do sucesso das reduções de jesuítas do Paraguai empolgavam a Ordem. O método de catequese dos índios, desenvolvido no Brasil pelo padre Manuel da Nóbrega, atingira o ápice na região meridional da América do Sul, e foi nesse contexto que Vieira e Antonil se conheceram. A admiração e o respeito marcariam essa amizade. O jesuíta logo percebeu que seu confrade era um padre diferente. O toscano obtivera primeira láurea em língua latina e em retórica. Em carta ao bispo de Pernambuco, Vieira assim o descreveu:

[134]Ibidem, p. 41.

> Um homem tão grande que já era reputado por tal em Roma quando nela o conheci em seus primeiros anos, e lá estaria hoje ocupado nos primeiros lugares da religião, se o seu zelo da salvação das almas o não trouxera ao Brasil, deixando e pisando tudo o que é menos.[135]

Quando deixou Lisboa, em 1681, Antônio Vieira veio acompanhado de Antonil. Graças às suas pressões, o toscano seria, mais tarde, nomeado reitor do Colégio dos Jesuítas e Visitador da Bahia. Em Salvador, trabalhou como professor de retórica, além de promover atividades na Congregação de Maria para os jovens, logo tornando-se uma referência para os noviços. Apesar de sua intensa atividade religiosa, Antonil ficaria conhecido pelo livro *Cultura e opulência do Brasil*, um dos mais importantes relatos sobre o Brasil colonial.

Grande observador, nenhum aspecto sobre as atividades da economia do açúcar na Bahia e em Pernambuco passou despercebido ao olhar desse padre. Antonil revelou a fórmula do sucesso da empresa açucareira descrevendo as qualidades do solo massapé, as dificuldades de se demarcar uma propriedade agrícola no Nordeste, os segredos da fabricação do produto, as mãos e os pés do estabelecimento — ou seja, os escravos —, enfim, "de tudo o que padecia o açúcar desde seu nascimento até sair do Brasil".

Ao contrário do que se possa pensar, esse produto não era a única riqueza da colônia. Antonil descreveu com bastante entusiasmo a lavoura de tabaco, que de "folha de antes desprezada, e quase desconhecida" era agora usada nas mais diversas formas — "bebida pela manhã em jejum", mascada, aspirada como rapé e outras, gerando enorme riqueza aos moradores da colônia. Com o mesmo entusiasmo, discorreu

[135]Azevedo, J. Lúcio de (coord.). Op. cit, vol. 3, p. 571.

sobre o setor pecuário que não parava de se desenvolver, abrindo significativos caminhos em direção ao interior do Brasil.

Na mudança de século, depois de quase 200 anos de procura, os portugueses encontraram ouro. Após a descrição da opulenta economia açucareira, Antonil foi visitar a rica região das minas. Acompanhado do governador Artur de Sá e Menezes, em 1703, logo no início do chamado ciclo do ouro visitou as regiões dos rios das Velhas e Caetés. Mais uma vez nada escapou ao olhar atento do jesuíta, que menciona a qualidade do metal, a sociedade que surgia em torno dos filões, os processos de procura, o enriquecimento rápido e absurdo dos pioneiros. Antonil acabou revelando algo de muito precioso aos interesses de Portugal, optando pelos caminhos que levavam a esse novo eldorado brasileiro.

Os censores reais consideraram o trabalho de Antonil um serviço ao rei, e sua publicação foi considerada útil para o comércio, pois poderia despertar e incitar o interesse na produção de riquezas na colônia. O Santo Ofício avaliou a obra como "muito merecedora da licença que pede; porque por este meio, saberão os que se quiserem passar ao Estado do Brasil, o muito que custam as culturas do açúcar, tabaco e ouro, que são mais doces de possuir no reino que de cavar no Brasil".

Mas a publicação de *Cultura e opulência do Brasil* não era de interesse dos portugueses. Mesmo sendo um documento de inegável valor histórico, a edição com tantos detalhes sobre a mais promissora fonte de riqueza da colônia não foi considerada conveniente. Assim, a primeira edição foi recolhida por uma Ordem Régia, em 1711, mesmo ano de sua aparição. Os exemplares não só foram retirados de circulação como queimados — mas nem todos. Alguns poucos estão em importantes bibliotecas de Portugal, Brasil, França e Inglaterra. Essa verdadeira jóia da produção intelectual colonial só foi reeditada integralmente muitos anos mais tarde, em 1837.

A amizade e o respeito que Gregório de Matos e Antonil tinham por Antônio Vieira foram registrados quando o velho jesuíta faleceu. Em carta ao Geral da Companhia de Jesus, em Roma, o padre italiano assim se manifestou:

> Os muitos e sumos dotes que Deus nele reunira, dia [sic] com verdadeiro pungir do coração, tornarão por muito tempo sensível a saudade de tão grande homem, e a aumentarão extremamente, todas as vezes que a sua lembrança, que viverá eterna entre nós, despertar em nosso espírito a sua imagem que assiduamente contemplávamos, o seu trato agradabilíssimo e os preclaros do seu ânimo.[136]

Já o poeta baiano dedicou-lhe a seguinte poesia intitulada "A morte do padre Antônio Vieira":

Corpo a corpo à campanha embravecida,
Braço a braço, à batalha rigorosa
Sai Vieira com sanha belicosa,
De impaciente a morte sai vestida.

Investem-se cruéis, e na investida
A morte se admirou menos lustrosa,
Que Vieira com força portentosa,
Sua força cruel prostrou vencida.

Porém, ele vendo então que se na empresa
Vencia a própria Morte, ninguém nega
Que seus foros perdia a Natureza;

Porque ela se exercite, bruta e cega
Em devorar as vidas com fereza,
Ao seu poder rendido a sua entrega.[137]

---

[136]Vieira, Antônio. Introdução, op. cit, vol. 1, p. XVII.
[137]Topa, Francisco. *Edição crítica da obra de Gregório de Matos*, p. 119.

Com o prestígio em queda

(...) Deus julga o que conhece, os homens julgam o que não conhecem...[138]

Os efeitos dos conflitos envolvendo Bernardo Vieira Ravasco e o governador Antônio de Souza Menezes geraram conseqüências nefastas para a saúde do padre Vieira, que se viu bastante agastado com o desenrolar dos acontecimentos. Em Salvador, sua fama e o elevado conceito em diversas metrópoles européias eram motivo de ciúmes e inveja, com as reações marcadas por certo provincianismo. Nenhum outro morador da cidade, e mesmo da colônia, havia jamais atingido o mesmo prestígio, nem mesmo o governador, cuja carreira militar fora construída longe do reino. De todas as reações contrárias, uma em particular magoou-o com mais intensidade: a do rei de Portugal.

Embora a chegada ao poder de dom Pedro tivesse representado, para Vieira, o relaxamento em relação à Inquisição, as relações entre o filho de dom João IV e o jesuíta nunca foram muito boas. "Estou muito mal com seu tio por haver descomposto o meu governador", com essa frase, Gonçalo Ravasco, sobrinho de Vieira enviado a Lisboa para defender a família dos ataques do Braço de Prata, foi recebido em audiência real. O comportamento do rei acabou municiando os adversários da família

[138]Vieira, Antônio. "Sermão da Segunda Dominga do Advento", op. cit., vol. 1, p. 169.

Ravasco. Triste, o velho padre acusou o golpe, observando, em carta ao marquês de Gouveia:

> Bastou só ler a primeira nova, de que S.M. estava mal comigo, para no mesmo dia me sobrevir um grande acidente, que logo se declarou em sezões malignas, com perpétuos delírios, em que totalmente perdia o juízo, e estive em grande perigo de perder a vida. São já passados dois meses, em que me sobressaltam freqüentes rebates do mesmo mal; e, porque passo as noites inteiras sem dormir, com pouca ou nenhuma vontade de comer, debilitando-se as forças ao mesmo passo, são bem fundados os temores com que fico de alguma total e mortal recaída.
>
> Ordene Deus o que for servido, que o que eu somente sinto é que, vindo me meter num deserto para melhor me aparelhar para a morte, nem viver nem morrer me deixem, e que seja a causa de perder tão desconsoladamente a vida um filho daqueles mesmos reis por quem a arrisquei tantas vezes, e aquele mesmo rei por quem tanto trabalhei.[139]

André de Barros acrescenta que Vieira teria delirado ao longo de todo o mês de agosto de 1684, e que seus pares duvidaram de que fosse sobreviver. As desgraças de Vieira não se limitaram aos problemas de saúde: seu estado físico o impedia de trabalhar no quinto tomo de seus sermões, sem contar que o processo contra o irmão e o sobrinho chegava ao fim, com desfecho nada agradável. Ambos estavam doentes quando foram condenados. Bernardo foi pronunciado e seqüestrado pela devassa do sindicante, fadado a cumprir dois anos de noviçado em São Bento. O filho Gonçalo teria o mesmo destino. Ao longo de toda a vida, em que experimentara vitórias e muitas derrotas, parece ser esse o momento de dor mais aguda. Suas reiteradas cartas ao rei não surtiam

[139]Azevedo, J. Lúcio de (coord.). Op. cit., vol. 3, p. 516.

nenhum efeito, nem respostas. Sua decepção ficou estampada em várias oportunidades, sempre atrás do lamento por ter sido abandonado pelos Bragança, a quem tão fielmente servira. Vieira não se conformava com o abandono e reclama humildemente ao duque de Cadaval:

> A alguns dos que têm lugar junto à pessoa de Sua Majestade, escrevi, e de nenhum tive resposta (...). A Vossa Excelência é mais presente que a todos a parte que eu tive em procurar el-rei [sic], que Deus guarde, fosse preferido, como era justo, a seu irmão; e que entre os que padecem por esta causa não fui eu o menos perseguido e avexado, como menos poderoso; e não sei em que tenho merecido à Sua Majestade os desfavores que em tudo que me toca se experimenta. Lembrando da diferença fortuna [sic] que tive com o pai e irmão, de quem Sua Majestade é herdeiro, e a quem servi tantos anos, com tantos trabalhos e perigos, não posso deixar de sentir e estranhar muito esta grande diferença. Agora escrevo à Sua Majestade, dandolhe conta do que verdadeiramente se passou, e de que eu esperava uma satisfação muito pública, como tinha sido a afronta; e já me contento e contentarei com que me absolva da rigorosa sentença de me ter fora de sua graça.[140]

A derrota da família Ravasco não foi completa, uma vez que houve a troca de governo. Antônio de Souza Menezes foi obrigado a voltar imediatamente para o reino, e um novo governador foi designado, o marquês das Minas. Junto com o novo governante, chegou a notícia da morte da rainha, dona Maria Francisca de Sabóia. Ironicamente, o marquês convidou o padre Antônio Vieira para pregar as exéquias da soberana morta. Aos 77 anos, após ter-se despedido oficialmente do púlpito em Roma, tratado sem respeito algum por Lisboa, com a saúde em frangalhos, recebendo o mais duro dos tratamentos médicos da época —

[140]Ibidem, vol. 3, p. 511.

até cinco sangrias semanais —, com a voz debilitada e totalmente desdentado, Vieira teria todos os argumentos do mundo para recusar o convite, mas não bastaram esses desenganos para se escusar e acudir ao serviço de Sua Majestade em uma ocasião de dor.

A presença do novo governador, o marquês das Minas, atenuou um pouco sua situação política. Vieira recebeu sua chegada com grande otimismo e louvor. Em carta ao conde de Castanheira, descreveu as qualidades do novo dirigente e dos novos tempos:

> V.S.ª, como quem tanto conhecimento tem das excelentes virtudes do sr. marquês das Minas, anteviu, e nos prognosticou com toda certeza, os aplausos do seu governo, e as felicidades que por sua parte logra o Estado. Mas digo por sua parte porque, como juntamente veio a ele o sindicante, posto que ministro muito recto, tem sido as suas devassas ocasiões que, debaixo da sua vara e com a mão de S.M., os inimigos e invejosos, e interessados nas ruínas alheias, se tenham vingado, destruído e condenado livremente a quantos quiserem, com falsos testemunhos, sem haver recurso nem remédio para se defenderem os inocentes, com quem uma grande parte, e a melhor da Bahia, ou se tem retirado aos conventos ou anda desterrada pelos matos; e também eu fora um destes se me não valera a imunidade do meu hábito, dizendo um rei de Portugal, por quem tantas vezes arrisquei a vida, que eu vim ao Brasil com 77 anos de idade mandar matar homens.[141]

Mas Antônio Vieira era homem de fibra. Nada parecia derrotá-lo, nem o "novo gênero de peste, nunca visto e entendido dos médicos" que atacou a Bahia em 1686. O governo local foi duramente atingido: faleceram o tenente-general, cinco desembargadores, o arcebispo e 12 religiosos da Companhia de Jesus. As ruas de Salvador ficaram despo-

[141]Ibidem, vol. 3, p. 534.

voadas. Diariamente morriam aproximadamente 30 pessoas. Em Pernambuco, entre os padres da Companhia, o número de óbitos ultrapassou a casa dos 100. No Colégio dos Jesuítas de Salvador só dois religiosos não foram atingidos: Vieira e o padre Antônio de Oliveira.

Mesmo tendo sobrevivido, sua condição física não era nada boa. Os relatos de Vieira sobre a saúde são dramáticos. Sua luta era viver para finalizar a preparação dos originais de seus sermões, uma batalha diária contra a decadência de seu corpo:

> O melhor estado em que a morte nos pode tomar aos religiosos é o da obediência, eu me conformo com este ditame, e, quanto o permitem os anos, a que faltam poucos meses para 80, e os achaques, que não são poucos, todo o mais tempo, o aplico a estes apontamentos do que nunca fiz conta de imprimir.
>
> A isto se acrescenta, com a falta de sentidos, a das mesmas potências da alma; porque já a memória não se lembra, nem o entendimento discorre, nem a mesma vontade enfastiada se aplica com gosto ao que sem ele é violência e martírio.[142]

Em outras cartas, ainda do ano de 1688, Vieira relata mais um avanço no trabalho dos sermões: "Estas regras, escritas por mão alheia e ditadas da cama, onde fico há muitos dias (posto que segundo dizem os médicos, com mais moléstias que perigo), quero que sirvam a V.M. de certidão que ainda sou vivo."[143]

Mesmo assim, Antônio Vieira foi nomeado, no mesmo ano, pelo novo Geral da Companhia de Jesus, Visitador da Província do Brasil. Sua principal meta era restabelecer as missões dos jesuítas no Maranhão. Os padres da Companhia haviam sido expulsos em 1684 pela revolta dos irmãos Manuel e Tomás Beckman. No centro da discórdia estavam

[142]Ibidem, vol. 3, p. 555.
[143]Ibidem, vol. 3, p. 568.

os velhos problemas da utilização da mão-de-obra escrava indígena com os colonos mais uma vez tendo se rebelado contra a Companhia de Jesus. Um grupo com mais de 60 homens, de diversas camadas da sociedade local, invadiu o armazém dos jesuítas. No total, 27 padres foram afastados de suas missões. A situação só normalizou quando o governo português enviou um novo governador para a região, Gomes Freire de Andrade, em meados de 1685. Com o restabelecimento da autoridade real, os padres puderam voltar. E quem estava na vanguarda da reconstrução da Ordem, no Maranhão, era Antônio Vieira.

A tarefa de mandar sete padres demandou um grande esforço. Havia a necessidade de se comprar uma embarcação, providenciar os mantimentos, soldadesca e marinheiros. Os cofres da Companhia não tinham como arcar com tamanha despesa. O incansável Antônio Vieira negociou com o Provedor a penhora da prata que adornava a sacristia do Colégio. Acabou levantando com ele e com o auxílio do governador dois mil cruzados. Em 1689, aos 81 anos, desistiu de continuar como Visitador da Ordem.

Velho, com a memória abalada, quase cego, a voz comprometida e a saúde cada vez mais combalida, teria enfim o padre Antônio Vieira desistido dos sonhos do Quinto Império? Claro que não! Ao contrário de outros tempos, o padre não tinha mais condições de lutar e agir em prol de sua construção, mas isso não o impedia de conversar e escrever sobre o tema. Até a década de 1680, Vieira continuou se correspondendo com ilustres personalidades da Corte lisboeta, como o conde de Castanheira, o duque de Cadaval e o próprio rei. Nessas cartas encontram-se algumas menções ao seu principal sonho.

Os contatos com a nobreza continuavam. Em março de 1687, Vieira recebeu a visita do conde de Alvor, vice-rei da Índia. No Colégio dos Jesuítas, os dois discutiram o estado da importante colônia portuguesa. Foi com penar que Vieira percebeu que a presença lusitana no Oriente corria graves riscos, prometendo pouca duração, pois em Lisboa não se "tomavam prontamente alguns remédios". E qual seria esse medicamento salvador? Nada mais nada menos do que a tão preconizada companhia de comércio dos sonhos do jesuíta.

Outro importante interlocutor de Vieira nesse período foi dom Luís de Menezes, o conde de Ericeira. Criado em Vila Viçosa, na Corte de dom Teodósio, dom Luís fora para a Índia tentar fazer fortuna, onde acabou seguindo carreira militar. Em 1673, foi nomeado governador da província de Trás-os-Montes. Seis anos mais tarde, publicou o livro *História de Portugal restaurado* — Vieira, correspondente freqüente do conde, foi citado na primeira edição do mais importante livro sobre o fim da União Ibérica. Nessa coleção de trocas de cartas reencontramos o sonho do Quinto Império. Talvez a mais significativa delas seja a que Vieira escreve logo depois de ler o livro do amigo. Todos os ingredientes para a sonhada conquista do mundo pelos portugueses são relembrados:

> Portugal, à imitação de Holanda, se levantassem duas companhias mercantis, uma oriental, e outra ocidental, para que, sem empenho algum da real fazenda, por meio da primeira se conservasse o comércio da Índia, e por meio da segunda o do Brasil (...) A isto se ajuntava que, como as nossas companhias ficavam mais perto de uma e outra conquista, seriam menores os gastos e maiores os lucros, os quais naturalmente chamariam e trariam a Portugal o dinheiro mercantil de todas as nações, e muito particularmente dos portugueses, que na Holanda estavam muito interessados nas companhias... e na dita proposta se dizia que o dinheiro aplicado às companhias de Portugal estivesse isento do fisco (...) esta condição foi por causa de que o Santo Ofício proibisse o papel da proposta, posto que sem nome, e que ela por então não fosse aceitada.[144]

[144] Ibidem, vol. 3, p. 574-575.

Ainda que claramente nostálgica, a carta confirmava que Antônio Vieira não tinha abandonado suas utopias. Alguns extratos da "Carta Apologética" escrita em Salvador, em 1686, ao padre Jácome Iquazafigo em espanhol, defendiam as profecias de Bandarra.

Desde 1688, quando parou de escrever e passou a ditar seus escritos, afirmou: "Tão desobrigados estão os doentes de escrever, como os mortos de falar." A morte passou então a ser um de seus temas. Declarou que a esperava obediente, o melhor estado em que a morte pode tomar um religioso.

O conde de Ericeira fora revolucionário e lutara lado a lado com a família Bragança. É considerado por muitos responsável pelo desenvolvimento da manufatura em Portugal. Portanto, do mesmo partido de Vieira. Curiosamente, é a última correspondência entre os dois amigos publicada, entre mais de 700, na coletânea de cartas organizada por João Lúcio de Azevedo.

Com o prestígio em alta

O sol pode fazer dias longos; dias grandes
só podem fazer as ações.[145]

Mesmo tendo entre os seus desafetos um governador, os inimigos de Antônio Vieira eram, como ele gostava de dizer, "pouca roupa". Depois de ter vivido algumas décadas na Europa e ter-se envolvido em articulações diplomáticas e conspirações internacionais, não seria a provinciana elite luso-brasileira de Salvador que teria forças para desmoralizá-lo e destruí-lo. Além de inequívoca reputação pessoal e internacional, os escritos de Vieira já circulavam havia muito pelo mundo, propagando suas idéias. Mas a incansável defesa dos judeus ao longo da vida era certamente o principal motivo de tamanha ira. Se em Portugal era visto como vendido aos hebreus, em outras partes do mundo seus sermões eram importante fonte de reflexão teológica.

Velho e doente em Salvador, o jesuíta veria o seu trabalho causar um incidente político-religioso: tudo por conta de uma controvérsia gerada por um sermão realizado numa quinta-feira da Paixão, sobre o amor de Cristo pelos homens nos últimos dias de sua vida terrestre. Ao contrário das polêmicas anteriores em torno de sua obra, dessa vez o interlocutor era uma mulher, uma freira mexicana. Mesmo tendo papel

[145]Vieira, Antônio. "Discurso Quarto", op. cit., vol. 14, p. 362.

passivo no caso, Vieira acabou entrando para a biografia de uma das maiores poetisas e escritoras da Nova Espanha, atual México, sóror Juana Inés de la Cruz.

Quando o conquistador Hernán Cortés avistou a cidade de Tenochtitlan (atual capital mexicana), em 1519, já na época uma das maiores aglomerações urbanas do mundo, com mais de 250 mil habitantes, o México se tornaria palco do encontro de dois importantes impérios: o mexicano e o espanhol.

Assim como em outras partes do mundo ocidental, o México não escapou à febre milenarista. A elite *criolla* — descendentes de espanhóis nascidos no Novo Mundo — tinha total consciência de que era herdeira de duas importantes culturas e se via como eleita para conduzir o tão sonhado império previsto por Daniel na Bíblia. Os milenaristas mexicanos mantinham-se informados sobre seus pares na Europa — e, claro, no Brasil.

Desconhecida do grande público lusófono, sóror Juana Inés de la Cruz, assim como Vieira, obteve prestígio e fama internacional, sem nunca ter pisado fora de seu país.

Nascida entre 1643 e 1651, Juana era filha de espanhóis e, ainda em criança, aprendeu a falar náuatle, a língua nativa da região, o que era incomum entre os filhos da elite. A vontade de aprender se manifestou quando tinha apenas três anos. Sua curiosidade era de tal ordem que parou de comer queijo, pois haviam lhe dito que deixava as pessoas esquecidas. Aos seis anos já sabia ler e escrever e pediu à mãe para ser matriculada na universidade, como os homens.

Além de se apaixonar pelos livros e de devorar os principais clássicos da época, Juana foi autodidata, aprendendo português e latim — este último dominado em curtíssimo espaço de tempo. Em um de seus escritos se queixava de nunca ter tido professores e ainda lamentava que os livros fossem os únicos confidentes.

Aos oito anos, Juana foi mandada para a cidade do México, onde foi morar com a tia materna, dona Maria Ramirez. Em 1664, com 16, foi apresentada aos novos vice-reis e logo caiu nas graças da vice-rainha, dona Leonor Carreto. Juana ficou conhecida como a "muito querida da senhora vice-rainha". A diferença de idade entre elas era de 15 anos, mas a relação entre as duas era de certa forma maternal. Ao longo de quatro anos, a jovem *criolla* viveu no rico ambiente cultural da Corte.

Aos 19 anos, Juana era uma das mulheres mais conhecidas do México. Bela e inteligente, era cortejada e desejada pelos mais doutos e influentes membros da Corte. De forma surpreendente, resolveu entrar como noviça para o convento de San José de las Carmelitas Descalzas. Pouco antes de completar 21 anos, em 24 de fevereiro de 1669, mudou-se para o convento de Santa Paula da Ordem de San Jerónimo.

No início, Juana teve dificuldades de conviver com o clima do convento. As intrigas e fofocas eram comuns. Era quase inexistente a vida intelectual, artística e científica nos conventos mexicanos. Para fugir da rotina, começou a escrever, ler e estudar. Quando não estava imersa nessas atividades, recebia visitas no locutório de vice-reis e religiosos apaixonados por letras. Mesmo sendo íntima do poder, em 1680, a chegada de um novo vice-rei, o marquês de Laguna, e de sua esposa, Maria Luísa Manrique de Lara y Gonzaga, trouxe conseqüências em sua vida.

Maria Luísa era uma mulher discreta, sensível, inteligente e logo se apaixonou pela obra de Juana, passando a ser sua mecenas. Assim, nasceu a primeira publicação do trabalho de Juana, *Inundação castáldica*. A forte amizade entre as duas gerou um vai-e-vem entre o palácio e o convento: poemas, flores, guloseimas e outros tipos de presentes. Com o tempo, o clima do locutório se tornou cada vez mais festivo — entre taças de chocolate e outras iguarias, a literatura e a poesia eram festejadas. Segundo o melhor biógrafo de Juana Inés de la Cruz, Octavio Paz, o conteúdo dos poemas da sóror "transformou-se rapidamente num sentimento de tal modo apaixonado que só pode ser chamado de amor".

O prestígio de Juana começou a se espalhar. Ela se tornou uma poetisa disputada entre os cortesãos mexicanos. A própria Igreja fazia encomendas de vilanciscos e letras sacras. Aventurou-se na dramaturgia e obteve igual sucesso. Suas peças foram encenadas na Espanha, nas Américas e no Oriente. Como Vieira, sua fama correu mundo.

E que ligações podem existir entre esses dois personagens? A resposta está na rivalidade entre o arcebispo Francisco de Aguiar y Seijas e o bispo de Puebla, Manuel Fernández de Santa Cruz.

Santa Cruz nasceu em Palencia, na Espanha, em 1637. Como era comum na época, estudou com os jesuítas e depois em Salamanca. Em 1673, chegou ao México, e dois anos mais tarde foi consagrado pelo frei Payo Enriquez de Rivera, arcebispo da Cidade do México que ocupava o cargo de vice-rei. Santa Cruz, em 1676, foi nomeado bispo de Puebla, segunda maior cidade da Nova Espanha.

Francisco de Aguiar y Seijas era galego de Betanzos. Foi educado na Universidade de Santiago de Compostela. Tinha um temperamento difícil, era devoto extremo e um sacerdote exemplar. Logo que chegou ao México, colocou em prática uma política impopular, proibindo espetáculos públicos, como teatro, touradas e brigas de galo. Também interditou as visitas às freiras do convento de San Jerónimo.

Aguiar y Seijas era um dos expoentes da Companhia de Jesus. Era amigo e admirador de Antônio Vieira. Eram tão próximos, que os dois primeiros volumes dos *Sermões* de Vieira, publicados entre 1675 e 1678, foram dedicados ao bispo de Michoacán, ou seja, Francisco de Aguiar y Seijas. Deve ser creditada ao amigo a publicação mexicana, de 1683, *Conclusiones a toda la teologia*, dedicada ao padre Antônio Vieira. Dois anos mais tarde, os mexicanos publicavam uma obra vieirista, dessa vez *Heráclito defendido*.

O motivo das desavenças entre os dois foi a saída de Payo Enrique de Rivera do cargo de vice-rei e bispo da Cidade do México. Santa Cruz, por estar há mais tempo na Nova Espanha e ser o bispo de Puebla, achou que seria promovido para a capital. Mesmo sendo muito popular, experiente e com um caráter mais moderado, acabou não tendo como enfrentar o apoio do clero metropolitano e dos jesuítas ao bispo de Michoacán. Há controvérsias sobre a nomeação. O que se sabe de concreto é que o bispo Santa Cruz nunca se conformou por ter sido preterido.

Ora, tanto Juana como Santa Cruz tinham motivos para quererem ir contra o arcebispo. O ataque seria duplo: partiria de uma mulher, e teria como tema a discussão sobre um sermão de Vieira, o "protegido", do inimigo em comum. Escolheram o "Sermão do Mandato", que fora proferido em 1650, muitas décadas antes, na Capela Real em Lisboa. Essa obra de Vieira discute o amor de Cristo no fim de seus dias. Teria Cristo amado mais os homens no fim de sua vida? Vieira responde que não, pois desde o início esse amor foi perfeito e infinito. O jesuíta falou das finezas de Cristo ao fim de sua vida terrestre com base nas opiniões de santo Agostinho, são Tomás e são João Crisóstomo.

Em fins de novembro de 1690, começou a circular em Puebla, cidade do bispo Manuel Fernández de Santa Cruz, um folheto com o seguinte título: *Carta atenagórica de la madre Juana Inés de la Cruz, religiosa profesa de velo y coro em el muy religioso convento de San Jerônimo... Que imprime y dedica a la misma sor Philotea de la Cruz, su estudiosa aficionada en el convento de la Santíssima Trindad de la Puebla de los Angeles.*

Como se pode ler, a carta fora enviada em caráter privado, de Juana para a hipotética sóror Filotea de um convento de Puebla. Acabou sendo publicada com a aprovação da única autoridade que poderia liberá-la para ser impressa: o bispo Manuel. Alegava a tal Filotea, uma estudiosa da poesia, que achara a crítica ao sermão de Vieira tão rica que decidira torná-la pública, não sem antes, num breve prólogo, acrescentar novas farpas. Defendia, entre outras teses, que o padre luso-brasileiro poderia "se gloriar de se ver contestado por uma mulher que é honra de seu sexo".

A polêmica continuou com a *Respuesta a sor Filotea de la Cruz*, escrita por Juana, no início do ano de 1691. Outros religiosos entraram na discussão. A questão cruzou o oceano e acabou chegando ao clero espanhol.

A maior reprovação sofrida por Juana nesse episódio veio de seu confessor, o jesuíta Nuñez de Miranda, um especialista em farejar os erros cometidos contra a Igreja.

Mas a punição definitiva ainda estava por vir, e chegou de forma inesperada. No verão de 1691, os vales do México foram duramente castigados com pesadas chuvas. As principais colheitas do país se perderam. Alguns meses mais tarde, coincidindo com um eclipse solar, uma praga atacou as plantações de milho e de trigo. Como em muitos momentos da história, os ricos puderam se aproveitar da situação, agravando as condições de vida dos pobres. O governo ficou sem ação, e o problema não foi minimamente enfrentado. A solução foi rezar e pedir ajuda aos céus. Em meados de 1692, a cidade foi tomada por um enorme tumulto. Uma multidão de mais de dez mil pessoas, de diversas camadas sociais, saqueou o comércio e atacou e queimou o palácio do governo. A situação ficou tão tensa que o vice-rei buscou abrigo no mosteiro de São Francisco.

O saldo final dessa grave crise foi que o vice-rei, cujo poder civil estava desmantelado e derrotado, e o bispo da cidade do México, Aguiar y Seijas, passaram a ser a única autoridade respeitada. Se isso já não fosse um enorme revés para Juana, na mesma época morria na Espanha um de seus protetores, o marquês de Laguna, ex-vice-rei da Nova Espanha.

Antônio Vieira e Juana Inés de la Cruz não tinham a mesma opinião sobre o amor de Cristo. Viveram situações bem parecidas, conheceram a glória e caíram em desgraça. Duas pessoas de talento, dois autores que acabaram sendo incomodados pelo Santo Ofício.

Acuada e desprotegida, Juana acabou perseguida pela Inquisição e apresentando ao tribunal divino uma confissão de suas culpas. Pouco tempo depois, refez sua profissão de fé e assinou o documento *Docta explicacion del mistério, y voto que hijo de defender la Puríssima Concepción de Nuestra Señora, la madre Juana Inés de la Cruz.* Aguiar y Seijas tirou ainda de Inés todos seus livros e instrumentos musicais e científicos. Destruída moralmente, ela passou a castigar o próprio corpo.

A Décima Musa, a Fênix da América, a Fênix Lusitana (ainda ironia antijesuíta), a primeira feminista do Novo Mundo, como ficou conhecida a sóror Juana Inés de la Cruz, morreu na cidade do México em 1695, com pouco mais de 40 anos. Escreveu poemas, autos de Natal e duas comédias, tornando-se uma das mais respeitadas escritoras de língua hispânica de todos os tempos. Não é exagero afirmar que, do ponto de vista do Barroco, Juana está para o México como Vieira está para o Brasil. Seu estilo ficou marcado pela maestria de verbalizar substantivos e de substantivar verbos. Como o jesuíta, usava referências mitológicas em profusão. No entanto, Juana Inés de la Cruz é bem mais conhecida no México do que Vieira no Brasil. Além de ter sido biografada por Octavio Paz, ela estampou durante muitos anos a nota de mil pesos e hoje emoldura as notas de 200 pesos mexicanos.

A força dos personagens é de tal ordem que, no século XVIII, os admiradores de ambos mantiveram a discussão: Castorena y Ursúa apoiou Juana, e a também a falsa freira Agostinha Margarita Ignácia, em 1727, defendeu Vieira.

Talvez esse seja um dos aspectos mais curiosos da vida do padre Antônio Vieira: direta ou indiretamente, ele esteve em contato com duas das mais expressivas mulheres do século XVII, a rainha Cristina e a sóror Juana Inés de la Cruz. Chama atenção o fato de, em seus sermões, Vieira não ter feito nenhuma menção que se possa destacar em favor da condição das mulheres; mesmo assim, essa protofeminista percebeu algo de diferente no jesuíta. O que se sabe sobre Antônio Vieira e as mulheres?

O escritor Ivan Lins, no livro *Aspectos do padre Antônio Vieira*, afirma que o frei Manoel Alves Carrilho teria denunciado um contrato de casamento entre o jesuíta e uma hebréia rica de Amsterdã. A informação não é muito confiável, pois está restrita a essa obra, e não fica claro em que fonte o escritor se baseia. Não que a situação não fosse possível — afinal, quando esteve na capital da Holanda, Vieira ainda era jovem, não andava de batina e circulava nos melhores meios intelectuais da cidade. Ao longo da leitura de seus sermões, é crível montar uma compilação de seu pensamento sobre as tentações da carne, a beleza feminina, as mulheres, o amor e, o mais curioso, sobre a dor da separação. Como diria o próprio padre, nenhum homem é tão sábio que não esteja sujeito a erro.

Imaginemos em que quadro Antônio Vieira possa ter se inspirado para escrever o seguinte sermão que, aliás, nunca foi pregado, pois o padre adoeceu. Mas teria sido preparado para uma missa de quarta-feira de Cinzas, na Capela Real:

> A carne peleja contra o espírito, e o espírito contra a carne. Por parte da carne combatem os vícios com todas as forças da natureza; por parte do espírito resistem as virtudes com os auxílios da graça; mas como o livre alvedrio subornado do deleitável, como rebelde e traidor se passa à parte dos vícios, quantos são os pecados que recebe o espírito, e basta cada uma delas para se perder a graça. Por isso, com razão, exclama Santo Agostinho, como experimentado em outro tempo: *Continua pugna, rara vitória*. A batalha é contínua, e a vitória rara.[146]

No mesmo sermão, há menções à beleza, aos elogios, às delícias do poder, e por fim, ao amor:

> A formosura entretém os olhos; as dádivas enchem as mãos; a descrição lisonjeira, os ouvidos; os regalos saboreiam o gosto; o poder e a majestade fazem dobrar os joelhos; mas sujeitar e render o coração, só o amor.

[146] Vieira Antônio. "Sermão da Quarta-feira de Cinzas", op. cit., vol. 2, p. 248.

(...) A mulher e a fazenda são duas coisas que mais apartam os homens do céu, os dois laços do demônio em que mais a alma se prendem e se perdem.[147]

Segundo o padre Vieira, a formosura era:

Senão uma caveira bem vestida, a que a menor enfermidade tira a cor, e antes da morte a despir de todo, os anos lhe vão mortificando graça daquela exterior e aparente superfície, de tal sorte, que, se os olhos pudessem penetrar o interior dela, o não poderiam ver sem horror.[148]

Antônio Vieira foi um duro crítico da vaidade feminina. Não se conformava com o luxo com que as mulheres se vestiam para ir à missa. Reclamava da sofisticação em excesso e profetizava o dia em que elas levariam ao templo livros de orar com folhas encadernadas de espelhos. Talvez tenha sido esse clima em suas missas que o tenha inspirado a declarar que "se todas as vezes que os homens pecassem caísse logo do céu um raio que abrasasse o pecador, não se acabariam, antes sobejariam raios".

Antônio Vieira classificou a dor da separação como fina e observou que não havia nada que a natureza não armasse que o tempo não desfizesse. Mesmo com esse rosário de sentimentos encharcados de paixão e de sofrimento, não é possível afirmar que tenha vivido alguma paixão fora do campo religioso e espiritual.

[147]Ibidem, "Sermão da Primeira Sexta-feira da Quaresma, op. cit., vol. 2, p. 291.
[148]Ibidem, "Sermão do Demônio Mudo", op. cit., vol. 3, p. 354.

Os últimos anos

(...) de maneira que não há dúvida que os homens
são os piores inimigos que os demônios.[149]

A maior luta de Antônio Vieira nos últimos anos de vida foi pela conclusão de seus sermões e dos demais escritos. Um detalhe chama a atenção em suas cartas a partir dos últimos anos da década de 1680: seus interlocutores não eram mais os velhos amigos da nobreza lusitana. Em vez de duques, marqueses e até mesmo o rei, os destinatários agora são, na maioria, pessoas sem título, padres e religiosos. Não que Vieira tenha perdido totalmente contato com a Corte. Mas mesmo nas poucas cartas que ainda foram enviadas, por exemplo, ao duque de Cadaval e à rainha Catarina da Inglaterra, já não se percebe o patriotismo exaltado nem, muito menos, os lúcidos comentários políticos.

Outro aspecto marcante nessa fase de sua vida são os contínuos problemas de saúde. Vieira travou ao longo de praticamente uma década uma luta incansável para se manter vivo e concluir a publicação de sua obra. Para ele, a saúde era um bem fundamental: "Entre os bens da natureza, o mais excelente, o mais útil e o mais necessário é aquele sem o qual nenhum outro bem pode gozar, a saúde."

A série de sermões — escritos em latim intitulados *As cinco pedras de David* — foi lançada, primeiro na Itália, poucos anos mais tarde em es-

[149] Vieira Antônio. "Sermão do Sábado Quarto da Quaresma", op. cit., vol. 3, p. 405.

panhol, e desde 1680 já circulava no México. Já a versão para o português só começou a ser traduzida, em meados de 1690, pelo padre Baltasar Duarte, notícia que o alegrou enormemente.

No mais, as cartas de seus últimos anos de vida contam uma sucessão interminável de problemas de saúde. Vieira envia uma missiva a Diogo Marchão Temudo, em julho de 1690, chegando a pedir indulgência por possíveis defeitos e erros de linguagem que porventura sejam notados. Vieira combateu todos seus males com a mesma coragem e galhardia com que lutara por seus ideais. Para um intelectual de sua envergadura, a falência de sua saúde tornava-se ano a ano mais dramática.

Em meados de 1689, descrevia o seguinte quadro:

> Também este ano me molestou a mesma enfermidade com três pertinacíssimas repetições. Cá lhe chamam nestes mesmos meses de *bicha,* e é Deus servido que só me morda dos joelhos abaixo, com inflamação, febre ardentíssima, delírios e nome de erisipela. Por esta definição pode aparecer somente grilhão dos pés, mas é também algema das mãos, e por isso escrevo esta de mão alheia.[150]

Tendo nas cartas uma de suas ocupações preferidas, perder a capacidade de escrever era um de seus maiores temores. Mas Vieira resiste e consegue ainda manter o estilo, como podemos ver em missiva enviada ao duque de Cadaval em 1694: "Por me faltar a mão com que escrevia, agora, ajudando a direita com a esquerda, dou a V. Ex.ª graças com as duas."

O resultado do grande esforço para redigir com as duas mãos ficou assim registrado:

> Na carta ao duque, que Deus guarde, acuda V.M^ce^. por mim, quando vir que a mesma letra desmente o que ela diz. Foi o caso que, para escrever por mão própria, me ajudei de ambas as mãos, e saíram-me

[150]Azevedo, J. Lúcio de (coord.). Op. cit., vol. 3, p. 592.

tão mal formados os caracteres, que eu mesmo os não sabia ler. Não o mudei porém na cópia de mão alheia o que tinha tão mal escrito, para que S. Ex.ª conheça que, no obséquio de não faltar à minha obrigação, até ao que não posso me atrevo.[151]

Com a visão comprometida, o quadro médico do jesuíta se agravou mais ainda após algumas quedas:

Eu tornei a dar outra queda, de noite, pela mesma escada fatal, muito mais perigosa que a primeira, com uma ferida na cabeça e ambas as mãos estropiadas, escapando milagrosamente com vida, ou com a metade dela, porque ainda me ficava a mão e a assistência do meu padre José, ao qual sobreveio depois uma doença de hidropisia ou inchaço, que os médicos julgam por incurável. Neste estado, sem mãos, nem cabeça, nem companhia, me fica só o coração.[152]

Morava Antônio Vieira na Quinta do Tanque, casa de repouso dos jesuítas, localidade um pouco afastada do centro da cidade. Após quase 17 anos seu estado de saúde exigiu que se mudasse para o Colégio da Ordem, em Salvador, mudança assim descrita pelo padre em 1696:

Há perto de 15 dias, como tenho escrito em outras, que estou sustentando à capa nesta Quinta a grande tempestade de catarros, que com pleurises, e sem outra febre mais que a sua natural, ouço que fazem grande destroço em todas as sortes de vidas e idades.

Enfim me resolvo a deixar este deserto e ir para o Colégio, ou sarar como homem com os remédios da medicina, ou morrer como religioso entre as orações e braços dos meus padres e irmãos. Adeus, Tanque, não vou buscar saúde nem vida, senão um gênero de morte mais sossegado e quieto, que é o memorial mais freqüente que de

[151]Ibidem, vol. 3, p. 676.
[152]Ibidem, vol. 3, p. 690.

muitos anos a esta parte trago diante de Deus. Não sei o que será; mas no que for, peço a V.R.ma se conforme com a vontade divina, tão indiferentemente como se a vida ou morte de ambos.[153]

Os remédios ministrados pela medicina do século XVII nem sempre surtiam o efeito desejado. Sanguessugas e sangrias eram procedimentos que muitas vezes prejudicavam mais ainda a saúde dos enfermos. Vieira não escapou deles:

> Na frota passada dei conta a V.M.cê de como, deixadas todas as moléstias, tinha ocupado a paciência no sofrimento de diversas enfermidades; uma destas (por ocasião, dizem, de duas sangrias, que me receitaram em 90 anos de idade) em espaço de oito dias me tirou totalmente a vista, de sorte que nenhuma letra, por grande que seja, nem a dos títulos dos livros posso ver, e juntamente, tendo já mui debilitado o uso de ouvir, o perdi também, de modo que apenas posso entender o que outros me lêem.
>
> Os que fazem jogo dos achaques alheios dizem que me veio este a bom tempo, para não ver o que se vê nem ouvir o que se ouve; e eu me conformara facilmente com esta sentença.[154]

Surdo, cego e quase sem voz, incapacitado de escrever com as próprias mãos, Vieira ainda reunia forças para sair mais uma vez em defesa dos índios. Outra vez, o alvo eram os caçadores de escravos guaranis de São Paulo e, principalmente, os padres jesuítas que se rendiam aos interesses dos paulistas. Do alto da vitoriosa carreira de missionário, visitara ao longo de cinco anos todas as aldeias da Bahia, passara quase uma década com os indígenas do Maranhão e do Grão-Pará, percorrendo uma distância de mais de 2.400 quilômetros, erguera 16 igrejas, fazendo o catecis-

[153] Ibidem, vol. 3, p. 707.
[154] Ibidem, vol. 3, p. 713.

mo em sete línguas diferentes. Diante disso, não podia admitir que os jesuítas do Colégio de São Paulo não tivessem a mesma atitude.

Mas não foi esse o motivo do seu último aborrecimento antes de morrer. O caso se deu em 1694 quando, no Colégio da Bahia, foi convocado pelo Geral um congresso provincial com o objetivo de se eleger o representante baiano para o cargo de Procurador da Província em Roma. Apesar da proibição pelos estatutos da Companhia de Jesus que se solicitassem votos para si ou para outrem, Vieira não teria resistido. Preocupado para que fossem dignamente representados, ele e o padre Ignácio Faria pediram votos a diversos eleitores, e muitos acabaram acatando seus conselhos. Quando esses fatos vieram à tona, Vieira foi acusado de cabala (*crimine ambitus*). Ele e o padre Faria foram privados — pelo provincial padre Alexandre de Gusmão — da voz ativa e passiva, ou seja, do direito de votar e de ser votado, para os cargos eletivos.

Apesar de nunca ter relatado o fato aos amigos em Lisboa, Vieira reagiu dentro de suas possibilidades. Preocupado em não ser um exemplo negativo para os mais jovens, e acreditando que a pena era muito dura, fez um apelo ao Geral da Companhia em Roma. No ano em que se deu esse fato, a saúde do jesuíta estava tão debilitada que escrevera uma carta para o padre Baltasar da Silva, Geral da ordem, despedindo-se e comunicando que não mais responderia ou manteria qualquer tipo de correspondência. Uma circular à nobreza de Portugal também foi enviada comunicando a mesma decisão. Antônio Vieira não se conformava: não fazia sentido tirar a voz de quem não mais falava.

Enquanto esperava uma resposta, caiu mais uma vez de uma escada e quebrou o pulso. Passou a lamentar que Deus o tivesse privado de suas coisas: do "livrinho", pois não conseguia mais ler, e do "cantinho", pois não suportava mais rezar diante da imagem do Senhor Sacramentado. Começaram então as dificuldades para dormir. Antônio Vieira também já não tinha forças para se alimentar. Em meados de julho, com quase

90 anos, ficou muito doente. À meia-noite do dia 17 recebeu o sacramento da Unção.

O padre dizia que o Brasil era um retrato e espelho de Portugal. Assim, em 17 de dezembro, o Geral dos jesuítas, em Roma, declarou nula e sem valor a resolução que o privara de voz. Não quis o destino que estivesse vivo quando a notícia chegou ao Brasil, pois no dia 18 de julho de 1697, uma hora depois de receber a extrema-unção, um dos mais notáveis jesuítas de todos os tempos morria — sem ter tido tempo, nem saúde, para completar toda sua obra, em especial o tão aguardado livro de profecias, o *Clavis Prophetarum.* Assim mesmo, o "Judas do Brasil" deixou uma vasta produção que o transformou no mais importante intelectual do mundo lusófono no século XVII. Foi enterrado na igreja do Colégio dos Jesuítas

Pouco se sabe sobre seus funerais. Seu caixão foi carregado pelo governador dom João de Alencastro. Na missa de corpo presente rezada pelo arcebispo, estiveram o bispo de São Tomé, dom frei Antônio da Penha, da Congregação dos Padres Agostinhos Descalços, o Provincial de São Bento e o Vigário-Geral do Arcebispado da Bahia.

André de Barros nos conta que a notícia de sua morte teria chegado a Lisboa no início de novembro de 1697. Lembremos que Vieira saíra de Lisboa em 1681 e viera para aquela que ele considerava sua pátria verdadeira, a Bahia. Portanto, quase 17 anos de ausência da Corte. Mas exatamente nesse momento um velho fato se repetia na família Bragança: o herdeiro do trono português morreu com apenas um mês de vida. Houve a proclamação do irmão como príncipe herdeiro em 1° de dezembro, em ato solene. Com toda a nobreza portuguesa reunida em Lisboa, as exéquias de Vieira, realizadas no templo de São Roque da Casa Professa da Companhia de Jesus, acabaram sendo concorridas. Sempre segundo André de Barros, a missa contou com a participação do núncio de Sua Santidade, embaixadores, bispos, ministros do Santo Ofício, representantes de todas as ordens religiosas e o coro da Capela Real. Ainda como demonstração de prestígio, o rei mandou imprimir as exéquias.

Cabe registrar alguns comentários feitos por admiradores do padre, antes e depois de sua morte. Iniciemos pelo grande escritor português do século XIX, Eça de Queirós:

> A sua existência foi uma das mais ativas e ilustres de seu tempo. Grande pregador, grande político, grande escritor, missionário, grande colonizador, esteve envolvido nos maiores negócios, tratou com os maiores personagens e trabalhou pelas maiores idéias de sua época.
>
> Os seus magníficos Sermões arrebatavam tanto a gente inculta do Brasil, como encantavam em Roma o sábio e requintado mando dos prelados romanos. A sua fama estendeu-se por toda a Europa.
>
> Depois de ser confidente dos reis e dos papas, de ter conhecido as grandezas do mundo e as do alto saber, morreu com a pobreza e a simplicidade de um místico, na capital da Bahia.[155]

Do jesuíta João Oliva, Geral da ordem em Roma:

> Dou graças a Deus por ter dado à Companhia um homem que pode falar tão divinamente e que tão divinamente sabe proferir o seu conceito e que todos confessam que é igualmente maravilhoso assim no que entendemos, como no que não penetramos, mas igualmente veneramos nas suas inteligências. Isto sirva a V.R. para explicar-lhe a duplicação que tem de amar com todo o excesso a Deus, que tanto o exaltou sobre os outros.[156]

De seu crítico e biógrafo, João Francisco Lisboa:

> Homem singular e extraordinário, escritor eloqüente e soberbamente inspirado, e grande orador, esse insigne Antônio Vieira tanto deve

[155]Vieira, Antônio. Introdução, op. cit., vol. 1, p. XIII.
[156]Ibidem, vol. 1, p. XVI.

> viver hoje pelos seus escritos, como outrora viveu pelas suas palavras e façanhas.
>
> A uma notícia vasta, imensa e quase universal de todas as ciências, reunia Vieira a novidade e agudeza, própria do seu engenho, com que tratava e desenvolvia as matérias; a facilidade, pureza, copia [sic] e energia da linguagem, não menos que a eficiência e nobreza da declamação e do gesto, em que era singularmente ajudado pelos dotes corporais.[157]

Na melhor tradição luso-brasileira, as exéquias do padre Vieira foram carregadas de pompa e emoção, sobretudo em Portugal, onde o amigo dom Francisco Xavier de Menezes, o conde de Ericeira, mandou rezar missa em homenagem às pias memórias do jesuíta.

Fiquemos com uma passagem dita pelo próprio Antônio Vieira sobre a dor e a separação:

> Todos crêem que a dor é a medida da perda, e a perda a medida do bem; sendo porém certo, como é, que o bem perdido se estima menos, e o bem perdido se estima mais, daqui se segue que a perda cresce, e faz maior o bem, e que o bem perdido feito maior faz também maior a dor.[158]

157Lisboa, João F. Op. cit., p. 29.
158Vieira, Antônio. "Discurso Segundo", op. cit., vol. 14, p. 210.

A obra

O melhor retrato de cada um é aquilo que se escreve. O corpo retrata-se com o pincel, a alma, com a pena.[159]

O livro é a mais perfeita imagem de seu autor; tão perfeita que não se distingue dele.[160]

Se lembrarmos de que ao longo de nosso período colonial, a educação era restrita a muito poucos, a circulação de livros era limitada pela censura inquisitorial, e não havia imprensa nem nenhum tipo de publicação no Brasil, fica claro que não era fácil se destacar no campo das letras. Além do mais, a produção em Portugal, em comparação com a de alguns países europeus, também não era muito rica. Entre os livros portugueses que foram produzidos a partir do século XVII, alguns merecem destaque, e o talento de Antônio Vieira certamente está presente em alguns deles.

Os versos são as primeiras manifestações literárias de valor produzidos em língua portuguesa, e foram publicados em três grandes coletâneas que datam do século XII: *Cancioneiro da Ajuda, Cancioneiro da Vaticana* e *Cancioneiro da Biblioteca Nacional.* Tiveram papel relevante nesse período os poetas João Soares de Paiva e Paio Soares de Taveirós.

[159]Vieira, Antônio. "Sermão de Santo Inácio", op. cit., vol. 7, p. 439.
[160]Vieira, Antônio. "Sermão de Nossa Senhora da Penha de França", op. cit., vol. 10, p. 61.

Até o século XVI, a produção literária ficou restrita aos trabalhos de registros genealógicos da nobreza, um tipo de literatura que combinava feitos históricos e lendas medievais. Esse panorama foi totalmente alterado com o sucesso da expansão ultramarina portuguesa.

Foi o período em que a literatura de Portugal passou a ser dominada pelos livros de crônicas. Seria difícil apontar qual desses relatos era o mais importante. Comecemos pelo mais antigo, a *Crónica geral de Espanha,* de 1344, de dom Pedro de Barcelos, passando por *Décadas de Ásia,* de 1551, de João de Barros, até atingir certa sistematização histórica com a *História de Portugal*, de Alexandre Herculano. No mesmo período, surge a chamada literatura de viagem: o estilo marca um momento histórico importante e seria consagrado pelos trabalhos de Gil Vicente (*Auto da Índia*) e Luís de Camões (*Os Lusíadas*).

Essa literatura foi muito importante na formação de Vieira. Encontrá-la nas entrelinhas de seus sermões é um trabalho que não demanda grande esforço. Mas não seriam esses os únicos livros a ter importância em sua formação: Antônio Vieira era um grande consumidor de literatura milenarista. Na carta apologética ao padre Jácome, já mencionada, são listados diversos autores importantes na sua formação. Todos, com exceção de Kepler, eram pensadores religiosos.

A literatura portuguesa do século XVII, marcada pelo estilo Barroco, pode ser resumida em um nome: Antônio Vieira. Não que ele fosse o único nome relevante, mas Antônio Barbosa Bacelar, Brás Garcia Mascarenhas ou Manuel Pires de Almeida não lograram o mesmo êxito. Além disso, seus livros continuam sendo editados, ou seja, sua obra teve fôlego para sobreviver ao longo dos últimos três séculos.

Talvez a tarefa mais difícil, em se tratando de Antônio Vieira, seja recuperar a verdadeira ordem cronológica das publicações de seus sermões. Em trabalho apresentado no I Seminário Brasileiro sobre Livro e História Editorial, realizado em 2004, na Fundação Casa de Rui Barbosa, no Rio de Janeiro, o pesquisador Jaqueson Luís da Silva afirma que é difícil precisar quando surgiram as primeiras edições dos sermões de Vieira, e até mesmo a sua autenticidade, tendo o padre sido vítima de plágio.

Mesmo valorizando as edições em português de sua obra, o *Portugal — dicionário histórico* pode ser um guia razoavelmente confiável nesse caso. De acordo com a publicação, os sermões eram lançados de forma avulsa. O primeiro volume teria sido lançado em 1679; três anos mais tarde, o segundo; e em 1689 a coleção chegava ao quinto volume. Até um ano antes da morte de Vieira, em 1696, já estariam impressos 11 tomos. Mesmo sendo essa coleção supervisionada pelo próprio Vieira e com a aprovação da Inquisição, o nono volume era considerado a primeira parte dos "Sermões do Rosário". Após sua morte, foram editados os demais volumes, o 12º e o 13º, de 1690, intitulado *Palavra de Deus empenhada e desempenhada em dois sermões*. A seqüência de suas publicações só foi retomada muito tempo depois, em 1710, e o penúltimo volume saiu em 1748, junto com o segundo volume de *Vozes saudosas da eloqüência do padre Antônio Vieira*. No mesmo ano, ainda foi editado o último, contendo 12 sermões pregados em louvor a santo Antônio.

Com o tempo, as obras foram sendo reeditadas ao sabor das necessidades do mercado. Em 1852 saíram seis tomos de *Sermões selectos do padre Antônio Vieira*, e mais tarde, fez-se também outra edição de alguns sermões com o título de *O chrysostomo portuguez*. A primeira edição da *História do futuro* apareceria nas livrarias em 1718, e a segunda, muitos anos depois, em 1755.

Ainda segundo o dicionário citado, essa seria a continuação das publicações de sua obra. Em 1718, Francisco Luís Ameno teria publicado um livro intitulado *Voz sagrada, politica, rhetorica e métrica*, que seria um suplemento a *Vozes saudosas*, uma reunião de pequenos textos. Em 1746, a carta apologética ao padre Jácome, escrita em espanhol e publicada com o mesmo nome, foi traduzida para o português e editada como *Echo das vozes saudosas*. A primeira edição de suas cartas é de 1735, quando foram lançados dois volumes. Onze anos mais tarde, um terceiro exemplar foi oferecido aos leitores. Apenas no século XIX, em 1827, foram tornadas públicas, por um editor anônimo, as missivas entre o jesuíta e Duarte Ribeiro Macedo, incluindo um trabalho feito a pedido de dona Luísa de Gusmão para o filho dom Afonso VI; no total, 126 cartas, sendo 110 de Vieira para Duarte Ribeiro Macedo — quase todas elas guardadas no original no Ministério dos Estrangeiros de Portugal.

As cartas de Vieira estão guardadas em diversos arquivos espalhados entre Portugal e o mundo. Os portugueses conservam a maior coleção de originais, 344, repartidos entre a Biblioteca Nacional de Lisboa, o Ministério dos Estrangeiros, a Torre do Tombo e a Biblioteca de Évora.

Uma reedição das cartas publicada entre 1854 e 1855, sem nenhum cuidado editorial, corrompeu seu conteúdo. Os editores não tiveram o trabalho de conferir os originais e ainda suprimiram algumas delas. Atualmente, a edição mais completa das suas cartas: *Antônio Vieira, cartas*, é de João Lúcio de Azevedo, que reúne mais de 700 missivas e é editada pela Imprensa Nacional Casa da Moeda, de Portugal.

No decorrer de sua longa vida, a produção intelectual de Vieira abrangeu bem mais do que cartas e sermões.

> No *Correio Brasiliense* e na *Revista trimensal do Instituto* saíram vários inéditos de Vieira, tais como: *Memoria escripta em nome dos rusticos habitadores da serra da Estrella a el-rei D. Pedro II*, quando se tratou de estabelecer um novo tributo, uma *Carta a el-rei acerca das missões do Brazil*, a *Annua da missão dos Mares Verdes*. Em 1652, saiu a *Arte de furtar*, que por muito tempo se lhe atribuiu, mas que evidentemente parece não ser dele; julga-se ser obra de Tomé Pinheiro da Veiga, falecido em 1656; há uma edição em 1744. Também lhe é atribuído o livro *Noticias reconditas a cérca do modo de proceder a Inquisição de Portugal com os seus presos*. Em 1851 publicaram-se em Lisboa as obras completas do padre António Vieira, em que foi incluída a *Arte de furtar*.[161]

[161]*Portugal — dicionário histórico corográfico, heráldico, biográfico, bibliográfico, numismático e artístico*, s/p.

E além de Portugal, em outros países da Europa e mesmo na América espanhola, as obras de Vieira tiveram ampla circulação. A primeira edição das *Lágrimas de Heráclito* foi napolitana e publicada em italiano, ou seja, na língua original. A primeira tradução foi para o espanhol, sendo editada em Valência e em Barcelona. Os cinco primeiros volumes dos *Sermões* foram editados em Colônia, na Alemanha, em 1707, em latim, por monges locais. O trabalho *Xavier dormindo e Xavier acordado*, na verdade o oitavo volume de seus sermões, foi traduzido para o latim pelo padre Leopoldo Fuen e publicado em 1701. O mesmo livro foi traduzido para o italiano pelo padre Bonucci 11 anos mais tarde. A série de sermões italianos *As cinco pedras de David* também foi traduzida para o português pelo conde de Ericeira.

A lista de traduções dos trabalhos de Vieira demonstra bem o reconhecimento da importância de sua obra. O "Sermão Panegírico da Rainha Dona Maria Francisca", pregado por ele e impresso avulso em Lisboa, em 1668, foi traduzido para o francês pelo padre Verjus e publicado em Paris. Também ganhou uma versão italiana, editada em Roma, e uma edição espanhola, em Saragosa. O sermão que Vieira pregou em Roma em louvor de Santo Stanislau Kotki foi traduzido em latim pelo padre Rosch e saiu em Cracóvia, também sendo publicado em Roma. O "Sermão das Chagas de São Francisco" foi traduzido em italiano e espanhol. Os "Sermões da Quaresma" foram traduzidos para o italiano pelo padre Luís Vicente Mamiani e lançados em diversos volumes. Também na língua de Dante foram traduzidos e coordenados em vários volumes, pelo padre Annibal Adami, vários sermões panegíricos. Todos os sermões do jesuíta foram traduzidos para o espanhol e tiveram várias reedições, assim como a *História do futuro*. Em meados do século XX, apareceu uma tradução francesa de alguns dos mais notáveis sermões de Vieira.

Apesar de pouco conhecido do grande público, existe uma vasta produção sobre o trabalho de Antônio Vieira, em geral, de cunho acadêmico ou religioso. Entre eles, podemos destacar alguns autores: João Lúcio

Azevedo, responsável pela organização da última edição das cartas do padre; Ernani Cidade, autor de uma biografia publicada em 1940 em Lisboa; Ivan Lins, com uma edição de cartas e sermões; Alcyr Pécora, com o *Teatro do sacramento*; E. Carel, que escreveu a biografia *Vieira, sa vie ses oeuvres*; Luís F. Baeta Neves, com seu trabalho sobre o padre e a imaginação social jesuítica; o jesuíta Luís Gomes Palacin, autor de *Vieira — entre o reino imperfeito e o reino consumado;* Arnaldo Niskier, com *Padre Antônio Vieira e os judeus;* o escritor João Francisco Lisboa, com *A vida do padre Antônio Vieira*; José van den Besselaar, com *Antônio Vieira — profecia e polêmica*; um livro sobre a missão de Ibiapaba de Eduardo Lourenço e João Viegas, trabalho editado na França.

A produção sobre Antônio Vieira não se limita ao universo luso-brasileiro. Em diversos países e línguas são escritos trabalhos e desenvolvidas reflexões acadêmicas sobre ele, como, na língua inglesa, *The Fire of Tongues: Antônio Vieira and the Missionary Church in Brazil and Portugal*, de Virginia Garrard-Burnett; em alemão, *Die Antoniuspredigt Antônio Vieiras na die Portugiesischen Generalstande von 1642*, de Rolf Nagel; em espanhol, *Antônio Vieira: um predicador portugués frente a la oratória sagrada española*, de Hugues Didier; em sueco, *Drottning Kristina av Sveriges konversion till katolicismen och de portugisiska Jesuiternas inflytande i sin utbildning;* em holandês, *De Hollandse Sefardim in Nederlands-Brazilië, 1630-1654*, de Hugo Vijver; na Itália, no curso da Universidade de Roma, a obra intitulada *Antônio Vieira e il barroco luso-brasiliano*.

São quase todos trabalhos bem recentes, ou seja, da segunda metade do século XX e início do XXI. Como em muitas áreas do conhecimento, no Brasil, a maior parte dos estudos sobre o jesuíta fica limitada aos pequenos grupos de estudiosos e acaba não repercutindo no conjunto da sociedade.

Talvez outro aspecto que continue ofuscando a história de Antônio Vieira seja a grande paixão que os católicos brasileiros sentem pelo jesuíta José de Anchieta. Já corre no Vaticano um processo para canonizá-lo.

Ao longo de muitos anos, os defensores dessa idéia se mobilizaram para que o padre fosse o primeiro santo brasileiro. Alegam que Anchieta "não realizou um único milagre, mas que é milagreiro". Esse movimento atingiu o ápice em 22 junho de 1980, quando o papa João Paulo II o beatificou. Todo dia 9 de cada mês se realiza na capela do beato José de Anchieta, no Pátio do Colégio, berço histórico da cidade de São Paulo, uma missa por sua canonização.

Final

(...) passará o céu e a terra, mas o que dizem
as minhas palavras não passará...[162]

Muitos reagem com certo ceticismo ao conhecer os sonhos de Antônio Vieira de tornar o mundo luso-brasileiro o último e maior dos impérios. Realmente, nos dias de hoje, pode até causar estranheza a tese de que partiria do império português a dominação do planeta. Nem o Brasil, e muito menos Portugal, podem, atualmente, pleitear ou mesmo sonhar com isso. Mas no século XVII, a situação era bem diferente. A produção açucareira no Nordeste tornara a região uma das mais prósperas do mundo, e Portugal ainda controlava importantes colônias no Oriente. A repatriação dos capitais de cristãos-novos e dos judeus portugueses era uma proposta factível. Mesmo não sendo nenhuma grande potência militar, a proposta de Vieira de usar outros meios de conquista poderia ter vingado. A percepção de se usarem os papéis de crédito — os "heróis do futuro" — acabou se tornando fato, não nas mãos dos que primeiro perceberam seu poder.

Talvez Vieira conhecesse a compilação de um certo ibn Khordahbeh, que viveu no califado de Bagdá por volta do ano de 847, e descreveu as *radanites*, as rotas de judeus comerciantes que controlavam o comércio nesta importante encruzilhada do planeta. Seu plano nem era tão origi-

[162]Vieira, Antônio. "Sermão da Primeira Dominga do Advento", op. cit., vol. 1, p. 107.

nal; sua maior qualidade seria adequá-lo aos novos contornos geográficos do mundo desenhados pelos próprios portugueses. Nem mesmo os instrumentos de crédito eram novos entre os cristãos. Após o sucesso das cruzadas, foram largamente utilizados e contribuíram de forma decisiva para a retomada do comércio entre a Europa e o Oriente.

Talvez o ponto mais vulnerável do projeto de Antônio Vieira tenha sido a mistura de suas idéias políticas com as profecias milenaristas e bíblicas. Sustentar um sonho tão grandioso — tendo como componente da equação a idéia de que o rei ressuscitaria, mesmo em se tratando de um tempo em que o religioso e o político juntos eram aceitáveis — inspira, sem dúvida, pouca credibilidade. Erra quem pensa que o milenarismo morreu no longínquo século XVII. A idéia de que o mundo será dominado pela paz e a harmonia ainda está viva. Segundo Jean Delumeau, a única diferença é que se tornou um pensamento laico; em contrapartida, deixou de ser um movimento sectário. Ainda segundo o escritor francês:

> A esperança milenarista de uma comunidade feliz, por muito tempo minoritária e marginal, torna-se um dos motores da civilização, ora conservando seus aspectos religiosos, ora laicizando-se. Essa época está doravante voltada para um futuro radioso realizável neste mundo, quer seja preciso chegar a ele por meio das provações e das violências na continuidade das profecias do Apocalipse ou, ao contrário, por meio de um avanço gradual iluminado pela ciência, pela instrução e por uma moral adulta.[163]

Os principais conflitos que abalaram o século XX foram quase todos de inspiração milenarista. O *manifesto comunista* de Karl Marx, escrito em 1848, é uma das obras-primas desse tipo de pensamento. No

---

[163]Delumeau, Jean. Op. cit., p. 155.

fundo, almejava o mesmo tipo de sociedade pregada por Antônio Vieira. O pai do comunismo sonhava com um mundo sem a exploração do homem pelo homem como única forma de se resolver o enigma da história; só assim haveria uma longa e duradoura fraternidade.

No extremo oposto, estariam os nazistas alemães. Arquiinimigos do regime comunista, os companheiros de Hitler também acreditavam no Reich de longuíssima duração. Recém-chegado ao poder em 1934, Adolf Hitler proferiu um discurso em Nuremberg em que prometia ao povo alemão um período de prosperidade de mil anos. Tanto os seguidores do nacional-socialismo como os camaradas de Stalin acreditavam cegamente em soluções apocalípticas como os *gulags* e os campos de extermínio.

Outro importante líder do século passado, Mao Tsé-Tung, segundo seus biógrafos Jon Halliday e Jung Chang, teria declarado ao líder marxista australiano Edward Hill, em novembro de 1968, que pretendia dominar o mundo. Os argumentos são bem reveladores da linhagem milenarista:

> Em minha opinião, o mundo precisa ser unificado (...) No passado, muitos, inclusive os mongóis, os romanos (...) Alexandre, o Grande, Napoleão e o Império Britânico quiseram o mundo. Hoje, tanto os Estados Unidos como a União Soviética querem unificar o mundo. Hitler queria unificar o mundo (...) mas todos eles fracassaram. Parece-me que a possibilidade de unificar o mundo não desapareceu (...) Em minha opinião, o mundo pode ser unificado.[164]

Quando se aproximava o final do milênio, a dominação não era privilégio de Portugal, nem da Alemanha nazista, e muito menos da União Soviética. Um fresco vento soprava em direção à América do Norte. Eis que surge uma das bíblias do pensamento milenarista: *O fim da história*,

[164] Halliday, Jone e Chang, Jung. *Mao: A história desconhecida*, p. 689.

do historiador Francis Fukuyama. O autor defendia a idéia de que o mundo havia atingido, com a democracia representativa ocidental, a solução final. Mesmo na proposta desse autor, a questão religiosa estava presente, pois, de acordo com suas idéias, os países que insistissem no fundamentalismo religioso seriam relegados a segundo plano.

Os caminhos imaginados por Vieira até seu império são muitas vezes incompreensíveis aos leitores do século XXI. Reis que ressuscitam, profecias populares e índios descendentes de judeus podem minar a credibilidade de qualquer um. Mas nas monarquias a sucessão dos reis é normal. A frase "o rei morreu, viva o rei" lhes confere certo ar de vida renovada. Muitas profecias populares teimam e acabam se tornando realidade. Mas e os índios judeus?

Essas idéias também são mais freqüentes no imaginário dos povos do Novo Mundo do que possamos imaginar. A religião mórmon é baseada em escritos de antigos profetas. Entre eles Leí, que viveu em Jerusalém por volta do ano 600 antes da nossa era. Teria Deus mandado que ele levasse um pequeno grupo de pessoas para o continente americano. Ali, eles se tornariam uma grande civilização. Joseph Smith, fundador dessa igreja, recebeu certa vez um enviado de Deus, Morôni, e foi por meio dele que essa informação foi transmitida. Atualmente existem mais de 600 mil adeptos dessa religião no Brasil, mais de quatro milhões em todas as Américas, e estão espalhados em mais de 60 países.

E os índios da América Latina se sentem descendentes das tribos perdidas de Israel? A resposta é simples: não! Mas isso não significa que a discussão esteja morta. Em muitas regiões da América do Sul, partidários dessa tese seguem fazendo seus achados: no Equador, no ano de 1974, uma menorá hebraica teria sido encontrada perto de uma inscrição em aramaico. Nos Estados Unidos a coleção de "evidências" é farta, podendo ser encontradas entre algonquins, iroqueses e outros. Como o tema não é tido como algo sério, não desperta a curiosidade da comunidade científica, e, na falta de uma discussão acadêmica, a lenda segue viva.

De certa forma somos todos milenaristas. Quem não sonha com um tempo de paz e harmonia entre os homens? Quem nunca idealizou a possibilidade de sermos um dia, enfim, "salvos" por determinado personagem? A nossa crença hoje em dia é de fundo muito mais político. Em quantos períodos recentes de nossa história não apostamos todas as nossas esperanças nesse ou naquele "redentor"?

O messianismo no Brasil é, em geral, exemplificado pelo episódio de Canudos. Antônio Conselheiro foi um líder inconteste, embora ridicularizado pela imprensa de seu tempo. Preconizou que o sertão iria virar mar, e a região de Canudos acabou sendo inundada pelas águas do açude de Cocorobó. Nada mais didático.

Esse é o legado do sebastianismo que foi levado às últimas conseqüências pelo padre Antônio Vieira. Conhecer sua biografia e a época em que viveu, ajuda a entendermos nosso comportamento, mapeando um processo que nos tornou um povo que acredita ser eleito — não dizem que Deus é brasileiro? — e que espera pelo dia da salvação.

Talvez o azar de Antônio Vieira tenha sido a opção pelo Brasil, um país que andou — ainda anda? — de costas para própria história. Em alguns de seus sermões, Vieira citou a frase de Ciprião, o Africano: "Pátria ingrata, não possuirá os meus ossos!" Em 1720, seus restos mortais foram simplesmente perdidos, assim como uma arca com muitos de seus manuscritos. Não é nem possível visitar seu túmulo na capital baiana.

Fiquemos com uma passagem do próprio Vieira para explicar esse pouco caso com que tratamos nossa história: "De todos os instrumentos com que armou a natureza, desarma o tempo (...) O tempo tira a novidade às coisas, descobre-lhe defeito, enfastia-lhe o gosto (...) e basta serem usadas para não serem a mesma."[165]

---

[165]Vieira, Antônio. "Sermão do Mandato", op. cit., vol. 5, p. 5.

Os lusitanos o consideram português e o tratam com a maior consideração. No restante da Europa, Antônio Vieira sempre é chamado de pregador luso-brasileiro. No Brasil, ao seu nome segue-se o silêncio.

Nas comemorações do terceiro centenário de sua morte, em 1997, a Universidade Católica Portuguesa promoveu um congresso sobre o jesuíta. As atas do encontro foram reunidas em três volumes, com mais de 100 comunicações de pesquisadores de 15 países. Além disso, foi cunhada uma moeda comemorativa pela Casa da Moeda. No Brasil, as comemorações foram mais tímidas. A Pontifícia Universidade Católica do Rio de Janeiro realizou dois eventos, enquanto a Universidade de Brasília, no âmbito das *Semanas Latinas*, fez-lhe uma pequena homenagem. Infelizmente, nada que tenha conseguido mostrar ao grande público quem foi o padre Antônio Vieira.

Ao longo do livro, lemos algumas passagens de textos escritas por grandes admiradores de sua obra. Para concluir, segue o comentário pinçado pelo padre Gonçalo Alves, um dos censores da Inquisição — homens que não eram amigos do jesuíta, e não necessariamente simpatizavam com ele:

> É entre todos os pregadores o que o sol [sic] entre todas as luzes.
>
> Grande homem, que nascendo para ensinar e explicar tudo e a todos, só em si nos fez sempre incompreensível.
>
> Evangélico pregador, de quem podemos dizer, o que o grande Baptista de si, que era a voz [sic] (...) Sempre tive o padre Vieira por homem espiritual.
>
> Príncipe dos pregadores evangélicos, o grande por antonomásia, mas nunca bastantemente engrandecido.[166]

166Vieira, Antônio. Introdução, op. cit., vol. 1, p. XX.

Cronologia

1608 — Em 6 de fevereiro, nasce Antônio Vieira Ravasco, na rua dos Cônegos, em Lisboa.

1615 — No início do ano, a família Vieira Ravasco desembarca em Salvador.

1623 — Em março, ouvindo o padre Manuel do Carmo, Antônio Vieira sente grande vocação religiosa.

1623 — Em 5 de maio, Vieira foge de casa e vai morar no Colégio dos Jesuítas.

1624 — Em 9 de maio, os holandeses invadem Salvador. No mesmo ano, Vieira escreve a *Carta Annua*, em latim.

1624 — É enviado para o Colégio dos Jesuítas em Pernambuco.

1633 — Escreve duas peças oratórias.

1633 — Prega os primeiros sermões.

1635 — É ordenado presbítero.

1635 — Em 3 de dezembro, Vieira celebra sua primeira missa.

1640 — Em 1° de dezembro, fim da União Ibérica.

1641 — Em 27 de fevereiro, o padre viaja para Lisboa.

1641 — Em 28 de abril, chega no porto de Peniche, Portugal.

1641 — Em 30 de abril, vai para Lisboa, onde é recebido pelo rei dom João IV.

1642 — Em 1° de janeiro, celebra a primeira missa na Capela Real, e prega o "Sermão do Ano Bom".

1642 — Em 14 de setembro, o "Sermão de Santo Antônio", na igreja das Chagas.

1644 — É nomeado mestre do príncipe dom Teodósio.

1644 — Defende no "Sermão de São Roque" a criação da companhia de comércio.

1646 — Viaja para França e Holanda. Encontro com o cardeal Mazarino.

1647 — Em novo encontro com as autoridades francesas, Vieira defende a tese de que o rei de Portugal deveria se mudar para o Brasil.

1647 — Duarte da Silva, amigo de Vieira e patrocinador da Restauração portuguesa, é preso pela Inquisição.

1647 — Na Holanda, teria se encontrado com o rabino Menasseh ben Israel e com Descartes. Também defendia a idéia de que os portugueses deveriam entregar Pernambuco aos holandeses.

1648 — Escreve o texto "Papel forte", defendendo a entrega de Pernambuco aos invasores batavos.

1649 — Criação da companhia de comércio.

1650 — Viaja para Roma.

1652 — Em setembro, viaja para o Maranhão.

1652 — Em dezembro, chega ao Cabo Verde, África.

1653 — Em 16 de janeiro, retorna ao Maranhão.

1653 — Em 6 de dezembro, morre dom Teodósio, herdeiro do trono português.

1654 — 13 de junho, prega o "Sermão de Santo Antônio aos Peixes".

1654 — Retorna ao reino para defender os índios da escravização.

1655 — Em abril, volta ao Maranhão com plenos poderes para resolver a questão indígena.

1656 — Prega o "Sermão da Primeira Oitava da Páscoa", na matriz, em Belém.

1656 — Em 6 de novembro, morre o rei dom João IV.

1659 — Prega o "Sermão de Santo Antônio aos Peixes".

1659 — Escreve "Esperança de Portugal" acerca do Quinto Império.

1661 — Em maio, Vieira é preso no Pará e deportado para Portugal.

1661 — Em novembro, chega a Lisboa.

1662 — A filha de dom João IV, dona Catarina Henriqueta de Bragança, casa-se com Carlos II da Inglaterra.

1662 — Em 28 de junho, começa o reinado de fato de dom Afonso VI.

1662 — É desterrado para o Porto.

1662/1663 — Escreve a *História do futuro.*

1663 — É desterrado para Coimbra pela Inquisição.

1664 — É denunciado pela Inquisição.

1665 — É encarcerado pelo Tribunal do Santo Ofício.

1667 — Vieira é condenado.

1667 — Em 24 de novembro, dom Pedro se torna regente de Portugal.

1668 — Em 27 de janeiro, dom Afonso é deposto.

1668 — Viera sai da prisão e retorna a Lisboa.

1669 — Em 15 de agosto, viaja para Roma.

1669 — Em 21 de novembro, chega ao destino.

1669 — Em 9 de dezembro, morre o papa Clemente IX.

1674 — Em 6 de dezembro, debate na academia da rainha Cristina sobre o riso e as lágrimas de Heráclito.

1675 — Em 17 de abril, recebe um documento do papa que o isenta da Inquisição portuguesa.

1675 — Em agosto, volta para Portugal.

1679 — Lançamento do primeiro volume de seus *Sermões*.

1681 — Em 27 de janeiro, retorna ao Brasil.

1682 — Em maio, toma posse Antônio de Souza Menezes, novo governador-geral do Brasil.

1682 — Publicação do segundo volume dos *Sermões*.

1683 — Publicação do terceiro volume dos *Sermões*.

1685 — Publicação do quarto volume dos *Sermões*.

1686 — Em 30 de abril, escreve a carta apologética ao padre Jácome Iquazafigo.

1686 — Publicação do nono volume dos *Sermões*.

1687 — Publicação do décimo volume dos *Sermões*.

1688 — Impossibilitado de escrever, começa a ditar seus textos.

1688 — É nomeado visitador da Companhia de Jesus no Brasil.

1689 — Desiste de continuar como visitador da Companhia de Jesus.

1689 — Publicação do quinto volume dos *Sermões*.

1690 — Publicação do sexto e do 13° volumes dos *Sermões*.

1690 — Em novembro, começa a circular na Cidade do México a interpre tação de Sóror Inés de la Cruz sobre um escrito de Vieira.

1692 — Publicação do sétimo volumes dos *Sermões*.

1694 — É condenado pelo Geral da Companhia de Jesus em Salvador.

1694 — Publicação do oitavo volume dos *Sermões*.

1696 — Com a saúde muito abalada, Vieira muda-se da Quinta do Tanque para o Colégio de Salvador.

1696 — Publicação do 11º volume dos *Sermões*.

1697 — Em 17 de julho, recebe o sacramento da Unção.

1697 — Em 18 de julho, morre o padre Antônio Vieira.

1699 — Publicação do 12º volume dos *Sermões*.

1716 — Publicação de *Maus Sermões*.

1748 — Os últimos *Sermões* são lançados em Lisboa.

Bibliografia

A Restauração e o império colonial português. Lisboa: Secretariado da Propaganda Nacional, 1940.

Alberton, Valério. *O rosário de Vieira*. São Paulo: Loyola, 1994.

Antonil, André João. *Cultura e opulência do Brasil*. Belo Horizonte: Itatiaia, 1997.

Armstrong, Karen. *Jerusalem*. Nova York: Alfred Knopf, 1996.

Azevedo, J. Lúcio de (coord.). *Antônio Vieira, cartas*. Lisboa: Imprensa Nacional, 1970, 3 vols.

——. *Cartas do padre Antônio Vieira*. Coimbra: Imprensa da Universidade, 1925.

——. *A evolução do sebastianismo*. Lisboa: Presença, 1984.

Barros, André de. *A vida do apostólico padre Antônio Vieira*. Bahia: Typographia do Diário, 1837.

Becker, Idel. *Humor, humorismo e paródias*. Rio de Janeiro: Brasiliense, 1961.

Benbassa, Esther. *Mémoires juives d'Espagne et du Portugal*. Paris: Publisud, 1996.

Besselar, José van den. *Antônio Vieira, profecia e polêmica*. Rio de Janeiro: Eduerj, 2002.

Bíblia. Direção de Gabriel C. Galache, tradução ecumênica. São Paulo: Loyola, 1994.

Branco, Theresa M. S. de Castelo. *A vida do marquês de Sade*. Lisboa: Ferin, 1971.

Bonder, Nilton. *A cabala da inveja*. Rio de Janeiro: Imago, 1992.

Bordonove, Georges. *Mazarin, le pouvoir et l'argent*. Paris: Pygmalion, 1996.

Buckley, Veronica. *Cristina, rainha da Suécia*. Rio de Janeiro: Objetiva, 2004.

Bueno, Eduardo. *A coroa, a cruz e a espada*. Rio de Janeiro: Objetiva, 2006.

Caldeira, Jorge. *A nação mercantilista*. São Paulo: Editora 34, 1999.

Calmon, Pedro. *Por Brasil e Portugal*. São Paulo: Companhia Editora Nacional, 1938.

Candido, Antonio. *Iniciação à literatura brasileira*. Rio de Janeiro: Ouro Sobre Azul, 2004.

Carrel, E. *Vieira, sa vie et ses oeuvres*. Paris: Gaume, s/d.

Cascudo, Luís da Câmara. *Mouros e judeus na tradição popular do Brasil*. Recife: Governo do Estado de Pernambuco, 1978.

Castro, Américo Mendes de O. *Maurício de Nassau contra a integridade do Brasil*. Rio de Janeiro: A Noite, s/d.

Cidade, Hernani. *Padre Antônio Vieira*. Lisboa: AG. Geral das Colônias, 1940.

Connor, James A. *A bruxa de Kleper*. Rio de Janeiro: Rocco, 2004.

Cottret, Bernard. *Cromwell*. Paris: Fayard, 1992.

Coward, Barry. *Oliver Cromwell*. Mem Martins: Inquérito, 1999.

Delumeau, Jean. *Mil anos de felicidade*. São Paulo: Companhia das Letras, 1997.

Dines, Alberto. *Vínculos do fogo*. São Paulo: Companhia das Letras, 1992.

Domingues, Mário. *D. João IV*. Lisboa: Romano Torres, 1970.

Figueiredo, Fidelino de. *Portugal nas guerras européias*. Lisboa: Livraria Clássica Editorial, 1914.

Freyre, Gilberto. *Casa-grande & senzala*. Rio de Janeiro: Record, 2001.

França, Eduardo D'Oliveira. *Portugal na época da Restauração*. São Paulo: Hucitec, 1977.

Graham, Thomas R. B. *The Jesuit Antônio Vieira and his plans for the economic rehabilitation of the seventeenth century*. Lisboa: Divisão Arquivo do Estado, 1978.

Halliday, Jon e Chang, Jung. *Mao: A história desconhecida*. São Paulo: Companhia das Letras, 2006.

Hill, Christopher. *Origens intelectuais da Revolução Inglesa*. São Paulo: Martins Fontes, 1992.

História dos principaes actos e procedimentos da Inquisição em Portugal. Lisboa: Typ. de J.B. Morando, 1845.

Israel, Menasseh ben. *Esperanza de Israel*. Madri: Libreria de Santiago Perez J., 1881.

Kennedy, Paul. *Ascensão e queda das grandes potências*. Rio de Janeiro: Campus, 1989.

Kramer, Heinrich e Sprenger, James. *O martelo das feiticeiras*. Rio de Janeiro: Rosa dos Ventos, 1989.

Labourdette, Jean-François. *Histoire du Portugal*. Paris: PUF, 1995.

Lainez, Manuel Mujica. *Misteriosa Buenos Aires*. Buenos Aires: Sudamericana, 1968.

Lacouture, Jean. *Jésuite*. Paris: Seuil, 1991.

Ladurie, Emmanuel Le Roy. *L'Ancien Régime 1610-1770*. Paris: Hachette, 1991.

Lemaire, André (org.). *Le monde de la Biblie*. Paris: Gallimard, 1998.

Leite, Serafim. *História da Companhia de Jesus no Brasil*. Rio de Janeiro: Imprensa Nacional, 1943.

Lewin, Helena (org.). *Judaísmo, memória e identidade*. Rio de Janeiro: Eduerj, 1997.

Lins, Ivan. *Aspectos do padre Antônio Vieira*. Rio de Janeiro: Livraria São José, 1956.

Lipner, Elias. *Izaque de Castro*. Recife: Massangna, 1992.

Lisboa, João F. *A vida do padre Antônio Vieira*. São Paulo: W.M. Jackson Ed., 1960.

Lorenz, Francisco Valdomiro. *Noções elementares de cabala*. São Paulo: Pensamento, 1979.

Lustosa, Isabel. *D. Pedro I*. São Paulo: Companhia das Letras, 2007.

Magalhães, Basílio de. *Expansão geographica do Brasil colonial*. São Paulo: Companhia Editora Nacional, 1935.

Malka, Victor. *Les plus belles légendes juives*. Paris: Seuil, 1998.

Malki, David. *Le Talmud et ses maîtres*. Paris: Albin Michel, 1972.

Marcadé, J. & Hermann. *La Peninsule Ibérique au XVII ème siécle*. Paris: Sedes, 1989.

Marques, João F. *A paranética portuguesa e a Restauração*. Porto: INIC, 1989.

McBrien, Richard P. *Lives of the tye Popes*. Nova York: Harper San Francisco, 1997.

Méchoulan, Henry. *Dinheiro & liberdade: Amsterdã no tempo de Spinoza*. Rio de Janeiro: Jorge Zahar, 1992.

——. *Être juif à Amsterdam au temps de Spinoza*. Paris: Albin Michel, 1991.

Mello, Evaldo Cabral de. *O negócio do Brasil*. Rio de Janeiro: Topbooks, 1998.

——. *O nome e o sangue*. São Paulo: Companhia das Letras, 1989.

——. *Olinda Restaurada: Guerra e açúcar no Nordeste 1630/1654*. Rio de Janeiro: Forense Universitária, 1975.

——. *Rubro Veio*. Rio de Janeiro: Topbooks, 1997.

Mello, José A. Gonçalves. *O tempo dos flamengos*. Recife: Governo do Estado, 1978.

Mendes, Margarida Vieira. "Vieira no cabo de não: os descobrimentos do Livro anteprimeiro da história do futuro". Rio de Janeiro: *Revista Semear*, 1996.

Mendonça, Heitor Furtado de. *Primeira visitação do Santo Ofício às partes do Brasil*. São Paulo: H. de Paulo Prado Ed., 1925.

Menzies, Gavin. *1421, the year China discovered America*. Nova York: HarperCollins, 2004.

Miranda, Ana. *Boca do inferno*. São Paulo: Companhia de Bolso, 2006.

Neves, Luis F. Baeta. *Vieira e a imaginação social jesuítica*. Rio de Janeiro: Topbooks, 1997.

Neves, Vitor M.L. Pereira. *Bandarra e Trancoso: desmistificação das profecias do Bandarra*. Castelo Branco: Gráfica de São José, 1993.

Niskier, Arnaldo. *Padre Antônio Vieira e os judeus*. Rio de Janeiro: Imago, 2004.

Novinsky, Anita. *Cristãos-novos na Bahia: A Inquisição*. São Paulo: Perspectiva, 1992.

Omegna, Nelson. *Diabolização dos judeus*. Rio de Janeiro: Record, 1969.

Pagés, Frédéric. *Descartes e a maconha*. Rio de Janeiro: Pazulin, 1999.

Palacin, Luis Gomes. *Vieira entre o reino imperfeito e o reino consumado*. São Paulo: Loyola, 1998.

Paz, Octavio. *Sóror Juana Inés de la Cruz: as armadilhas da fé*. São Paulo: Mandarim, 1998.

Pena, Sérgio (org.). *Homo brasilis*. Ribeirão Preto: Funpec, 2002.

Portugal — dicionário histórico, corográfico, heráltico, biográfico, numismático e artístico. Edição eletrônica, 2000-2005. http:||www.arqnet.pt/dicionario.

Prestage, Edgar. *As relações diplomáticas e comerciais entre Suécia e Portugal*. Porto: Gama, 1943.

Priore, Mary Del e Gomes, Flávio. *Os senhores dos rios*. Rio de Janeiro: Campus, 2004.

Quéré, France. *Evangeles Apocryphes*. Paris: Seuil, 1983.

Reis, Arthur César Ferreira. *A Amazônia e a integração nacional*. Manaus: Governo do Estado do Amazonas, 1966.

Ribenboim, José Alexandre. *Senhores de engenho: Judeus em Pernambuco colonial 1542-1654*. Recife: 20-20 Comunicação e Ed., 1998.

Romero, Sílvio. *História da literatura brasileira*. Rio de Janeiro: José Olympio, 1980.

Rodrigues, José Honório. *Civilização holandesa no Brasil*. Rio de Janeiro: Companhia Editora Nacional, 1940.

Roth, Cecil. *The jewish contribution to civilization*. Cincinnati: The Union of American Hebrew Congregations, 1940.

Salvador, José Gonçalves. *Os cristãos-novos: Povoamento e conquista do solo brasileiro (1530-1680)*. São Paulo: Pioneira, 1976.

Sanchez, Dell F. *Destino del sefaradi*. Niles: Mall Publishing, Co., 2006.

Saraiva, Antônio José. *Inquisição e cristãos-novos*. Porto: Inova, 1969.

——. *A Inquisição portuguesa*. Lisboa: Publicação Europa-América, 1956.

Scholem, G.G. *Les grands courants de la mystique juive*. Paris: Payot, 1968.

Schwarcz, Lilia Moritz. *A longa viagem da biblioteca dos reis*. São Paulo: Companhia das Letras, 2002.

Souza, Laura de Melo (org.). *História da vida privada no Brasil*. São Paulo: Companhia das Letras, 1997.

Tavares, Luis Henrique. *História da Bahia*. Salvador: Edufba, 2001.

Tocantins, Leandro. *O rio comanda a vida*. Rio de Janeiro: José Olympio, 1983.

Toledo, Roberto Pompeu de. *A capital da solidão*. Rio de Janeiro: Objetiva, 2003.

Topa, Francisco. *Edição crítica da obra de Gregório de Matos*. Porto: Ed. do Autor, 1999.

Trevelyan, G.M. *La revolucion inglesa, 1688-1689*. México: Fondo de Cultura Econômica, 1996.

Vainfas, Ronaldo. *Dicionário do Brasil colonial*. Rio de Janeiro: Objetiva, 2000.

Vallery-Radot, Maurice. *L'Eglise des premiers siécles*. Paris: Perrin, 1999.

Varnhagen, Francisco. *História das lutas com os holandeses no Brasil desde 1624-1654*. Salvador: Livraria Progresso Ed., 1955.

——. *L'origine Touranienne des Américains et des Anciens Egyptiens*. Viena: Librairie I. et R. de Faesy & Frick, 1876.

Vieira, Antônio. *As lágrimas de Heráclito*. São Paulo: Editora 34, 2001.

——. *História do futuro*. Rio de Janeiro: Imprensa Nacional, 1992.

——. *Livro anteprimeiro da história do futuro*. Lisboa: Oficina de Antômio Galdam, 1718.

——. *Sermões*. Lisboa: Aillaud & Lellos, 1951, 15 vols.

Wätjen, Hermann. *O domínio colonial hollandez no Brasil*. São Paulo: Companhia Editora Nacional, 1938.

Weber, Max. *A ética protestante e o espírito do capitalismo*. São Paulo: Pioneira, 1985.

Wiznitzer, Arnold. *Jews in colonial Brazil*. Nova York: Columbia University Press, 1960.

Wolf, Egon e Frieda. *A odisséia dos judeus de Recife*. São Paulo: Centro de Estudos Judaicos, 1978.

Zumthor, Paul. *A Holanda no tempo de Rembrandt*. São Paulo: Companhia das Letras, 1995.

Índice onomástico

Abbatini, Antônio Maria, 178
Abdias, 164
Abraão, 89
Abravanel, David, 198
Abravanel, Issac, 198
Acosta, José, 87
Adami, Annibal, 263
Adão, 205, 228
Afonso V, rei de Portugal, 54
Afonso VI, rei de Portugal, 139, 154, 168, 169, 170, 262, 274
Agostinho, santo, 29, 43, 116, 245, 248
Aguiar y Seijas, Francisco, 244, 246, 247
Alamany, Johan, 91
Alencastro, João de, 256
Alexandre VII, papa, 40, 177, 178, 183
Alexandre, o Grande, 269
Almeida, Manuel Pires de, 260
Altieri, Emilio Buonaventura, ver Clemente X
Alves, Gonçalo, 187, 272
Ameno, Francisco Luís, 261
Ana de França, 13
Anchieta, José de, 10, 123, 264, 265
Andrade, Gomes Freire de, 238
Andrade, Michaela de, 226
Andreoni, João Antônio, 225, 229
Antão, santo, 153
Antonil, André João, ver João Antônio Andreoni
Antônio Conselheiro, 271
Antônio, santo, 130
Arato, 153
Athouguia, conde de, 52
Áustria, João de, 155
Áustria, Mariana de, 196
Aveiro, duque de, 167
Azevedo, Catarina Ravasco de, 28
Azevedo, Inácia de, 28
Azevedo, Maria de, 27, 28, 179
Azzolino, Décio, 184, 185

Bacelar, Antônio Barbosa, 260
Baeça, Pedro de, 76
Bandarra, Gonçalo Anes, 16, 38, 39, 40, 44, 49, 55, 57, 58, 65, 135, 136, 140, 141, 146, 240
Barberini, Maffeo, ver Urbano VIII
Barcelos, Pedro de, 260
Barros, João de, 260
Barros, Manuel de, 220
Beckman, Manuel, 237
Beckman, Tomás, 237
Beltshasar, ver Daniel
ben Israel, Samuel, 198
Bernini, Luigi, 184, 185
Bernini, Gian Lorenzo, 177, 178
Boca do Inferno, ver Gregório de Matos
Bonaparte, Napoleão, 269
Bonucci, 263
Borghese, Scipione, 177

Braço de Prata, ver Antônio de Souza Menezes
Bragança, Ana de, 136
Bragança, Catarina Henriqueta de, rainha da Inglaterra, 136, 155, 167, 191, 208, 251, 274
Bragança, Joana de, 136
Brandão, 92
Brienne, conde de, 105
Brightman, Thomas, 94
Britto de Castro, Andre de, 220
Britto, Miguel de Vasconcelos e, 53

Cabral, Pedro Álvares, 164
Cadaval, duque de , 167, 170, 174, 235, 238, 251, 252
Calvino, João, 164
Câmara, Luís da, 36
Camarão, Felipe, 154
Camões, Luís de, 55, 260
Caravaggio, 105
Cárceres, Simon de, 202
Carlos I, rei da Inglaterra, 93, 94, 195
Carlos II, rei da Inglaterra, 155,195, 196, 202
Carmo, Manuel do, 28
Carracci, Annibale, 184
Carreto, Leonor, 243
Carrilho, Manoel Alves, 247
Carvalho Pinheiro, Rui de, 28
Carvalho, Antônio Nunes de, 104
Carvalho, Jorge de Sampaio e, 145
Carvalho, Paulo de, 58
Castanheira, conde de, 236, 238
Castelo Melhor, conde de, 143, 144, 145, 168
Castillon, Sebastian, 164
Castorena y Ursúa, 247
Castro, Francisco de, 59, 76, 115
Castro, Manoel Mendes de, 197
Catarina de Áustria, rainha de Portugal, 36
Cattaneo, Girolano, 190
Cesaréia, Eusébio de, 42
Chaves, Antão Martins de, 186
Chigi, Fábio, ver Alexandre VII
Ciermans, João, 110
César Augusto, imperado de Roma, 47
Cipriāo, 271
Clemente IX, papa, 173, 175, 178, 179, 184, 185
Clemente X, papa, 179, 185, 188
Cogominho, Cristóvão, 58
Colbert, Jean Baptiste, 105
Colombo, Cristóvão, 91, 198
Comodiano, 43
Constantino, 178
Conti, Antônio,144
Copérnico, Nicolau, 11
Coreli, Arcângelo de, 185
Coronel-Chacon, Augustine, 202
Correia, Antônio, 58
Cortés, Hernán, 242
Cortona, Pietro de, 178
Costa Barreto, Roque da, 220, 222
Costa, Fernão Vaz, 28
Costa, Jerônimo Nunes da, 75
Costa, Mendes da, 202
Costa, Nunes da, 109
Coutinho, Francisco de Sousa, 109
Cristina Augusta, rainha da Suécia, 13, 181, 182, 183, 184, 185, 189, 190, 191, 205, 208, 212, 247, 275
Cristo, 29, 42, 43, 45, 46, 49, 62, 69, 101, 129, 140, 241, 245, 246

Cromwell, Oliver, 16, 94, 95, 96, 97, 98, 195, 197, 198, 202

Daniel, 16, 30, 40, 41, 42, 45, 46, 47, 65, 67, 94, 157, 164, 198, 242
Dario, 47
Davi, 30, 89, 91, 208
Delttsu, Nichollas, 89
Demócrito, 190
Dent, Arthur, 94
Descartes, René, 13, 107, 110, 274
Deus, João da Madre de, 221, 226
Dias, Henrique, 154
Dormindo, Manuel Martinez, ver Samuel ben Israel
Dormindo, Salomão, 202
Duarte, Baltasar, 252

Eleonora, Maria, 181
Elisabete I, rainha da Inglaterra, 93
Ericeira, conde de, 239, 240, 258, 263
Espinosa, Baruch, 197
Estancel, 153
Eximenis, Francesco, 92

Faria, Ignácio, 255
Faro, Fernando Teles de, 167
Felipe II, rei de Espanha, 23, 37, 38
Felipe III, rei de Espanha, 54
Felipe IV, rei de Espanha, 52,157, 158
Fernandes, André, 146
Fernandes, Manuel, 115, 116, 203
Fernando II de Habsburgo, imperador do Sacro Império Romano, 80
Fernando II, rei de Aragão, 92
Figueira, João Fernandes, 154
Figueira, Luís, 123
Filotea, 245, 246
Fiore, Joaquim de, 32, 91
Fonseca, Isaac Aboab da, 110, 196
Fonseca, Simão da, ver Isaac Aboab da Fonseca
Foreiro, 163
Foxe, John, 96
Francisca, 226
Frederico II, imperador da Germânia, 43
Freitas, Luís Abreu de, 58
Freud, Sigmund, 12
Fukuyama, Francis, 270

Galilei, Galileu, 11
Gaon de Castilha, 196
Garcia, Gregório, 89
Geddes, Michael, 71
Gil, frei, 216
Gillot, Jean, 110
Giovani, Martino, 186
Gómara, López de, 92
Gomes, Isaac, 201
Gouveia, marquês de, 234
Grã, João Gomes de, 38
Guilherme III, rei da Inglaterra, 203
Gusmão, Alexandre de, 255
Gusmão, Luisa Gabriela de, 136, 143, 262
Gustavo Adolfo, rei da Suécia, 181
Gysels, Adriano, 82

Haecxs, Hendrick, 200
Henrique I, rei de Portugal, 38
Henrique VIII, rei da Inglaterra, 93, 202
Henrique, Francisco Gomes, 116
Henriques, André, 75, 108
Heráclito, 190
Herculano, Alexandre, 260

Hertz, Teodoro, 12
Heyn, Piet, 29, 68
Hill, 269
Hitler, Adolfo, 269

Ignácia, Agostinha Margarita, 247
Inocêncio X, papa, 177
Inocêncio XI, papa, 217
Iquazafigo, Jácome, 240, 260, 261
Isaac, 89
Isaías, 30, 91, 159, 161, 162, 163, 164
Israel, Abraham, 201
Israel, Menasseh ben, 95, 96, 97, 108, 110, 135, 196, 197, 198, 202, 274

Jacó, 89, 102
Jaime I, rei da Inglaterra, 93
Jaime II, rei da Inglaterra, 203
Jectan, 89
Jerônimo, são, 165
Joana I, rainha de Castela, 36
João Crisóstomo, são, 245
João I, rei de Portugal, 36
João III, rei de Portugal, 102
João IV, rei de Portugal, 9, 11, 13, 56, 57, 58, 59, 63, 75, 109, 110, 112, 117, 126, 131, 135, 136, 155, 167, 189, 233, 273, 274, 278
Jobal, 89
Josefo, Flávio, 88
Josué, 29

Kepler, Johannes, 11, 12, 260
Kepler, Katarina, 12
Kotki, Stanislau, 263

la Caia, marquês de, 113
la Cruz, Juana Inés de, 242, 243, 245, 246, 247, 275
Lapenha, Simão Álvares de, 28
Lanier, Francisco, 105
Lara y Gonzaga, Maria Luísa de, 243
Las Casas, Bartolomeu de, 92, 128
Lencastre, Maria de, 57
Léry, Jean de 86
Levi, Aron, 89
Lima, Francisco de, 89
Lionne, 105
Longueville, duque de, 104
Lopes, Aaron, 201
Lopes, Duarte, ver Aaron Lopes
Lopes, Heitor, 39
Lopes, Miguel, 206
Loyola, Inácio de, 60
Lucano, 153
Luís XIV, rei de França, 13, 104, 155, 168, 196
Lutero, Martinho, 43, 164

Macedo, Antônio de Souza, 169
Macedo, Antônio, 183
Macedo, Duarte Ribeiro, 205, 211, 262
Macedo, Francisco de Santo Agostinho de, 116
Maidalchini, Olímpia, 178
Malvenda, 159
Mamiani, Luís Vicente, 263
Manuel I, rei de Portugal, 24, 25, 101
Margot, rainha de França, 36
Maria, 136
Marx, Karl, 268
Mascarenhas, Brás Garcia, 260
Mascarenhas, Fernando, 32
Matos, Gregório de, 220, 225, 226, 227, 228, 229, 232
Maurício, Gaspar, 36
Mayerne, Theodore, 95

Mazarino, 104, 105, 273
Mede, John, 94
Medina, Afonso, 39
Medina, Salomão de, 203
Mello, Nuno Álvares Pereira de, 170
Mendonça, Gaspar Barata de, 226
Meneses, Francisco Teles de, 220, 221
Meneses, Rodrigo de, 171
Menezes, Antônio de Souza, 220, 233, 235, 275
Menezes, Artur de Sá e, 231
Menezes, Francisco Barreto de, 200
Menezes, Luís Xavier de, ver conde de Ericeira
Mersennes, 110
Michelangelo, 105, 177, 184
Minas, marquês das, 235, 236
Miranda, Nuñez de, 246
Mohammed, Ahmed, sultão de Fez, 37
Moisés, 199
Monforte, Manoel Mendes, 31, 32
Montaigne, Michel de, 86
Montalvão, marquês de, 32
Montano, Arias, 89
Monteiro, Pedro Fernandes, 103
Montesinos, Antônio, ver Aron Levi
Montpensier, mademoiselle de, 104
Morôni, 270
Mortera, Saul Levi, 200
Moscoso, Felipe, 174
Moura, Alexandre de, 164

Nabucodonosor, 16, 40, 41, 45, 46, 47, 94
Napier, John, 94
Nassau, Maurício de, 66, 68
Negreiros, Andre Vidal de, 132, 154
Newton, Issac, 195
Niza, marquês de, 83, 104, 111
Nóbrega, Manuel da, 10, 20, 21, 22, 229
Noé, 35, 48, 86, 87, 89
Noronha, Sebastião de Matos, 53
Nostradamus, 215, 216

Olímpia, Metódio de, 43
Oliva, João Paulo, 186, 188, 189, 212, 257
Olivares, conde- duque de, 52, 53
Oliveira, Antônio de, 237
Orleans, duque de, 104
Ottoboni, 185
Ovídio, 29

Palácio, Gabriel, 163
Palma, Manuel da Costa, 223
Pamfili, Giovanni Battista, ver Inocêncio X
Pápio, 42
Parente, Bento Maciel, 124
Pascal, Blaise, 178
Pasquini, 185
Paulo V, papa, 177
Pedro II, rei de Portugal, 136, 169, 170, 185, 191, 194, 205, 207, 208, 209, 213, 233
Pegas, Emanuel Alvarez, 226
Penha, Antônio da, 256
Pereira, Jerônimo Sodré, 28
Pereira, José Pinto de, 183
Pimpaccia, ver Olímpia Maidalchini
Pinta, Marianna, 140
Pinto, Francisco, 124
Platão, 87
Ponce de Leon, Rodrigo, 92
Povos, Maria de, 227
Princesa de Nemours, ver Maria Francisca de Sabóia

Rainaldi, Carlo, 178
Ramirez, Maria, 243
Ravasco, Bernardo Vieira, 27, 179, 220, 222, 228, 233, 234
Ravasco, Cristóvão Vieira, 27
Ravasco, Gonçalo Vieira, 207, 223, 233
Rebelo, Amador, 36
Rembrandt, 110
Richelieu, 52, 115, 216
Rivani, Antônio, 185
Rivera, Payo Enriquez de, 244
Roberto Stéfano, 87
Rodolfo II, imperador da Germânia, 11
Roquetaillade, Jean de, 91
Rosch, 263
Rospigliosi, Giulio, ver Clemente IX
Rousseau, Jean Jacques, 86
Rubens, 105

Sá, Mem de, 10
Sabóia, Maria Francisca de, 155, 168, 170, 211, 235
Salomão, 29, 87, 134
Sanchez, 163
Sanfelice, Giovani Vicenzo, ver conde de Banholo
Santa Cruz, Manuel Fernández de, 244, 245
Santarém, visconde de, 81
Santo Tomás, Domingos de, 149
Sardinha, Pero Fernandes, 21
Scarlatti, Alessandro, 185
Schomberg, 168
Schonenburgh, Walter van, 200
Sebastião de Carvalho, 58
Sebastião, rei de Portugal, 35, 36, 37, 38, 52, 57, 61
Seixas, Benjamim Mendes, 201
Seixas, Gershom Mendes, 201
Seixas, Moisés Mendes, 202
Sem, 89
Sêneca, 29
Silva, Baltasar da, 255
Silva, Duarte da, 58, 75, 76, 99, 108, 109, 115, 116, 274
Silva, Pedro Vieira da, 111
Smith, Joseph, 270
Soares, João, 259
Soares, José, 31, 221
Soeiro, Manuel Dias, 96
Sousa, Baltasar de, 134
Sousa, Luís de Vasconcelos e, 144
Souza, Tomé de, 19
Sparre, Ebba, 182
Staden, Hans, 86
Stalin, 269
Stuyvesant, Peter, 199

Tavares, Antônio Raposo, 133
Taveirós, Paio Soares de, 259
Teixeira, Pedro de, 124
Temudo, Diogo Marchão, 252
Teodósio I, duque de Bragança, 54
Teodósio II, duque de Bragança, 54
Teodósio, dom, 54, 104, 119, 120, 126, 136, 155, 239
Teresa, madre, 126
Tomás, são, 245
Tribullo, 153
Tsé-Tung, Mao, 269
Tsevi, Sabatai, 90, 197

Unhão, conde de, 27
Urbano VIII, papa, 176, 177

Valois, Marguerite de, ver Margot, rainha de França
Van Dyck, 105
Vasconcelos, Simão de, 32
Vatablo, Francisco, 87, 159, 163
Velloso, Francisco, 129
Venturino, João Batista, 37
Verjus, 263
Vicente, Gil, 260
Vidigueira, conde da, 104
Vieira, Pedro, 119
Vila Real, Manuel Fernandes, 49, 58, 75, 115
Vilar Maior, conde de, 211
Villeneuve, Arnauld de, 91
Vinci, Leonardo da, 105

Whalley, Edward, 97
Winterthur, João de, 43

Yllan, João de, 199

Este livro foi impresso nas oficinas da
DISTRIBUIDORA RECORD DE SERVIÇOS DE IMPRENSA S.A.
Rua Argentina, 171 – Rio de Janeiro, RJ
para a
EDITORA JOSÉ OLYMPIO LTDA.
em agosto de 2008

*

76º aniversário desta Casa de livros, fundada em 29.11.1931